U0041743

槲寄生

Mistletoe

著————蔡智恆

目錄
CONTENTS

『台北火車站。』
左腳剛跨入計程車開了四分之一的門，
右腳還沒來得及甩掉沾上鞋底的濕泥，我便丟下這一句。
「回娘家嗎？」
司機隨口問了一句，然後笑了起來。

我也笑了起來。
雖然是大年初二，但我卻是單身一人，只有簡單的背包。
還有，我是男的。
即使雨下得很大，仍然只能改變我的髮型，而不是性別。
我不是高橋留美子筆下的亂馬，所以不會因為淋到冷水而變成女生。

「今天真冷。」
『嗯。』
「淋濕了吧？車後有面紙，請用。」
『謝謝。』
「趕著坐火車？」
『嗯。』
「回家嗎？」
『不。找朋友。』
「一定是很重要的朋友。」
『嗯。』

下了雨的台北，陌生得令人害怕。
看來我雖然在這個城市工作了半年，卻從來沒有認真生活過。
不知道為什麼，我就是無法融入這城市的血液。

台北的脈動也許左右著我的喜怒哀樂，卻始終得不到我的靈魂。
我像是吳宮中的西施，身體陪伴著夫差，但心裡還是想著范蠡。

隔著車窗，行人像一尾尾游過的魚，只有動作，沒有聲音。
好安靜啊，彷彿所有的聲音都被困在黑洞裡。
我知道黑洞能困住所有的物質和能量，甚至是光。
但聲音能從黑洞裡逃脫嗎？高中時有同學問過物理老師這個問題。

「聲音？你聽過有人在黑洞中叫救命的嗎？」
老師說完後陶醉於自己的幽默感中，放聲大笑。
也許我現在的腦袋就像黑洞，困住了很多聲音，這些聲音到處流竄。
包括我的，荃的，還有明菁的。

「165 元，新年快樂。」
『喔？謝謝。新年快樂。』
回過神，付了車錢。
抓起背包，關上車門，像神風特攻隊衝向航空母艦般，我衝進車站。
排隊買票的人群，把時空帶到 1949 年的上海碼頭，我在電影上看過。
那是國民黨要撤退到台灣時的景象。
我不想浪費時間，到自動售票機買了張月台票，擠進月台。
我沒有明確的目標，只有方向。

往南。

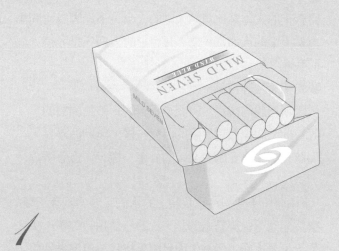

1

當這些字都成灰燼，我便在你胸口了

月台上的人當然比車站大廳的人少,不過因為空間小,所以更顯擁擠。
車站大廳的人通常焦急,月台上的人則只是等待。
而我呢?
我是焦急地等待。
愛因斯坦說的沒錯,時間是相對的,不是絕對的。
等待的時間總像是失眠的黑夜一樣,無助而漫長。
而該死的火車竟跟台北市的公車一樣,你愈急著等待,車子愈晚來。

「下雨時,不要只注意我臉上的水滴,要看到我不變的笑容。」
突然想到荃曾經講過的話,我的心情頓時輕鬆不少。
那天下著大雨,她沒帶雨具跑來找我,濕淋淋地說了這句話。
『幫個忙,我會擔心妳的。』
「沒。我只是忘了帶傘,不是故意的。」
『妳吃飯時會忘了拿筷子嗎?』
「那不一樣的。」荃想了一下,撥了撥濕透的頭髮:
「筷子是為了吃飯而存在,但雨傘卻不是為了見你一面而存在。」
荃是這樣的,她總是令我擔心,我卻無法說服她不令我擔心。

相對於明菁,荃顯得天真,但是她們都是善良的人。
善良則是相對於我而言。
「為什麼你總是走在我左手邊呢?」
『左邊靠近馬路,比較危險。』
明菁停下腳步,把我拉近她,笑著說:
「你知道嗎?你真的是個善良的人。」
『會嗎?還好吧。』
「雖然大部分的人都很善良,但你比他們更善良。」

我一直很想告訴明菁，被一個善良的人稱讚善良是件尷尬的事。
就像顏回被孔子稱讚博學般地尷尬。

我慢慢將腦袋裡的聲音釋放出來，這樣我才能思考。
這並不容易，所有的聲音不僅零散而雜亂，而且好像被打碎後再融合。
我得試著在爆炸後的現場，拼湊出每具完整的屍體。
然後我開始意識到我是否正在做一件瘋狂的事。
是瘋狂吧，我想。
從今天早上打開香菸盒想拿菸出來抽時就開始了。
搞不好從突然想抽菸這件事開始，就已經算是瘋狂。
因為我戒菸半年了。

有一次柏森問我這輩子做過最瘋狂的事是什麼？
我想了半天，只能想出鑰匙忘了帶所以從 10 樓陽台翻進窗戶開門的事。
「這叫找死，不是瘋狂。」
『熬了兩天夜準備期末考，考完後馬上去捐血。算嗎？』
「仍然是找死。」
『騎腳踏車時放開雙手，然後做出自由式和蛙式的游泳動作呢？』
「那還是叫找死！」

後來我常用同樣的問題問身旁的同事或朋友，他們的答案就精彩多了。
當然也有一面跑馬拉松一面抽菸這種找死的答案。
有人甚至告訴我，總統大選時投票給陳水扁是最瘋狂的事。
他是公司裡一位快退休的工程師，20 年忠貞的國民黨員。
他的思想偏右，立場偏右，據說連穿四角內褲時也是把命根子擺右邊。
『那為什麼你要投給陳水扁呢？』

槲寄生

「如果當你年老時，發現自己從沒做過瘋狂的事，你不會覺得遺憾嗎？」

我也許還不算老，但我已經開始覺得遺憾了。
記得有次柏森在耍白爛，他說：
「你沒有過去，因為你的過去根本不曾發生；
你也沒有未來，因為你的未來已經過去了。
你不可能變老，因為你從未年輕過；
你也不可能年輕，因為你已經老了。」

他說得沒錯，在某種意義上，我的確就是這麼活著。
「你不會死亡，因為你沒有生活過。」
那麼我究竟是什麼？柏森並沒有回答我。

像一株槲寄生吧，明菁曾經這麼形容我。

終於有火車進站了，是班橘色的莒光號。
我往車尾走去，那是乘客較少的地方。
而且如果火車在平交道發生車禍，車頭前幾節車廂通常會有事。
因為沒看到火車經過，才會闖平交道，於是很容易跟火車頭親密接觸。
更不用說拋錨在鐵軌上的車輛被火車迎頭撞上的事故了。
只可惜，乘客太多了，任何一節車廂都是。
我不忍心跟一群抱著小孩又大包小包的婦女搶著上車。
嘆了口氣，揹上背包，退開三步，安靜等待。

火車汽笛聲響起，我成了最後一節車廂最後上車的乘客。
我站在車門最下面的階梯，雙手抓住車門內的鐵桿，很像滑雪姿勢。

砰的一聲巨響，火車起動了。

我回過頭看一下月台，還有一些上不了車的人和送行的人。

這很容易區別，送行的人會揮舞著右手告別；

上不了車的人動作比較簡單，只是豎起右手中指。

唸小學時每次坐車出去玩，老師都會叮嚀：「不要將頭手伸出窗外。」

我還記得有個頑皮的同學就問：「為什麼呢？」

老師說：「這樣路旁的電線桿會斷掉好幾根啊！」

說完後自己大笑好幾聲，好像動物園中突然發情的台灣彌猴。

很奇怪，我通常碰到幽默感不怎麼高明的老師。

我那時就開始擔心長大後的個性，會不會因為被這種老師教導而扭曲。

火車開始左右搖晃，於是我跟著前後擺動。

如果頭和手都不能伸出窗外，那麼腳呢？

我突然有股衝動，於是將左腳舉起，伸出車外，然後放開左手。

很像在表演滑水特技吧。

柏森，可惜你不能看到。這樣可以算瘋狂嗎？

再把右手放開如何？柏森一定又會說那叫找死。

所謂的瘋狂，是不是就是比衝動多一點，比找死少一點呢？

收回左腳，改換右腳。交換了幾次，開始覺得無聊。

而且一個五六歲拉著媽媽衣角的小男孩，一直疑惑地看著我。

我可不想做他的壞榜樣。

荃常說我有時看起來壞壞的，她會有點怕。

明菁也說我不夠沉穩，要試著看起來莊重一點。

她們都希望不要因為我的外在形象，而讓別人對我產生誤解。

我總覺得背負著某些東西在過日子，那些東西很沉很重。
最沉的，大概是一種叫做期望的東西。通常是別人給的。
然後是道德。
不過在學校時，道德很重，出社會後，道德就變輕了。
它們總是壓著我的肩，控制我的心，堵住我的口。
於是我把背包從肩上卸下，用雙腳夾在地上。
因為我不希望這時身上再有任何負擔。

我從外套左邊的口袋掏出菸盒，小心翼翼地拿出一根菸。
站在禁菸標誌下方的婦人帶點驚慌的眼神看著我。
我朝她搖了搖頭。
把這根菸湊近眼前，讀著上面的字：

「當這些字都成灰燼，我便在你胸口了。」

海蚌未經沙的刺痛
就不能溫潤出美麗的珍珠
於是我讓思念
不斷刺痛我的心
只為了，給親愛的你
所有美麗的珍珠

火車剛離開板橋，開始由地下爬升到地面。

讀完第二根菸上的字後，我將身體轉180度，直接面向車外冷冽的風。

車外的景色不再是黑暗中點綴著金黃色燈光，

而是在北台灣特有的濕冷空氣浸潤下，帶點暗的綠，以及抹上灰的藍。

吹吹冷風也好，胸口的熾熱或許可以降溫。

試著弄掉鞋底的泥巴，那是急著到巷口招計程車時，在工地旁沾到的。

我差點滑倒，幸好只是做出類似體操中劈腿的動作。

那使我現在大腿內側還隱隱作痛。

站在搖晃的階梯上，稍有不慎，我可能會跟這列火車說 Bye-Bye。

從我的角度看，我是靜止的；但在上帝的眼裡，我跟火車的速度一樣。

這是物理學上相對速度的觀念。

會不會當我自以為平緩地過日子時，

上帝卻認為我是快速地虛擲光陰呢？

這麼冷的天，又下著雨，總是會逼人去翻翻腦海裡的陳年舊帳。

想到無端逝去的日子，以及不曾把握珍惜過的人，

不由得湧上一股深沉的悲哀。

悲哀得令我想跳車。

火車時速每小時超過100公里，如果我掉出車門，

該以多快的速度向前奔跑才不致摔倒呢？

我想是沒辦法的，我100公尺跑13秒3，換算成時速也不過約27公里。

這時跳車是另一種形式的找死，連留下遺言的機會也沒有。

其實我跳過車的，跳上車和跳下車都有。

有次在月台上送荃回家，那天是星期日，人也是很多。

荃會害怕擁擠的感覺，在車廂內緊緊抓住座位的扶手，無助地站著。

她像貓般地弓起身，試著將身體的體積縮小，看我的眼神中暗示著驚慌。

火車起動後，我發誓我看到她眼角的淚，如果我視力是 2.0 的話。

我只猶豫了兩節車廂的時間，然後起跑，加速，跳上火車。

月台上響起的，不是讚美我輕靈身段的掌聲，而是管理員的哨子。

跳下車則比較驚險。

那次是因為陪明菁到台北參加考試。

火車起動後她才發現准考證遺留在機車座墊下的置物箱。

我不用視力 2.0 也能看到她眼睛裡焦急自責的淚。

我馬上離開座位，趕到車門，吸了一口氣，跳下火車。

由於跳車後我奔跑的速度太快，右手還擦撞到月台上的柱子。

又響起哨子聲，同一個管理員。

下意識地將雙手握緊鐵桿，我可不想再聽到哨子聲。

更何況搞不好是救護車伊喔伊喔的汽笛聲。

人生中很多事情要學著放鬆，但也有很多東西必須要抓緊。

只可惜我對每件事總是不緊不鬆。

真是令人討厭的個性啊。

我還沒有試著喜歡自己的個性前，就已經開始討厭了。

今天早上，被這種大過年的還出不了太陽的天氣弄得心浮氣躁。

思緒像追著自己尾巴的狗，在原地打轉。

明明咬不到卻又不甘心放棄，於是愈轉愈快，愈轉愈煩。

剛閃過不如抽根菸吧的念頭，腦中馬上響起明菁的斥責：

檞寄生

「不是說要戒菸了嗎？你的意志真不堅定。」
荃的聲音比較溫柔，她通常會嘆口氣：
「你怎麼漱口或吃口香糖都沒用的。你又偷抽兩根菸了吧？」

夠了。
我負氣地打開抽屜，找尋半年前遺落在抽屜的那包 MILD SEVEN。
點上菸，菸已經因為受潮而帶點霉味，我不在乎。
捻熄這根菸時，好像看到白色的殘骸中有藍色的影子。
仔細一看，上面用藍色細字原子筆寫了兩個字，第二個字是「謝」；
第一個字已燒去一些，不過仍可辨認為「射」。
合起來應該是「謝謝」。
謝謝什麼？難道這是 MILD SEVEN 公司所製造的第一千萬根香菸，
所以要招待我環遊世界？

我拿出盒內剩下的十根香菸，發現它們上面都有藍色的字。
有的只寫一行，有的要將整根菸轉一圈才能看完。
字跡雖娟秀細小，卻很清晰。一筆一畫，宛如雕刻。
再努力一點，也許會成為很好的米雕師。
菸上的字句，炙熱而火燙，似乎這些菸都已被藍色的字句點燃。

輕輕捏著菸，手指像被燙傷般地疼痛。
讀到第七根菸時，覺得胸口也被點燃。
於是穿上外套，拿起背包，直奔火車站。
我只記得再把菸一根根放回菸盒，下不下雨打不打傘都不重要了。

很後悔為什麼當初抽這包菸時，沒仔細看看每根菸。

最起碼那根寫了「謝謝」的菸，我不知道前面寫什麼。

藍色的字隨著吸氣的動作，燒成灰燼，混在尼古丁之中，進入胸口。

而後被呼出，不留痕跡。

只在胸口留下些微痛楚。

也許人生就像抽菸一樣，只在點燃時不經意地瞥一眼。

生命的過程在胸口的吐納中，化成煙圈，消失得無蹤影。

不自覺地呼出一口氣，像抽菸一樣。

因為抽菸，所以寂寞；因為寂寞，所以抽菸。

抽到後來，往往不知道抽的是菸，還是寂寞。

我想我不會再抽菸了，因為我不想又將菸上的深情燃燒殆盡。

在自己喜歡的人所抽的令自己討厭的菸上，寫下不捨和思念。

那是一種什麼樣的心情呢？

耳際響起噹噹的聲音，火車經過一個平交道。

我向等在柵欄後的人車，比了個勝利的「V」字型手勢。

很無聊，我知道。可是面對未知的結果，我需要勇氣和運氣。

如果人生的旅途中，需要抉擇的只是平交道而不是十字路口就好了。

碰到平交道，會有噹噹的警示聲和放下來阻止通行的柵欄，

那麼我們就知道該停下腳步。

可是人生卻是充斥著各種十字路口。

當十字路口的綠燈開始閃爍時，在這一瞬間，該做出什麼決定？

加速通過？或是踩住煞車？

我的腳會踩住煞車，然後停在「越線受罰」的白線上。

而通常此時黃燈才剛亮起。

我大概就是這種人，既沒有衝過去的勇氣，也會對著黃燈嘆息。
如果這是我命中註定的個性，那麼我這一生大概會過得謹慎而安全。
但卻會缺少冒險刺激的快感。
也就是說，我不會做瘋狂的事。

如果這種個性在情場上發揮得淋漓盡致呢？

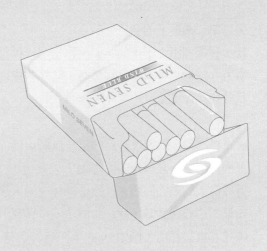

3

我想你，已經到氾濫的極限
即使在你身邊，我依然想著你
擱淺的鯨豚想游回大海，我想你
那麼親愛的你
你想什麼？

這是第三根菸上的字。
我卡在這裡不上不下的，似乎也是另一種型式的擱淺。
還得在這輛火車上好幾個鐘頭，該想些東西來打發時間。
我該想些什麼？

跳車後應以多快速度奔跑的這類無聊事情，我可不想再多想。
那麼核四該不該興建的問題呢？
這種偉大的政治問題，就像是森林裡的大黑熊，
如果不小心碰到時，就好的辦法就是裝死。
裝死其實很好用，例如 2000 年總統大選時，別人問我投票給誰，
我就會死給他看。

從第一根菸開始，我總是專注地閱讀上面的文字，然後失神。
荃曾經告訴我，當我沉思時，有時看起來很憂鬱。
「可不可以多想點快樂的事情呢？」荃的語氣有些不捨。
『我不知道什麼樣的事情想起來會比較快樂。』
「那麼……」荃低下頭輕聲說：「想我時會快樂嗎？」
『嗯。』我笑了笑：『可是妳現在就在我身邊，我不用想妳啊。』
荃也笑了。眼睛閃啊閃的，好像星星。

還是想點別的吧。荃是多麼希望我快樂。
明菁也叫我記住，一定要快樂一點。
如果我不快樂，是因為荃？還是明菁？
如果我快樂，又是因為明菁？還是荃？
想到這裡，我不由得深深吸了一口氣，然後嘆出。

「媽，那個人到底在幹什麼？」

抓住媽媽衣角的小男孩，終於忍不住仰起頭輕聲地問他媽媽。

我轉過頭，看見小男孩的右手正指著我。我對著他笑一笑。

「叔叔在想事情。這樣問是很沒禮貌的哦。」

小男孩的媽媽帶著歉意的微笑，朝我點點頭。

是個年輕的媽媽，看起來年紀和我差不多，所以被叫叔叔我也只好認了。

我打量著他，是個容易讓人想疼愛的小男孩，而且我很羨慕他的好奇心。

從小我就不是個好奇寶寶，所以不會問老師或父母：

「飯明明是白色的，為什麼大便會是黃色的？」之類的問題。

我總覺得所有問題的答案，就像伸手跟父母要錢買糖果會挨巴掌；

而要錢買書或原子筆他們就會爽快地答應還會問你夠不夠那樣地單純。

單純到不允許你產生懷疑。

這也許是因為小學時看到同學問老師：「太陽為什麼會從東邊出來？」，

結果被老師罵說：「太陽當然從東邊出來，難道從你屁股出來？」

從此之後，我便把「太陽從東邊出來」當做是不容挑戰的真理。

長大後回想，猜測應該是老師那天心情不好的緣故。

至於老師為什麼會心情不好，由於他是男老師，

我也不能牽拖是生理期的關係。

可能是因為他心情鬱悶吧，因為我的家鄉是在台灣西南部的濱海小鄉村。

大城市裡來的人，比較不能適應這裡近似放逐的生活。

雖然人家都說住在海邊可使一個人心胸開闊，但是日本是島國啊，

日本人多是住在海邊，咱們中國人會相信日本人心胸開闊嗎？

所以當我說我住在海邊時，並沒有暗示我心胸開闊的意思。

我只是陳述一個「太陽從東邊出來」的事實。

我算是個害羞的孩子，個性較為軟弱。

每次老師上完課後都會問：「有沒有問題？」

我總會低頭看著課本，迴避老師的目光，像做錯事的小孩。

海邊小孩喜歡釣魚，可是我不忍心把魚鉤從魚嘴裡拿出，所以我不釣魚。

海邊小孩擅長游泳，可是我有次在海邊玩水時差點滅頂，所以我不游泳。

海邊小孩皮膚很黑，可是我無論怎麼曬太陽都無法曬黑，所以我皮膚白。

總之，我是個不像海邊小孩的海邊小孩。

我在海邊經歷了小學六年、初中三年的求學階段，心胸一直不曾開闊過。

倒是髒話學了不少。

「幹，好久不見了，你死到哪？」這是老朋友之間的問候。

「你娘咧，送我這麼好的東西，幹。」這是答謝朋友的餽贈。

不管放在句首或句尾，通常都會加個「幹」字。

交情愈好，幹得愈多。

我沒有屈原那種舉世皆濁我獨清的修養，所以帶了一身髒字到城市求學。

直到遇見明菁，我才漸漸地改掉說髒話的習慣。

當然在某些情況下還是會說髒話，比如說踏到狗屎、收到成績單，

或是在電視上看到官員說：「我辭職下台又不能解決問題。」

明菁一直溫柔而耐心地糾正我的談吐，偶爾施加一點暴力。

如果沒有明菁的話，這篇小說將到處充滿髒字。

也是因為明菁，讓我不必害怕跟別人不同。

其實我也沒有太與眾不同，起碼唸初二之前，我覺得大家都一樣。

直到有一天國文老師把我叫到跟前，告訴我：

「蔡同學，請你解釋一下這段話的意思。」
那是我寫的一篇作文，裡頭有一段：
「我跟朋友約好坐八點的火車去看電影，可是時間快到了，他還沒來。
　我像是正要拉肚子的人徘徊在廁所內有某個人的廁所外面般地焦急。」

我跟老師解釋說，我很焦急，就像拉肚子想上廁所，但廁所內有人。
「你會不會覺得用這些字形容『焦急』，太長了些？」老師微笑地說。
我低頭想了一下，改成：
「我像是正要拉肚子的人徘徊於有人的廁所外面般地焦急。」

老師好像呼出一口氣，試著讓自己心情平靜。然後再問：
「你會不會覺得用另一種方式形容『焦急』，會比較好？」
我想想也對。突然想起老師曾教過詩經上的句子：
「關關雎鳩，在河之洲；窈窕淑女，君子好逑。」
於是我又改成：「我拉肚子，想上廁所；廁所有人，於是焦急。」

「啪」的一聲，老師拍了桌子，提高音量問：
「你還是不知道哪裡出錯了嗎？」
『是……是不是忘了押韻呢？』我小心翼翼地回答。
老師倏地站起身，大聲責罵：
「笨蛋！形容焦急該用『熱鍋上的螞蟻』啊！我沒教過嗎？」
『熱鍋上的螞蟻只是焦急而已……』我因為害怕，不禁小聲地說：
『可是……可是我這樣的形容還有心情很幹的意思。』
「竟然還講髒話！去跟國語推行員交五塊錢罰款！」
老師將被他弄歪的桌子扶正，手指外面：
「然後到走廊去罰站！」

從那天開始，國文老師總會特別留意我的作文。

所以我的作文簿上，一直都有密密麻麻的紅色毛筆字。

有時紅色的字在作文簿上暈開，一灘一灘地，很像吐血。

「光陰像肉包子打狗似地有去無回。」

「外表美麗而內心醜陋的人，仍然是醜陋的。就像即使在廁所外面插滿
芳香花朵，廁所還是臭的。」

「慈烏有反哺之恩，羔羊有跪乳之義，動物尚且如此，何況是人。所以
我們要記得孝順父母，就像上廁所要記得帶衛生紙。」

像這些句子，都被改掉。

有次老師甚至氣得將作文簿直接從講台上甩到我面前。

我永遠記得作文簿在空中飛行的弧度，像一架正在失速墜落的飛機。

作文簿掉落在地面時，攤開的紙上面有著鮮紅字跡：

「蔡同學，如果你再故意寫跟別人不一樣的句子，你一定會完蛋。」

這些鮮紅的字，像詛咒一般，封印住我的心靈。

從那時開始，我心靈的某部分，像冬眠一樣地沉睡著。

我不知道是哪部分，我只知道那部分應該和別人不同。

我真的不明白，「肉包子打狗」叫有去無回，光陰也是啊，
為什麼這樣形容不行？

但是我不敢問，只好說服自己這些東西是「太陽從東邊出來」的真理。

久而久之，我開始害怕自己跟別人不同的思考模式。

只可惜這些事在老師圈子裡傳開，於是很多老師上課時都會特別關照我。

常常有事沒事便在課堂上叫我站起來回答一些阿里不達的問題。

我好像是一隻動物園裡的六腳猴子，總是吸引遊客們的好奇眼光。
我只好開始學會沉默地傻笑，或是搔搔頭表示無辜。
甚至連體育老師也會說：
「來，蔡同學。幫我們示範一下什麼叫空中挺腰然後拉竿上籃。」
你娘咧，我又不是喬丹，挺個屁腰，拉個鳥竿！
對不起，明菁。我又講髒話了，我是俗辣，下次不會再犯了。

因為被莫名其妙地當作怪異的人，所以我也是無可奈何地生活著。
即使想盡辦法讓自己跟別人一樣，大家還是覺得我很奇怪。
我只希望安靜地在課堂上聽講，老師們的捉弄卻一直沒停止。
這種情況可以算是「生欲靜而師不止，子欲養而親不待」嗎？
如果我又把這種形容寫在作文簿上，恐怕還會再看一次飛機墜落。

幸好我高中唸的是所謂的明星高中，老師們關心的只是升學率的高低。
我的成績始終保持在中上，不算好也不算壞，因此不會被特別注意。
其實如果這時候被特別注意的話，好像也不是壞事。
記得聯考前夕，班上一位很有希望考上台大醫科的同學患了重感冒，
於是忍不住在課堂上咳嗽出聲。
老師馬上離開講桌，輕撫著那位同學的背，悲傷的眼裡滿是哀悽。
還說出你就像是我的孩子，你感冒比我自己感冒還令我痛苦之類的話。
我敢打賭，如果咳嗽的是我，一定會以妨礙上課安寧為由，
被趕到走廊去罰站。

高中的課業又多又重，我無暇去關心總統是誰市長是誰之類的問題。
反正高中生又沒投票權，選舉時也不會有人拿錢來孝敬我。
連那時流行的日本偶像明星中森明菜和松田聖子，我都會搞混。

槲寄生

偶爾會關心中華隊在國際比賽的成績，輸了的話當然會難過，
但這種難過跟考試考不好的難過相比，算是小巫見大巫。
感謝老天，我終於會跟大家一樣用「小巫見大巫」這類普通的形容詞。
而不是再用「小鳥見老鷹」、「爛鳥比雞腿」之類的白爛詞。

高三時，班上的導師在放學前夕，都會握緊拳頭激動地問我們：
「告訴我，你們生存的目的是什麼？」
「聯考！」全體同學齊聲大喊。
「告訴我，你們奮鬥的目標是什麼？」
「聯考！」全體同學口徑一致。
雖然多年後社會上才教導我生存的目的是賺錢，奮鬥的目標是女人。
但那時我和所有人的心跳頻率相同，總是讓我覺得放心與安全。

我像是冬眠的熊，而考上大學就像是春天，喚醒了我。

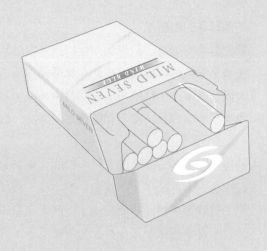

不論我在哪裡

都只離你一個轉身的距離

我一直都在

在你身前

在你影裡

在樓台上，靜靜等你

榭寄生

一個轉身的距離？

驚覺似地轉過身，只見到兩個穿迷彩裝的阿兵哥在談笑著。

帶著小男孩的年輕媽媽和站在禁菸標誌下方的婦人都已不見。

大概是火車過了桃園，下車的旅客多些，於是她們都進去車廂內。

我吹了一陣冷風，雙手和臉頰早已冰凍，我也決定躲進車廂。

最後一節車廂後面，還有一些空間，堆著幾個紙箱子。

有兩個人坐在箱子上，還有一個空位，我便坐了上去。

箱子很厚實，裡面應該裝滿了東西，只是不知道裝什麼。

我右手邊是個穿老鼠色外套的中年男子，頭髮微禿，靠著車身打盹。

那大概是 20 年後我的樣子。

左手邊是個大學生模樣的男孩，戴著黑框眼鏡，看起來呆呆的。

很像 10 年前剛上大學的我。

又看了一遍第四根菸上的字，當我讀到「在樓台上，靜靜等你」時，

我終於忍不住，開心地笑了起來。

因為我想到大一在話劇社扮演羅密歐時的荒唐。

真是一段可愛的青春歲月，那是證明我曾經存活過的最好證據。

無論已經離得多遠，無論我將來會變得多麼市儈庸俗，

那段日子永遠像鑽石一樣閃亮著。

而可憐的茱麗葉啊，妳還在那樓台上靜靜等著羅密歐嗎？

我很羨慕地又看了那位年輕的大學生一眼，他正用心地看一本小說。

年輕的大學生啊，要把握大學生活喔，那將會是你一生中最珍貴的回憶。

你會碰到各種形式的人，無論你喜不喜歡，他們都會影響你。

我曾經也像你這般年輕呢。

那時剛從成功嶺下來，頂著平頭，在宿舍的十樓找空房間。

我來得早，大部分的房間都沒被人訂走。

我是 13 號生日，所以我選了 1013 室。

房間兩個上下舖，可以住四個人。

書桌成一直線貼在牆上，還有四個小衣櫃。

我挑了靠窗的上舖，床位號碼是 3 號。然後開始清掃房間。

整理完畢後，把衣服收進衣櫃，在 3 號書桌上放了書包和盥洗用具。

擦了擦汗，準備離去時，在房門口幾乎與一個人相撞。

「對不起。」

對方笑著道歉，聲音宏亮。

「哇，這房間好乾淨喔，就是這間了。」

他走進 1013 室，將綠色旅行袋放在 4 號床位，那是我的下舖。

「你好，」他伸出右手，露出微笑：

「我叫李柏森。木子李，松柏的柏，森林的森。請指教。」

『我叫蔡崇仁，你好。』

我們握了一下手，他的手掌溫暖豐厚，握手的力道十足。

「你睡 3 號嗎？」柏森抬頭看了一下我的床位。

『嗯。我喜歡睡上舖。』

「我也是。不過小時候太皮，從上舖摔下來。以後就不敢睡上舖了。」

柏森打開綠色旅行袋，哼著歌，把東西一樣一樣拿出來，擺好。

他比我高一些，壯一點，皮膚黝黑，沒戴眼鏡。

同樣理平頭，我看起來呆呆的，他看起來卻有股精悍之氣。

「好了。」柏森拍拍手掌，呼出一口氣，脫掉綠色運動外套：
「隔壁棟宿舍的地下室好像有餐廳，我們一起吃飯吧。」
『好啊。』
我們坐電梯下樓，才五點左右，可以容納約兩百人的自助餐廳沒什麼人。
負責盛飯菜的都是中年婦女，倒是結帳的是個年輕女孩。

柏森選好位置，放下餐盒，端了兩碗湯，一碗給我。然後說：
「嘿，你會不會覺得那個結帳的女孩像《小叮噹》裡的技安？」
我望著她，胖胖的女孩，臉蛋確實很像《小叮噹》裡欺負大雄的技安。
我不禁笑了出來。
「以後我們就叫她技安妹吧。」
柏森像惡作劇的孩子般地笑著。

這是我跟柏森的第一次碰面。
即使經過這麼多年，我仍然可以清楚地聽到他那時的笑聲。
很少聽到這麼乾淨的笑聲，宏亮卻不刺耳，像秋天下午三點的陽光。
他說他八字中五行缺木，不容易穩重，所以父親將他取名為柏森。
「真是難為了我老爸，」柏森笑著說：「可是好像沒什麼用。」
『我爸比較輕鬆。"崇"是按照族譜排行，所以他只給我一個"仁"。』
「如果你只叫蔡崇就好了，這樣就是一隻菜蟲。」柏森又開始大笑：
「菜蟲吃菜菜下死，殺手殺人被人殺。這可是很有名的布袋戲戲詞喔。」
從此，菜蟲便是我的綽號。

柏森是我上大學後所交的第一個朋友，也是最好的朋友。
我相信，我也期望他是我這輩子最重要的朋友。
我心靈的某部分經過好幾年的冬眠，醒來後渴望著食物，

而柏森是第一個提供養分的人。

於是我像在沙漠行走一個月的旅人，突然碰到綠洲。

我大口大口地喝著水。

1013 室後來又住進了一個同學，他叫葉子堯，睡 2 號床位。

當過兵，重考兩次，整整大我和柏森五歲，我們都叫他子堯兄。

大部分的時間裡，班上同學很少碰到他，他總是有一堆外務。

由於我和柏森與他同寢室，因此起碼每晚會見到他一次。

不過如果他忙的時候，我們也會連續好幾天沒看到他。

只有床上凌亂的書本證明他回來過。

子堯兄總是揹著一個過時的背包，顏色像是被一大群野牛踐踏後的草地。

背包裡因為裝太多東西，所以總是鼓鼓的，像吹牛皮的青蛙。

背包的拉鍊可能是因為壞了，或是根本拉不上，

所以總有幾本書會不安分地探出頭來。

子堯兄除了對上課和社團不感興趣外，對很多東西都熱衷地過頭。

這可以從他床上和書桌上堆得滿滿的書籍中察覺。

書籍種類包括電腦、命相、易經、中醫、宗教、財務管理、生物等等。

後來書太多了，我們便把 1 號書桌、床舖和衣櫃也讓他擺書。

子堯兄算是個奇怪的人，有時講話的邏輯很特殊。

當然我是沒有立場說別人奇怪，因為我也曾被視為奇怪的人。

不過如果我可以算是奇怪的人，那被奇怪的我說成是奇怪的人的子堯兄，

一定更奇怪。

記得我有次看到他床上擺了本《宗教與人生》，我隨手拿起來翻閱。

正好子堯兄回來，他問道：

「咦？菜蟲，你對宗教也有興趣？」

『沒有啊。只是好奇翻翻看而已。』

「好奇心是很重要的⋯⋯」

子堯兄從口袋裡拿出兩個奇形怪狀的石頭，放入書桌的抽屜，接著說：

「很多殺人命案的屍體，都是因為路人的好奇心，才被發現的。」

『這跟宗教有關嗎？』

「嗯。表示你與佛有緣。床上這麼多書，你只挑中這一本，善哉善哉。」

『子堯兄，你在說什麼？』

「痴兒啊痴兒，讓我來告訴你吧。」

「宗教到了最高境界，其實是殊途同歸。所以佛家講：色即是空，空即
　是色；對照於基督教，就是耶穌即猶大，猶大乃耶穌。神魔本一體，
　善惡在一念，為神為魔，行善行惡，僅一線之隔。阿彌陀佛⋯⋯當然
　我們也可以說哈利路亞。阿彌陀佛和哈利路亞都是四個字，這就叫做
　殊途同歸。」

我瞠目結舌，完全不知道該說什麼。

他則在床上拿了幾本書，硬塞進背包，然後又出門了。

我在 1013 室度過了大一和大二，與柏森及子堯兄。

由於子堯兄常常神龍見首不見尾，所以大部分的活動都只有我和柏森。

無論是上課、吃飯、撞球、舞會、露營、練橄欖球、土風舞比賽，

我和柏森都在一起。

如果我睡覺的習慣差一點，會從上舖跌下來的話，那我們也會睡在一起。

不過舞會結束或是與女孩子聯誼完後，就只有他有續攤。

然後我會先回宿舍等他回報戰況。

柏森很受女孩子歡迎，這應該歸功於他的自信與健談。
我常看到他跟女孩子說話，女孩們專注的神情，閃爍發亮的眼睛，
好像在恭聽皇上的聖諭。
偶爾柏森還會說：「平身吧，寶貝。」
不過只要我一加入，她們就宣布退朝了。

柏森參加了三個社團，辯論社、話劇社和土風舞社。
我對社團活動沒什麼興趣，不過柏森死拉活拉，硬是把我也拉進去。
我們會參加土風舞社，可以算是一種機緣。
在成大，學長都會帶領著新生參加兩項重要的比賽：土風舞和橄欖球。
每星期一、三、五的清晨五點，學長會把我們挖起床練橄欖球。
練土風舞的時間則為晚上十點，在宿舍頂樓，星期二和星期四。

先說橄欖球吧。
練橄欖球很累，常常得從宿舍十樓跑到一樓，再由一樓跑到十樓。
跑完後，雙腿就會不由自主地擺盪，像風中的楊柳。
記得第一次在成功操場練球時，是秋末的清晨，頗有寒意。
一大早被挖起床的我們，牙齒的撞擊聲好像交響樂。
一個體型非常壯碩的大三學長，雙手插腰，大聲地說：
「親愛的學弟，恭喜你們將成為追逐不規則跳動的勇士。弧形的橄欖球
　跟人生一樣，很難掌握方向。所以要好好練球。」
話是很有道理，不過結論下得有點奇怪。

練習一陣子後，學長開始安排我們的位置。

「李柏森！你是 No. 8，是球場上的領導人物。所以要好好練球。」
柏森不愧是柏森，被挑選為 8 號球員，比賽的靈魂人物。
「蔡崇仁！你個子算小，反應很快。每次休息上廁所時，你都是第一個
　跑掉，最後一個跑回來。你當傳鋒，位置是 9 號。所以要好好練球。」
我終於知道，「所以要好好練球」是這位學長的口頭禪。
位置選定後，練球的次數和時間都增加，直到比賽為止。

依照傳統，輸的隊伍全體球員要跳成功湖。
那是成大校園內的小湖泊，淹不死人。
成功湖常有人跳，失戀的、打賭輸的、欠錢沒還被逮到的，都會去跳。
至於水深多深？我並不知道，因為我們拿到新生盃冠軍。
冠亞軍之役，柏森達陣了兩次，是贏球的關鍵。
「親愛的學弟，恭喜你們拿到冠軍，今晚學長請吃飯。記得今天球場上的
　艱苦，他日人生遇到挫折時，就會輕鬆面對。所以要好好練球。」

柏森的情緒一直很亢奮，從吃飯，到回宿舍洗澡，再到睡覺前。
熄燈睡覺後，柏森悄悄地爬到上舖，搖醒我：
「喂。菜蟲，你會不會覺得我是那種天生的英雄人物？」
我揉揉眼睛，戴上眼鏡：
『這種深奧的問題，應該去問子堯兄啊。』
「我問了。他說英雄是被時勢創造出來的，不是由老天誕生出來的。」
『子堯兄說得沒錯啊。如果沒有我近乎完美的傳球，你哪能達陣？』
「可是……」
柏森欲言又止，輕輕嘆了一口氣。再默默爬下上舖。

『柏森。』

我約莫過了十分鐘，在黑暗中開了口。

「嗯。」柏森模糊地應了一聲。

『你今天好棒。你是不是英雄我不知道，但你以後絕對是一號人物。』

「菜蟲。」柏森呼出一口長長的氣，高興地說：「謝謝你。」

『睡吧。明晚還得練土風舞，快比賽了。』

土風舞比賽前三天，我們每晚都在宿舍頂樓練舞到凌晨 12 點半。

也是很累。

跟練橄欖球的累不一樣，這種累還有很大的心理因素。

要記得舞序、舞姿要正確、聽音樂節拍、上台記得露齒微笑……

露齒微笑對我而言最難，感覺很像在賣笑。

教舞的也是大三的學長，每次都說我的嘴巴硬得跟烏龜殼似的。

不過柏森做得很確實，也很自然。

練舞結束後，我和柏森還會待在頂樓，爬到宿舍最高的水塔旁。

坐下來聊聊天，談談心事。

有時天氣晴朗，可以看到一些星星，我們就會躺下來。

我們一共要跳兩支舞，匈牙利的擊鞋舞，和亞述帝國的「些抗尼」。

擊鞋舞算是比較陽剛的舞蹈，必須一直摩擦鞋底，拍打鞋身。

我的皮鞋就是這樣陣亡的。

至於那個什麼「些抗尼」的，我們也不知道是什麼意思。

只因為音樂的歌聲中，會不斷出現「些抗尼」的音，所以就這麼叫了。

「些抗尼」的舞姿簡單，麻煩的是，服裝儀容。

學長不知道從哪裡找來一本書，上面有刊登關於亞述文明的壁畫。

壁畫中的人物蓄著滿臉的捲鬍子，身上纏著一塊布，當作衣服。

比賽當天，學長要我們用黑色的紙，想辦法弄成捲鬍子形狀，黏在臉上。

先跳完擊鞋舞後，有一小時的空檔，全體集合在廁所。

「亞述是大約在西元前七世紀西亞的古老帝國，由於我們學校有歷史系，
　不能讓人家取笑我們工學院的學生粗鄙無文。所以⋯⋯」

學長拿出十幾條米白色的麻布，接著說：

「來，親愛的學弟。大家把衣服脫光，只剩內褲。然後把這條布纏上。」

我們都愣住了。

「還發什麼呆？動作快。這裡有釘書機，釘一釘麻布就不會掉了。」

「學長，你怎麼還有心情開玩笑？」柏森開口問道。

「這是命令。唸書不忘救國，跳舞不忘歷史。學長的心情是嚴肅的。」

我們只好開始寬衣解帶。

我瞥了柏森一眼，笑了出來。因為他今天穿紅色內褲。

上台後，隨著跳舞時身體的振動，柏森身上的布，慢慢鬆動，然後下滑。

我們是手牽著手跳舞，所以柏森根本沒有多餘的手去調整那塊下滑的布。

我跟在柏森後面，看著他身上的布，

離地 30 公分⋯⋯20 公分⋯⋯10 公分⋯⋯接觸地面。然後我踩上去。

柏森往前走，麻布卻在我腳下。

嗯，柏森背部的肌肉線條很性感。這是我當時心中的第一個念頭。

「轟」的一聲，全場爆笑。我也第一次非常自然地露齒微笑。

有個坐在第一排的女評審，雙手遮著臉，但仍從指縫間偷看。

謝完幕，燈光一暗，柏森馬上撿起麻布，衝到廁所。

結果揭曉，我們拿了第二名。

「親愛的學弟，恭喜你們拿到亞軍，今晚學長請吃飯。記得今天舞台上
　的笑聲，以後穿內褲時，就會選擇樸素。李柏森同學，你的身材非常
　迷人，土風舞社的學姐們讚不絕口。她們強烈地推薦你進土風舞社，
　而且免繳社費。」

柏森一直紅著臉，從吃飯，到回宿舍洗澡，再到睡覺前。
熄燈睡覺後，我探頭往下舖，告訴柏森：
『喂，柏森。這次你不用再問了。我覺得你絕對是天生的英雄人物。
　而且是悲劇英雄。』
「菜蟲，別鬧了。」
『對不起。我說錯了，應該是喜劇英雄。你看今天大家笑得多開心啊。』
「菜蟲！納命來！」
柏森準備爬上我的床舖時，突然想到什麼似地，笑了起來。
然後我們就這樣邊笑邊聊，過了幾個鐘頭後，才模模糊糊地睡去。

柏森說如果我也進土風舞社，我就不必因為踩掉他的布而去跳成功湖。
我衡量利弊得失，就決定跟進。
在土風舞社的期間有點無聊，每次要跳雙人舞時，我都邀不到舞伴。
這要怪我的臉皮太嫩還有邀舞的動作太差。
學長們邀舞的動作灑脫得很，右手平伸，挺胸縮小腹面帶微笑。
往身體左側下方畫一個完美的弧度時，直身行禮，膝蓋不彎曲。
可是我邀舞時，臉部肌肉會因緊張而扭曲，然後既彎腰又駝背。
畫弧度時手掌到胸口就自動停止，手心竟然還朝上，像極了乞丐在討錢。
而柏森總能輕鬆邀到舞伴，經過我面前時，還會對我比個「Ｖ」手勢。
這讓我心裡很幹（明菁還沒出現，所以不能苛責我講髒話）。

槲寄生

我只跳過一次雙人舞。

那是因為柏森跟學姐們反應，說我老是邀不到舞伴，請她們想辦法。

有個日行一善的學姐就帶了一位女孩，走到我身旁。

我只稍微打量一眼，這時圓圈內的學長便高喊：

「男生在內圈，女生在外圈。男生請將右手放在舞伴的腰部。」

我不好意思再看她，右手伸出 45 度，放著。

「同學。這是，肩膀。不是，腰部。」

她的聲音簡潔有力。

我疑惑地往右看，原來她比一般女孩矮小一些。

所以原本我的右手該輕摟著她腰部，變成很奇怪地放在她肩膀上。

我說聲抱歉，有點尷尬。幸好學長已開始教舞。

學長教完舞姿和舞序後，音樂響起，是華爾滋旋律。

有幾個動作，是要讓舞伴轉啊轉的，我總是讓她多轉半圈，甚至一圈。

「同學。我是，女孩。不是，陀螺。知道，了嗎？」

在舞停後，她有些不滿地說。

『同學。實在，抱歉。不是，故意。原諒，我吧。』

我真是尷尬到無盡頭。

於是我再也不敢跳雙人舞，連邀舞都省了。

柏森告訴我，那個女孩是中文系的，跟我們一樣是大一新生。

我心裡就想，她用字這麼簡潔有力，寫極短篇小說一定很棒。

幾個月後，她得了成大鳳凰樹文學獎，短篇小說第一名。

篇名就叫做「像陀螺般旋轉的女孩」。

後來社裡的學長要求跳舞時，要穿西裝褲和皮鞋，我就有藉口不去了。

過沒多久，柏森也說他不想去了。

憑良心說，參加土風舞社是很好玩的，只要不必常邀舞的話。

話劇社也不錯，我後來不去的原因，是因為被趕出來。

那是在社團迎新時所發生的事。

為了歡迎新進社員，社上決定在學生活動中心舉辦一個小型公演，

戲碼是《羅密歐與茱麗葉》。

茱麗葉由社長擔綱，至於羅密歐，則從新社員中挑選。

但沒有人想當羅密歐，一個也沒，而且態度堅決。

我想那應該是社長的問題。

話劇社長是個大三的學姐，每當我看到她時，就會想要丟顆橘子給她。

因為在我的家鄉，每逢建醮或大拜拜時，常會宰殺又大又肥的豬公，

然後在豬嘴巴中塞一顆橘子，放在供桌上祭拜神明。

所以我都偷偷叫她橘子學姐。

橘子學姐一看沒人要當羅密歐，就說那麼抽籤吧。

所有新進男社員馬上跪下來高喊：社長饒命。

於是她突發奇想，叫我們在紙上寫下最令人臉紅的事，寫得好免交社費。

我寫的是：「在女朋友家上完大號後，才發現她們家的抽水馬桶壞了。」

最後決定由我演羅密歐，因為投票結果我寫的事最令人臉紅。

我知道這是我的錯，無奈這是我悲哀的反射習慣。

柏森是第二名，他寫的是：

「去超市買保險套，結帳時店員大喊：『店長！Durex 牌保險套現在

還有特價嗎?』」
所以他飾演死在羅密歐劍下的提伯特,茱麗葉的堂兄。

為了公演時不致鬧笑話,一星期要彩排三次。
排羅密歐與茱麗葉在花園夜會時,我得忍受橘子學姐歇斯底里地狂喊:
「喔!羅密歐!拋棄你的姓氏吧!玫瑰花即使換了一個名字,還是一樣
　芬芳啊!我願把自己完全奉獻給你,補償那根本不屬於你的名字。」
「喔!羅密歐!圍牆這麼高,你怎麼來到這裡?如果我的家人看見你在
　這裡,一定不會放過你。」
「喔!羅密歐!我好像淘氣的女孩,雖然讓心愛的鳥兒暫時離開手掌,
　卻立刻將牠拉回來。這樣我怕你會死在我自私的愛裡。天就要亮了,
　你還是趕快走吧!」

令人悲憤的是,我還得跟在橘子學姐後面,唸出下面這些對白:
『妳只要叫我 "愛",我就有新名字。我永遠不必再叫羅密歐。』
『我藉著愛神的翅膀飛越圍牆,圍牆再高也無法把我的愛情攔阻在外。
　只要妳用溫柔的眼神看我,任何銳利的刀劍也無法傷害我的身體。』
『但願我就是妳的鳥兒。如果我能夠死在妳的愛裡,那真是比天還大的
　幸福。以我的靈魂起誓,親愛的茱麗葉,我的愛情永遠忠實堅貞。』

橘子學姐的叫聲總是非常淒厲,很像歐洲中古時代女巫被燒死前的哀嚎。
我曾經拜託她,可不可以在唸台詞時,稍微……嗯……稍微正常一點。
「喔!羅密歐學弟啊!我飾演的是偉大的莎士比亞的偉大的戲劇作品中
　的偉大的女主角茱麗葉啊!她唯一的愛來自於她家族唯一的仇恨啊!
　這是不應該相識相逢而相戀的愛啊!她的內心是非常痛苦而掙扎啊!
　所以講話時自然會比較大聲和激動啊!你明不明白啊!」

我當然不明白。

我只知道我晚上作惡夢時，都會聽到有人在鬼叫：「喔！羅密歐！」

每次彩排完回到宿舍，我都像是剛跟武林八大高手比拼內力後的疲憊。

洗個澡，躺在床上休息。柏森就會突然拿起衣架：

「羅密歐！你這個壞蛋。你已經冒犯了我，趕快拔出你的劍吧！」

我立刻從床上起身，跳下床舖，抽出衣架，大聲說：

『提伯特！我要為我的好友馬庫修報仇，你準備下地獄去吧！』

「羅密歐！你這隻該死的畜生！我的劍就要穿透你的胸膛了！」

『提伯特！你只是臭水溝裡的老鼠，讓我來結束你卑賤的生命吧！』

然後我們就會把衣架當劍，開始決鬥，直到柏森被我刺死為止。

有時子堯兄也在，他就會將視線暫時離開書本，微笑地看著我們。

後來子堯兄背包的書，就多了《西洋戲劇史通論》和《莎士比亞全集》。

羅密歐刺死提伯特後被判放逐，如果不離開就會被處死。

臨走時的夜晚，他還不忘利用繩梯爬上茱麗葉樓台上的窗口。

我就只有這點跟羅密歐比較像。

然後羅密歐和茱麗葉經過一夜纏綿，成為真正的夫妻。

感謝老天，我不用跟橘子學姐演出這一幕。

只要用昏暗的燈光跟煽情的旁白，帶過即可。

但是我還是得再忍受茱麗葉的哀嚎。

「喔！羅密歐！你現在就要走了嗎？我的丈夫，我的心肝，我的愛人。

　令人詛咒的大地啊！為什麼這麼快就射出晨曦的曙光呢？」

橘子學姐滾倒在地上，緊緊抓住我右邊的牛仔褲管。

「喔！羅密歐！別離去啊！你怎能狠心留我一個人孤單地在這樓台上？

為何你英俊的臉龐變得如此蒼白，是悲傷吸乾了你的血液嗎？」
連左邊的褲管也被抓住了。
「喔！羅密歐！我的摯愛。請用你溫熱的嘴唇狂野地給我最後一吻吧！
讓我盡情地吸吮你的氣息，你的芳香！」
竟然還開始用力拉扯⋯⋯

『去死吧！茱麗葉。』
我終於忍受不住。

結果，我被趕出話劇社。罪名是：「侮辱莎士比亞」。
在話劇社，這句話的意思就是欺師滅祖。
那晚，我一言不發地坐在床上，拿萬金油擦拭被橘子學姐捏成瘀青的腿。
柏森爬上我的床舖，看看我的腿，拍拍我肩膀：
「我也退出話劇社了。我可不想扮演死在別的羅密歐劍下的提伯特。」
『那太可惜了。你真的很適合扮演被殺死的角色。』
「嘿嘿，菜蟲。你那句『去死吧！茱麗葉』，真的好酷。」
他說完後，誇張地笑著，很像臉部肌肉抽筋。
我突然也覺得很好笑，於是跟著笑了起來。

「來吧！雙腳瘀青的羅密歐！你這個侮辱莎士比亞的惡賊！」
柏森迅速從上舖跳下，拿出衣架。
『混蛋提伯特！你這隻九條命的怪貓，讓我再殺死你一次吧！』
我腿很痛，無法用跳的，只好狼狽地爬下床舖，拿出衣架。
衣架上面還掛著一件內褲，子堯兄的。
所有的不愉快，都在最後一次殺死提伯特後煙消雲散。

辯論社是柏森最投入的社團，但卻是我最不感興趣的社團。

每次到社團參加活動，總覺得像在上課。

同一律、矛盾律、排中律、充分舉證律，這四大基本邏輯還不算難懂。

只是柏森每次從辯論社回來後，總喜歡跟我練習辯論。

「豬，吃很多；你也吃很多。」柏森指著我：「所以你是豬。」

『亂講。演繹法不是這樣的。』

「嘿嘿，我當然知道這樣講似是而非，但你千萬別小看這個東西喔。

　如果將來要從政，就得先學會這種邏輯語言。」

柏森又嘿嘿兩聲，站起身，手裡拿枝筆當麥克風：

「不珍惜後代子孫生活環境的人（豬），會贊成蓋核電廠（吃很多）；」

「國民黨（你）也贊成蓋核電廠（吃很多）。」

「所以國民黨（你）是不珍惜後代子孫生活環境的自私政黨（豬），

　是歷史的罪人！選民的眼睛是雪亮的，我們要用選票加以唾棄！」

柏森望著我，笑嘻嘻說：

「菜蟲，這樣夠酷吧？如果政治立場不一樣，再把關鍵字改一改就行。」

『太扯了吧。』

「怎麼會扯呢？台灣的立法院每天都充斥著這種語言啊。」

說的也是。不過我只是單純的小老百姓，不敢妄談政治。

有次辯論社舉辦紅白對抗賽，將新進社員分成兩組，進行辯論。

記得那次的辯論題目好像叫做「談戀愛會不會使一個人喪失理性」。

柏森和我，還有一個機械系的大一男生，代表反方。

正方也是三個人，兩男一女。

那個女孩子長得很可愛，還綁了兩條長長的辮子。

正方的觀點一直鎖定在談戀愛的人總會做出很多不理性的行為。
以學生而言，即使隔天要期末考，晚上還是會跟女孩子看電影。
或是半夜在女孩樓下彈吉他大唱情歌，不怕被憤怒的鄰居圍毆。
為了愛情茶不思飯不想睡不著的人，更是所在多有。
而許多瘋狂行為的產生，通常也是因為追求愛情。
更有甚者，為了愛情而想不開自殺，或是殺害情敵與愛人，也時有所聞。

「例如著名的愛德華八世，放棄王位而成為溫莎公爵，只為了和心愛的
　辛普森夫人廝守終生。辛普森夫人是個離過兩次婚的婦人，溫莎公爵
　竟然為她失去王位並被流放，我們能說溫莎公爵沒有失去理性嗎？」
那個綁著辮子的女孩，左手抓著辮子，右手指著我，大聲地說。

我在答辯時，首先定義理性應是思考的「過程」，而非「結果」。
所以不能因為經過思考的結果和一般人不一樣，就認為他沒經過思考。
舉例來說，如果在白色與黑色之間，大家都選白色，卻有一個人選黑色。
並不能因此判定那個人沒有理性，只不過在一般人眼裡他是不正常而已。
正不正常只是多與少的區別，沒有對與錯，更與理不理性無關。
就像愛因斯坦智商比正常人高很多，表示他不正常，但能說他不理性嗎？

『英國的溫莎公爵不愛江山愛美人，這是因為對他而言美人比較重要。
　即使一般人都覺得江山比較重要，那也只是價值觀上的差異。不應該
　因為這種不同的價值觀，就認定溫莎公爵因為愛情而失去理性。』
我沒綁辮子，又不甘示弱，左手隨便抓著一撮頭髮，右手也指著她。

柏森站起身準備結辯時，右手還在桌子下方對我比個「V」手勢。
「對方辯友舉出許多因為『愛情』而殺人或自殺的極端結果做例子，

來證明『談戀愛』是不理性的……」

柏森的語調很激昂。這語調我很熟悉，好像是……？

「我方想反駁的是，即使有許多人為了『金錢』而殺人或自殺，

　就能證明『賺錢』是不理性的嗎？」

柏森把語氣再加強一些，我終於知道了，那是在話劇社時唸對白的方式。

「所以我方認為，『談戀愛並不會使一個人喪失理性』。謝謝！」

柏森下台時，答禮的姿勢是土風舞社的邀舞動作。

結果揭曉，我們代表的反方獲勝，柏森還獲得該場比賽的最佳辯士。

學長說我表現得也不錯，只是抓頭髮的樣子，看起來實在很像猴子。

「可惜這是辯論比賽，不是馬戲團表演。」學長拍拍我肩膀，遺憾地說。

當天晚上，依照慣例，柏森還是在熄燈睡覺後爬到上舖問我，

他是不是天生的英雄人物。

從此，柏森就一直是辯論社社員，到大四為止。

我陪柏森到大二後，就不去辯論社了。

因為我辯論時，偶爾會冒出你娘的圈圈叉叉，

或是他媽的鳥兒飛之類的髒話。

學長說我很孝順，都不會提到我媽。

孝子是不應該因為說髒話而被對方辯友砍死的。

總之，大一和大二的時光，對我和柏森而言，是非常快樂的。

正因為快樂，所以時光走得特別匆忙。

大二下學期，柏森還被選為班代，我被選為副班代。

那學期我們相當活躍，辦了幾場舞會，還有撞球比賽和歌唱比賽。

舞會時，我們有開舞特權，可以先挑選可愛的女孩子跳舞，不必跟人搶。

撞球比賽我和柏森搭檔，撞遍班上無敵手，拿到冠軍。

歌唱比賽子堯兄竟然也參加，他唱的是曹雪芹的「紅豆詞」。
「滴不盡相思血淚拋紅豆，開不完春柳春花滿畫樓……」
子堯兄左手抱著一本《紅樓夢》上台，聲音渾厚低沉，全班震驚。
「嚥不下玉粒金波噎滿喉，瞧不盡鏡裡花容瘦……」
他的右手先輕掐著脖子，再摸摸臉頰，身段很像歌仔戲裡的花旦。
「展不開眉頭，捱不明更漏……」
子堯兄深鎖雙眉，眼睛微閉，右手按著額頭，非常投入。
「恰似遮不住的青山隱隱，流不斷的綠水悠悠……」
「悠」字尾音拉長十幾秒，綿延不絕，全班鼓掌叫好。
毫無異議，子堯兄是班上歌唱比賽的冠軍。

系上的課業，我和柏森也都能輕鬆過關。
子堯兄一直被流體力學所困擾，考試前我和柏森總會惡補他一番。
要升大三的那個暑假，1013 室的三個人，決定要搬出宿舍。
因為每個人的東西變多了，特別是書。
所以我們在外面找了間公寓，是樓中樓格局，有四個房間。
還剩一間，我們把它分租出去。
最後租給一個大我們一屆的中文系學姐，楊秀枝。
我們都叫她秀枝學姐。

秀枝學姐的出現，除了讓我知道東方女孩也有傲視西方的胸圍外，
最重要的是，她讓我認識了明菁。
因為明菁，我才知道，我是一株槲寄生。

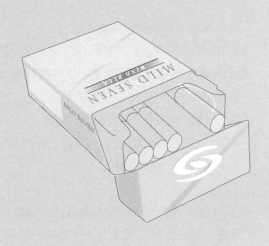

5

我無法在夜裡入睡

因為思念一直來敲門

我起身為你祈禱

用最虔誠的文

親愛的你

我若是天使

我只守護

你所有的幸福

「各位旅客,現在開始驗票!」

列車長搖搖晃晃地推開車廂的門,人還沒站穩便說了這句話。

我把剛讀完的第五根菸收起,準備掏錢補票。

「到哪裡?」

『從台北到……到……應該是台南吧。』

列車長疑惑地看了我一眼,然後從褲子後面的口袋拿出本子,邊寫邊說:

「台北到台南,總共 571 元。」

我付了張千元鈔票,列車長拿錢找給我時,說:

「先生,請別坐在這箱子上。裡面放的是便當。」

『啊?抱歉。』

我很不好意思地馬上站起身。

還好,今天的腸胃沒出問題,不然就對不起火車上吃便當的旅客了。

過沒多久,就有火車上的工作人員來打開箱子,拿出便當,準備販賣。

我今天還沒吃過任何東西,不過我並不想吃便當。

只是單純地不想吃東西而已。

再把第五根菸拿出,將視線停在「因為思念一直來敲門」這句。

明菁曾經告訴我,思念的形狀是什麼。

但是思念在夜裡敲門的聲音,聽起來到底像什麼呢?

我斜倚著車廂,試著調整出一個較舒服的姿勢。

聽車內的人說,火車剛過新竹。

真巧,秀枝學姐正是新竹人,很想知道她的近況。

她火爆的脾氣,不知道改了沒?

我想應該很難改掉,畢竟那是她的特色,改掉不見得比較好。

我不由得想起第一次見到秀枝學姐的情形。

那時我和柏森為了分租房間，到處貼租屋紅紙。

柏森還偷偷在紅紙寫上：「限成大女學生，貌美者尤佳。」

兩天後，秀枝學姐來看房子。

她打開客廳的落地窗時，用力過猛，把落地窗卸了下來。

「真抱歉。沒想到昨天剛卸掉人的肩膀，今天就卸掉窗。」

「卸……卸……卸掉人的肩膀？」柏森問得有點緊張。

「也沒什麼啦，只是昨天看電影時，有個男的從後面拍我的肩膀搭訕。

我心裡不爽，反手一握，順手一推，隨手一甩，他肩膀就脫臼了。」

秀枝學姐說得輕描淡寫。

我和柏森互望一眼，眼神中交換著恐懼。

看沒十分鐘，秀枝學姐就問：「押金多少？我要租了。」

「妳不再考慮看看？」柏森摸摸肩膀，小心地問著。

「幹嘛還考慮？我很喜歡這裡。」

『可是我們其他三個都是男的喔。』我也摸摸肩膀。

「那又沒差。我是女孩子都不擔心了，你們緊張什麼？」

秀枝學姐斜眼看著我們，「是不是嫌我不夠貌美？」

我和柏森異口同聲說：「小的不敢。」

「那就好。我是中文四的楊秀枝，以後多多指教囉。」

這間樓中樓公寓在五樓，光線充足，通風良好，空間寬敞。

四間房間分配的結果，秀枝學姐和子堯兄住樓下，我和柏森住樓上。

秀枝學姐住的是套房，擁有自己專屬的浴室。

樓下除了兩間房間外,還有一間浴室,客廳和廚房都在樓下。
樓上就只有兩間房間,和一間我和柏森共用的浴室。
客廳落地窗外的陽台,空間算大,我們擺了三張椅子供聊天用。
樓上還有個小陽台,放了洗衣機,晾衣服也在這裡。

我們三個人搬進來一星期後,秀枝學姐才搬進來。
秀枝學姐搬來那天,還下點小雨,子堯兄不在,我和柏森幫她整理東西。
「休息吧,東西弄得差不多了。我下樓買晚餐,我請吃飯。」
秀枝學姐拿把傘就下樓了,半小時後提了比薩、炸雞和可樂回來。
「你們這兩個學弟人不錯,學姐很喜歡。來,一起吃吧。」
我們在客廳邊吃邊聊,氣氛很愉快。

其實秀枝學姐長得不錯,人不算胖,但胸圍確實很豐滿。
我沒別的意思,只是陳述一個「太陽從東邊出來」的事實。
「學姐,妳為什麼要搬出宿舍呢?」柏森很好奇地問。
「我們中文系的女孩子,都住在勝九舍,大家的感情非常好。」
秀枝學姐放下手上的可樂,擱在桌上,神情氣憤地說:
「可是說也奇怪,我晾在陽台上的新洗衣物,常會不見,尤其是內衣。
　有一次我實在是氣不過,就在宿舍公佈欄貼上:哪個缺德鬼偷了我的
　黛安芬 36E 罩杯調整型胸罩?我就不相信那件胸罩勝九舍裡還會有
　第二個女生穿得下!」

「結果隔天就有四個人也貼出公告。」秀枝學姐還是憤憤不平。
「四個人分別署名:中正機場跑道,小港機場停機坪,平坦的洗衣板,
　和諸葛四郎的好朋友⋯⋯」
「諸葛四郎的好朋友是什麼?」柏森打斷了秀枝學姐的話。

「真平呀，笨。」
秀枝學姐瞪了柏森一眼，然後告訴我們這四份公告寫著：

「妳的胸部實在大，我的胸部沒妳大。
可是只要我長大，妳就不敢聲音大。」

「妾身二十三，胸圍三十二。
背胸分不出，心酸眼眶熱。」

「別人雙峰高聳立，我的胸前可洗衣。
請君憐惜扁平族，切莫炫耀 36E。」

「阿爺無大兒，小妹無長胸。
閣下身材好，何必氣沖沖。」

「氣死我了。內衣被偷還讓人消遣，我一怒之下，就搬出來了。」
我和柏森雙手交叉胸前，緊緊抓住自己的肩膀，痛苦地忍著笑。
剛好子堯兄開門回來。
「咦？妳彷彿是個女的？」
子堯兄雙眼盯著秀枝學姐，滿臉疑惑。

「廢話！」秀枝學姐沒好氣地回答。
「可惜妳只有外表像個女的。」
「你有種再說一遍看看！」
「可惜啊可惜……」子堯兄竟然唱了起來：
「妳妳妳妳……只有外表啊……啊……啊……像個女的……」

尾音照樣綿延十幾秒。
子堯兄不愧是班上歌唱比賽冠軍，丹田真好。

「你這混蛋！」
秀枝學姐一個鷂子翻身，柏森馬上扶著她的肩膀安撫：
「子堯兄是開玩笑的啦。」
『是啊是啊，子堯兄最喜歡開玩笑。而且他是用唱的，不是用說的。』
我也幫了腔。
子堯兄從背包拿出兩顆暗紅色的橢圓石頭，給我和柏森各一顆。
然後若無其事地進了房間，完全不曉得他的肩膀剛度過危機。
他打開房門時，從背包中掉出一本書，《台灣流行情歌歡唱大全》。

秀枝學姐生了子堯兄一陣子的氣，還在房門口貼上：
「狗與葉子堯不得進入！」
後來她慢慢了解子堯兄，又很欽佩他的好學，氣就完全消了。
偶爾還會向子堯兄借一些書來看。
我們四個人住這裡，很舒適，常常會一起在客廳看電視。
不過子堯兄通常只看了一會新聞節目，就會回房間看書。
而秀枝學姐很健談，常講些女孩子間的趣事，我和柏森聽得津津有味。

這裡很安靜，除了隔壁棟五樓有對夫妻常吵架以外。
我和柏森第一次聽見他們吵架時，還以為是八點檔電視劇的聲音。
因為他們吵架時常會說出：
「天啊！你已經變了嗎？你不再愛我了嗎？你是不是外頭有別的女人？」
「喔！為什麼我堅貞愛妳的心，必須承受妳這種嫉妒與懷疑的折磨呢？」
我和柏森覺得他們一定進過話劇社。

他們吵架時總會摔東西，大概都是些碗盤之類的，破碎的聲音非常清脆。

很奇怪，吵了那麼多次，為什麼碗盤總是摔不完？

如果依我國中作文時的習慣，我一定會用摔不完的碗盤來形容考試。

有一次他們吵得特別凶，碗盤摔碎的聲音特別響亮。

「夠了沒？每次妳只會摔盤子，能不能摔點別的東西？」先生的聲音。

「好！這是你說的。」太太咬咬牙，恨聲地說：

「我把你送給我的鑽戒、金手鐲、玉墜子通通摔出去！」

『柏森！快！』我聽完後，馬上起身，像隻敏捷的獵豹。

「沒錯！快去撿！」柏森和我同時衝下樓。

那天晚上，我和柏森找了很久，水溝都翻遍，什麼也沒找著。

狼狽地回來時，秀枝學姐就說：

「你們兩個真無聊，是不是日子過得太閒？我介紹女孩子給你們吧。」

原來秀枝學姐在靜宜大學唸書的朋友，有兩個學妹要找筆友。

我和柏森心想這也不錯，就答應了。

柏森的筆友跟他進展很快，沒多久就寄了張照片給他。

照片中的那位女孩站在桃花樹下，笑容很甜，滿漂亮的。

「菜蟲，我很厲害吧。嘿嘿，來看看我的回信，多學點。」

柏森把信紙遞給我，上面是這樣寫的：

「收到妳的照片後，我迷惑了……

不知是置身於古希臘奧林匹克山上，看見斜臥床上的維納斯，

那傾倒眾生的風采？

抑或是在埃及人面獅身像旁，看見盛裝赴宴的克麗奧派屈拉，

那讓人炫目的亮麗？
不知是置身於春秋時的會稽，看見若耶溪邊浣紗的西施，
那輕顰淺笑的神情？
抑或是在盛唐時的長安，看見剛從華清池出浴的楊貴妃，
那柔弱無力的姿態？
不知是置身於西漢元帝時雁門關外，看見懷抱琵琶的王昭君，
那黯然神傷的幽怨？
抑或是在東漢獻帝時殘暴的董卓房內，看見對鏡梳髮的貂蟬，
那無可奈何的淒涼？」

「菜蟲，怎麼樣？寫得很棒吧？」柏森非常得意。
『太噁心了。』我把信紙還給他。
「怎麼會噁心呢？這樣叫做讚美。」
『你寫這些字時，手不會發抖嗎？』
「當然會發抖啊。我覺得我寫得太好了，果然是天生的英雄人物。」
柏森再看一次信紙，讚不絕口說：
「嘖嘖……你看看，希臘神話的美神維納斯，西方美女埃及豔后，還有
　中國四大美女西施、楊貴妃、王昭君、貂蟬都用上了，真是好啊。」

我懶得理柏森，因為他還會再自我陶醉一陣子。
我回到我的房間，想想該怎麼寫信給我的筆友。
我的筆友很酷，寫來的信上通常只有七八行字，最高紀錄是九行。
看來她也有寫極短篇小說的天分。
我這次的信上說希望她能寫十行字給我，不然寄張照片來也行。
幾天後，我收到她的回信。
果然寫了十行字。

「你最好是死了這條心吧」
一個字寫一行，不多不少，剛好十行。

我聽她的話，就不再寫信了。
但是柏森老把他寫給筆友的信唸給我聽。
「上帝對人是公平的，所有人都是魚與熊掌不可兼得，但上帝對妳實在
　太不公平了。祂不但給妳魚與熊掌，還附贈燕窩魚翅鮑魚和巧克力，
　偶爾還有冰淇淋。」
東西是很有營養，但信的內容實在是沒營養。
秀枝學姐看不慣我常常豎起耳朵傾聽隔壁的夫妻是否又要擇東西，
就說：「菜蟲，別無聊了。我乾脆介紹學妹跟你們班聯誼吧。」

秀枝學姐找了小她一屆的中文系學妹，跟我和柏森一樣，都是大三。
柏森在班上提議，全班歡聲雷動，還有人激動地當場落下淚來。
最後決定到埔里的清境農場去玩，兩天一夜。
中文三有 21 個女生，我們班上也有 21 個男生參加。
子堯兄說出去玩浪費時間，還不如多看點書，就不去了。

出發前一晚，我和柏森在客廳，研究在車上如何讓男女配對坐在一起。
傳統的方法是，將一張撲克牌剪成兩半，讓湊成整張的男女坐在一起。
柏森說這方法不好，不夠新鮮，而且還得浪費一副撲克牌。
我說不如想出 21 對有名的伴侶，把名字寫在紙上，就可以自行配對。
比方說梁山伯與祝英台、羅密歐與茱麗葉、紂王與妲己、
唐明皇與楊貴妃、吳三桂與陳圓圓等等。

隔天早上八點在校門口集合，我拿寫上男人名字的卡片給班上男生抽。

柏森則拿寫上女人名字的卡片給中文系的女生抽。

我抽到的是楊過，柏森抽到的是西門慶。

然後有將近五分鐘的時間，男女彼此呼喚，人聲嘈雜。

「林黛玉呼叫賈寶玉，林黛玉呼叫賈寶玉，聽到請回答。」

「我是孫中山，我要找宋慶齡，不是宋美齡喔。」

「我乃霸王項羽，要尋美人虞姬。虞姬，我不自刎了，咱們回江東吧。」

「我身騎白馬走三關，改扮素衣回中原。寶釧啊，平貴終於回來了。」

「誰是潘金蓮？潘金蓮是誰？」柏森的聲音特別大。

「同學。我在，這裡。別嚷，好嗎？」

咦？這語調好熟，莫非是……

我偷偷往聲音傳來處瞄了一眼，真是冤家路窄。

不，應該說是人生何處不相逢，是那個像陀螺般旋轉的女孩。

「妳是潘金蓮？妳真的是潘金蓮？」

「同學，我是。上車，再說。」

「潘金蓮啊，妳怎麼看起來像武大郎呢？」

「同學。夠了！」

我摀住嘴巴，偷偷地笑了起來。柏森待會在車上，一定會很慘。

「過兒！過兒！你在哪？姑姑找你找得好苦。」

我回過頭，一個穿著橘黃色毛衣戴著髮箍的女孩，微笑著四處張望。

她的雙手圈在嘴邊，聲音清脆卻不響亮，還夾雜著些微嘆氣聲。

這是我第一次看見明菁。

她站在太陽剛升上來沒多久的東邊，陽光穿過她的頭髮，閃閃發亮。

距離現在已經七年多了，我卻能很清楚地記得那天的天氣和味道。
12 月天，空氣涼爽而不濕潤，味道很像在冬日曬完一天太陽的棉被。
天空的樣子則像是把一瓶牛奶潑灑在淡藍的桌布上。

「過兒！過兒！」明菁仍然微笑地呼喚。
我把那張寫上楊過的卡片，從口袋拿出，朝她晃一晃。
明菁帶著陽光走近我，看了看卡片，突然蹙起眉頭說：
「過兒，你不會說話了嗎？難道情花的毒還沒解？」
『同學，可以了。我們先上車吧。』
「過兒！你忘了姑姑嗎？過兒，可憐的過兒呀。」
明菁拿出一條口香糖，抽出一片，遞給我：
「來，過兒。這是斷腸草，可以解情花的毒。趕快吃了吧。」
我把口香糖塞進嘴裡，明菁開心地笑了。

『姑姑，我好了。可以上車了嗎？』
「嗯。這才是我的好過兒呀。」
我們上了車，車內還很空，我問明菁：『姑姑，妳想曬太陽嗎？』
「過兒，我在古墓裡太久了，不喜歡曬太陽。」
『那坐這邊吧。』我指著車子左邊的座位。
「為什麼呢？」
『車子往北走，早上太陽在東邊，所以坐這邊不會曬到太陽。』
「我的過兒真聰明。」

明菁坐在靠窗的位置，我隨後坐下。剛坐定，柏森他們也上車了。
我怕被旋轉陀螺看到，立刻蹲下身。沒想到他們坐在我們前一排。
「過兒，你怎麼了？」明菁看了看蹲在地上的我，滿臉狐疑。

我用食指比出個噓的手勢，再跟她搖搖手。
等到柏森他們也坐定，我才起身坐下。
「過兒，好點沒？是不是斷腸草的藥效發作？」
『沒事。一點點私人恩怨而已。』

「過兒，今天的天氣真好。非常適合出來玩哦。」
『姑姑同學，真的可以了。別再叫我過兒了。』
「好呀。」明菁笑了笑，「不過想出這點子的人，一定很聰明。」
『不好意思，』我用食指比著我的鼻子，『這是我想的。』
「真的嗎？」明菁驚訝地看著我，「你真的很聰明哦！」
『是嗎？』我並不怎麼相信。
「是的。你真聰明，我不會騙人的。」明菁很堅決地點點頭。

我並非從未聽過人家稱讚我聰明，從小到大，聽過幾次。
不過我總覺得那種讚美，就像是在百貨公司買衣服時，
店員一定會稱讚你的身材很棒，穿什麼樣顏色的衣服都會很好看。
這是一種應酬客套似地讚美，或是一種對你有所求的讚美。
較常用在我身上的形容詞，大概是些「還算乖」、「很會唸書」之類的。
而明菁的一句「你真聰明」，就像是物理課本上的牛頓萬有引力定律，
讓我深信不移。

我莫名其妙地對坐在我左手邊的女孩子，產生一股好感。
雖然我的座位曬不到太陽，但我卻覺得有一道冬日的陽光，
從左邊溫暖地射進我眼裡。
『同學，那麼妳叫什麼名字呢？』
在我告訴她我的名字後，我也以同樣的問題問她。

「過兒，你又不是不知道，神鵰俠侶裡的小龍女是沒名字的。」

『姑姑同學，別玩了。妳的名字是？』

「呵呵⋯⋯」她從背包拿出紙筆，「我寫給你看吧。」

她蹲下身，把座位當桌子，寫了起來。

不過，寫太久了。中文名字頂多三四個字，需要寫那麼久嗎？

「好了。」她把紙拿給我，「我的名字，請指教。」

我看了一眼，就愣住了。因為上面寫著：

「卅六平分左右同，金烏玉兔各西東。

芳草奈何早凋盡，情人無心怎相逢。」

『同學，妳⋯⋯妳寫什麼東西呢？』

「我的名字呀，讓你猜。不可以偷偷問我同學哦！」

我想了一下，大概可以猜出來，不過還不是很肯定。

這時車上開始有人拿麥克風唱歌，她也點唱了一首歌。

她唱的是蔡琴的「恰似你的溫柔」。

唱到那句「這不是件容易的事⋯⋯」，她還朝我笑一笑。

唱完後，她轉頭問我：「唱得好聽嗎？」

『非常好聽。林明菁同學。』

「哇！你真的是很聰明。你怎麼猜到的？」明菁睜大了眼睛看著我。

『卅六平分是十八，十八組合成木。左右都是木，合起來就是"林"。

　金烏是太陽，玉兔是月亮，日在西邊而月在東邊，應該是指"明"。

　草凋去早，剩下艸字頭；情無心，自然是青，艸加青便得到"菁"。

　這並不難猜啊。是吧，林明菁同學。』

「不會哦，你是第一個猜中的。你果然聰明。」
明菁拍拍手，由衷地稱讚。

「可是『金烏玉兔各西東』這句，你怎麼不猜是『鈺』呢？」
『我原先很猶豫。不過我想如果是鈺，妳應該會說黃金翠玉之類的。』
我看了看明菁明亮的雙眼，不自覺地瞇起眼睛，好像正在直視著太陽。
『也可能是因為我覺得妳好像太陽，又坐在我左邊，才會想到"明"。』
「呵呵……如果我是太陽，那你不就是月亮？」
明菁的笑容非常美，可惜我無法像她一樣，很自然地讚美別人。

明菁，不管經過多少年，妳永遠是我的太陽。
我是月亮沒錯，我之所以會發亮，完全是因為妳。
沒有妳的話，我只是顆陰暗的星球。
畢竟月亮本身不發光，只是反射太陽的光亮啊。

「同學，妳看過卡通霹靂貓嗎？」
我前座的柏森，開始試著跟旋轉陀螺聊天。
我覺得很奇怪，車子都走了好一陣子，柏森才開始找話題。
「看過。如何？」
「那妳知道為什麼每次獅貓都要高喊『霹靂……霹靂……霹靂貓』嗎？」
「不知。」
「因為獅貓口吃啊！」柏森哈哈笑了起來。
「同學。你的，笑話。真的，很冷。」
「不會吧？金蓮妹子，妳好像一點幽默感也沒喔。」
「給我，閉嘴！」

輪到我在後座哈哈笑，真是開心，柏森今天終於踢到鐵板了。

柏森回頭看我一眼，用嘴形說出：這──伙──伙──好──奇──怪。

我也用嘴形回答他：沒──錯。

「你──們──在──幹──嘛？」明菁也學我和柏森，張開嘴不發聲。

『沒什麼。我們在討論妳同學。』我指著旋轉陀螺的座位，小聲地說。

「哪位呢？」因為旋轉陀螺坐在椅子上，後座的人是完全看不到的。

所以明菁稍微站起身，看了一眼，壓低了聲音，靠近我：

「她叫孫櫻，我的室友。是我們系上很有名的才女哦。」

『嗯，我領教過她的用字，確實很厲害。』

『我想，妳應該也很厲害吧？』

「你怎麼這樣問呢？我很難回答的。」

『為什麼？』

「因為我不會說謊呀。」

『那妳就照實說啊。』

「可是我如果說實話，你會笑我的。」

『我幹嘛笑呢？』

「真的不笑？」

『當然不笑。』

「嗯，好吧。學姐們都說我很厲害，可以說是才貌雙全，色藝兼備。」

我忍不住笑了出聲，這女孩竟連色藝兼備也說出口。

「喂，你說過不笑的。」

『對不起。我只是很難想像妳會說出色藝兼備這句話。』

「是你要聽實話的。我的直屬學姐總是這樣形容我呀。」

『嗯。妳的直屬學姐說的沒錯。』

「謝謝。」
明菁又笑了起來，露出潔白的牙齒。

車子中途停下來，讓我們下車去上廁所。
我等到孫櫻下車後，才敢下車上廁所。
上完廁所出來後，在洗手台剛好撞見孫櫻。
我走投無路，只好尷尬地笑了笑。

「同學。我們，彷彿，見過？」孫櫻直視著我，若有所思。
『同學。跳舞，旋轉，陀螺。』我很緊張地回答。
孫櫻想了一下，點點頭：「了解。」
『很好。』我也點點頭。

中午抵達清境農場，吃過飯後，有大約兩個小時的自由活動時間。
然後下午三點在著名的青青草原集合，玩點遊戲。
從下榻的地方，可以有兩條路爬上青青草原。
一條是平坦的山路，是柏油路，比較好走。
另一條則是幾百級的階梯，由碎石鋪成，陡峭難行。
我和柏森決定爬階梯，因為聽說沿路的風景很美。

「喂！過兒，你又丟下姑姑去玩耍了。」
我回過頭，明菁和孫櫻在離我們十幾級階梯下面，氣喘吁吁。
『妳還好吧？』我們停下腳步，等她們。
「呼……好累。這裡的坡度真陡。」明菁掏出手帕，擦擦汗。
「潘金蓮，妳還可以嗎？」柏森也問了孫櫻。
「你……你……」孫櫻喘著氣，手指著柏森，無法把話說完。

「真奇怪。金蓮妹子妳身材不高，下盤應該很穩。怎會累成這樣？」
柏森很訝異地看著孫櫻。
「再叫，金蓮。我就，**翻臉**！」孫櫻一口氣說完，就咳了起來。

我們在路旁的樹下坐了一會，我和明菁先起身繼續走。
柏森陪孫櫻再休息一下。
這裡的海拔約 1750 公尺，沿路空氣清新，景色優美，林木青蔥。
眺望遠處，牛羊依稀可見。
灰白色的階梯，很像是一條巨蟒纏繞著綠色的山。
我們大約在巨蟒的腹部，巨蟒的頭部還隱藏在雲霧間。
明菁抬頭往上看，右手遮著太陽，停下腳步。

『怎麼了？累了嗎？』
「不是。」明菁笑了笑，「你不覺得這裡很美嗎？」
『嗯。』
「這條階梯蜿蜒地向上攀升，很像思念的形狀。」
明菁的視線似乎在盡力搜尋巨蟒的頭部。
『思念的形狀？對不起，我不太懂。』

「沒什麼啦，只是突然有種想寫東西的感覺而已。」
明菁收回視線，看著在她左邊的我，微笑地說：
「思念是有重量的，可是思念的方向卻往往朝上。是不是很奇怪？」
『思念怎麼會有重量？如何測量呢？』
「你們工學院的學生就是這樣，有時候容易一板一眼。」
明菁找了塊石頭，用面紙擦了擦，然後向我招手，一起坐下。

槲寄生

「過兒，當你思念一個人或一件事時，會不會覺得心裡很沉重？」

『應該會吧。』

「所以思念當然有重量。」明菁把手當扇子，搧了搧右臉。

「而我們對思念事物的眷戀程度，就決定了思念重量的大小。」

『嗯。』

「讓人覺得最沉重的思念，總是在心裡百轉千迴，最後只能朝上。」

明菁的手順著階梯的方向，一路往上指：

「就像這條通往山上的階梯一樣，雖然彎來彎去，但始終是朝上。」

她嘆了一口氣，悠悠地說：

「只可惜，一直看不到盡頭。」

明菁似乎已經放棄尋找巨蟒頭部的念頭，低下頭自言自語：

「思念果然是沒有盡頭的。」

『為什麼思念的方向會朝上呢？』

在彼此都沉默了一分鐘後，我開口問。

「我父親在我唸高一時去世了，所以我思念的方向總是朝著天上。」

『對不起，我不是故意的。』

「沒關係。那已經是很久以前的事了。」

『如果思念有重量，而且思念的方向朝上，那思念就是地球上唯一違反
 地心引力的東西了。』

「過兒。你果然是工學院的學生。」

明菁終於又開始笑了。

「過兒，我們繼續走吧！」

明菁站了起來，生龍活虎地往上跑。

『喂！小心點。很危險的。』
我馬上跟過去，走在她左手邊，因為左邊是山崖。
一路上，明菁說了些她在大一和大二時發生的趣事。
原來她也參加過土風舞比賽。

「那時還有個人在台上大跳脫衣舞哦。」明菁樂不可支。
『妳看，』我往山下指，『在孫櫻旁邊的那個人，就是苦主。』
「真的嗎？這麼巧？不過他穿上衣服後，我就不認得他了。」
明菁笑得很開心，然後說想再仔細看一下跳脫衣舞的苦主。
我們就在路旁等著，等柏森和孫櫻上來，再一起爬到青青草原。
柏森經過時，明菁一直掩著嘴笑，還偷偷在我耳邊告訴我：
「他還是適合不穿衣服。」

青青草原是一大片遼闊的坡地，而且顧名思義，綠草如茵。
我們 42 個男女圍成一圈，男女相間，坐了下來。
溫暖的陽光，和煦的微風，草地又柔軟似地毯，坐著很舒服。
明菁坐在我左手邊，孫櫻在我右邊，而孫櫻的右邊是柏森。
玩遊戲時，明菁非常開心，好像第一次到野外遊玩的小孩。
當我覺得遊戲很無聊時，我就往左邊看一下明菁，便會高興一點。

「各位同學，請在這個書包上做出任何一種動作。」
只見一個黑色的書包，從右邊傳過來。
有的人打它一下，有的背起它，有的踢它一腳，有的把它坐在屁股下。
傳到我時，我把它抱在懷裡，親了一下。
沒有為什麼，只是因為書包右下角有張美美的明星照片。
這也是我悲哀的反射習慣。

「好。請各位將剛才做的動作，再對你左手邊的人做一次。」
「Yeah！」柏森興奮地叫了出來，因為他剛剛狠狠地踹書包一腳。
他在踢孫櫻前，竟然還舒展筋骨，熱身一下。
孫櫻被柏森踢一腳後，用力瞪著柏森 10 秒鐘。
柏森朝她比個「Ｖ」手勢。
她轉過身看著我時，我低下頭，像一隻等待主人來摸毛的小狗。
因為孫櫻是用手在書包上摸了一圈。

孫櫻人不高，坐著時更矮，還有點駝背。
為了讓孫櫻能順利地摸我的頭一圈，我低頭時，下巴幾乎碰到地面。
她摸完後，我抬起頭看她，她不好意思地笑了笑。
看來我們的樑子算揭過了，雖然以前我把她當陀螺旋轉，
現在她也把我當湯圓搓了一圈。
後來柏森常取笑我，說我很適合當政治人物。
因為台灣很多當大官的人，都要先學會被人摸摸頭。

輪到我時，我遲疑了很久。
「菜蟲！你書唸假的嗎？要把遊戲當國家一樣效忠的道理，你不懂嗎？
　你看我還不是含淚忍痛地踢了金蓮妹子一腳。你可知我心如刀割！」
我在心裡罵道：忍個屁痛，含個鳥淚，你踢得可爽了。
「喂！快點！是不是嫌棄我們中文系的女孩子呢？」
不知道是哪個短命的女孩子，冒出這一句。

我禁不住大家一再地起鬨喧鬧，只好轉過身靠近明菁。
明菁已經低下了頭，垂下的髮絲，像簾幕般遮住了她的右臉頰。

我把臉湊近明菁時，輕輕將她的頭髮撥到耳後，看到她發紅的耳根。
我慢慢伸出左手覆蓋著她的右臉頰，右手同時舉起，擋著別人的視線。
迅速親了自己的左手掌背一下。
『謝謝大家的成全，小弟感激不盡。』我高聲說。

之後玩了什麼遊戲，我就記不太清楚了。
我好像戴上了耳機，聽不見眾人嬉鬧的聲音。
五點左右解散，六點在下榻的山莊用餐。
我順著原路下山，走了一會，往山下看，停下腳步。
「過兒，還不快走。天快黑了。」
我回過頭，明菁微笑地站在我身後。

『同樣一條階梯，往下看的話，還會像思念的形狀嗎？』
「當然不會了。」
明菁走到我身旁，笑著說：
「思念通常只有一個方向。因為你思念的人，未必會思念你呀！」
『嗯。』
「過兒，肚子餓了嗎？趕快下山去大吃一頓吧。」

吃完晚飯後，我和柏森為了七點半的營火晚會做準備。
「過兒，你在做什麼？」
『我把這些木柴排好，待會要升營火。』
「需要幫忙嗎？」
『不用了。』
「哦。」
明菁好像有點失望。

『這樣好了，待會由妳點火。』

「真的嗎？」

『如果我說是騙妳的，妳會打我嗎？』

「過兒，不可以騙人的，你……」

『好啦，讓妳點火就是了。』

本來我和柏森打算用類似高空點火的方式點燃營火，看來得取消了。

明菁在我身旁走來走去，蹲下身，撿起一根木柴，放下去，再站起身。

重複了幾次後，我忍不住問道：

『是不是有什麼事呢？』

「沒什麼。我想問你，今天下午的傳書包遊戲，你以前玩過嗎？」

『沒有。』

「嗯。」

明菁停下腳步。

「過兒，我問你一個問題。你要老實回答，不可以騙人。」

『好。』

「我想知道……」明菁踢了地上的一根木柴，「你為什麼不親我？」

我手一鬆，拿在手裡的三根木柴，掉了一根。

『妳說什麼？』

「你已經聽到了。我不要再重複一次。」

『我膽子小，而且跟妳還不是很熟，所以不敢。』

「真的嗎？」

『如果我說是騙妳的，妳會打我嗎？』

「喂！」

『好。我以我不肖父親楊康的名字發誓，我是說真的。』

「那就好。」

明菁微笑地撿起掉在地上的那根木柴，放到我手裡。

「你再老實告訴我，你後不後悔？」

『當然後悔。』

「後悔什麼？」

『我應該學柏森一樣，狠狠地踢書包一腳才對。』

「過兒！」

『好。我坦白說，我很懊惱沒親妳。』

「真的嗎？」

『如果我說是騙妳的，妳會打我嗎？』

明菁這次不答腔了。蹲下身，撿起一根木柴，竟然還挑最粗的。

『姑姑，饒了我吧。我是說真的。』

「嗯。那沒事了。」

然後明菁就不說話了，只是靜靜地在旁邊看我排放木柴。

七點半到了，人也陸續圍著營火柴，繞成一圈。

我點燃一根火把，拿給明菁。

『點這裡，』我指著營火柴中央一塊沾了煤油的白布，『要小心喔。』

明菁左手摀著耳朵，拿火把的右手伸長……伸長……再伸長……

點著了。點燃的瞬間，轟的一聲，火勢也猛烈地燃燒。

「哇！」明菁的驚喜聲剛好和柏森從音響放出的音樂聲一致。

於是全場歡呼，晚會開始了。

除了一些營火晚會常玩的遊戲和常跳的舞蹈外，各組還得表演節目。

42 個人分成 7 組，我、明菁、柏森和孫櫻都在同一組。

我們這組的表演節目很簡單，交給柏森就行了。

他學張洪量唱歌，唱那首「美麗花蝴蝶」。

「妳像隻蝴蝶在天上飛，飛來飛去飛不到我身邊……」

「我只能遠遠癡癡望著妳，盼啊望啊妳能歇一歇……」

那我們其他人做什麼？

因為柏森說，張洪量唱歌時，很像一個在醫院吊了三天點滴的人。

所以我演點滴，明菁演護士，孫櫻演蝴蝶，剩下兩人演抬擔架的人。

柏森有氣無力地唱著，學得很像，全場拍手叫好。

我一直站在柏森旁邊，對白只有「滴答滴答」。

明菁的對白也只有一句「同學，你該吃藥了」。

孫櫻比較慘，她得拍動雙手，不停地在場中央繞著營火飛舞。

晚會大約在十點結束，明早七點集合，準備去爬山。

晚會結束後，很多人跑去夜遊，我因為覺得累，洗完澡就睡了。

「過兒，過兒……」

半夢半醒之間，好像聽到明菁在房門外敲門叫我。

『是誰啊？』

「太好了！過兒你還沒睡。」

『嗯。有事嗎？』

「我想去夜遊。」

『那很好啊。』

「我剛去洗澡，洗完後很多人都不見了，剩下的人都在睡覺。」

『嗯。然後呢?』

「然後我只能一個人去夜遊了。」

『嗯。所以呢?』

「因為現在是夜晚,又得走山路,加上我只是一個單身的女孩子,
 所以我一定要很小心呀。」

『嗯,妳知道就好。去吧,小心點。』

「過兒,你想睡覺是不是?」

『是啊。我不只是"想",我是一直在睡啊。』

「哦。你很累是不是?」

『是啊。』

「那你要安心睡,不要擔心我。千萬不要良心不安哦!」

『啊?我幹嘛良心不安?』

「你讓我一個單身女孩走在夜晚的山路上,不會良心不安嗎?」

『‥‥‥‥‥‥‥‥』

「如果我不小心摔下山崖,或是被壞人抓走,你也千萬別自責哦。」

『‥‥‥‥‥‥‥‥』

『姑姑,我醒了。妳等我一下,我們一起去夜遊吧。』

「好呀!」

我拿了一支手電筒,陪著明菁在漆黑的山路上摸黑走著。

山上的夜特別黑,於是星星特別亮。

明菁雖然往前走,視線卻總是朝上,這讓我非常緊張。

我們沒說多少話,只是安靜地走路。

經過一片樹林時,明菁似乎顫抖了一下。

檞寄生

『妳會冷嗎？』
「不會。只是有點怕黑而已。」
『怕黑還出來夜遊？』
「就是因為怕黑，夜遊才刺激呀。」
明菁僵硬地笑著，在寂靜的樹林中，傳來一些回音。

「過兒，你……你怕鬼嗎？」明菁靠近我，聲音壓得很低。
『噓。』我用食指示意她禁聲，『白天不談人，晚上莫論鬼。』
「可是我怕呀，所以我想知道你怕不怕。」
『這不是怕不怕的問題。就像妳問我怕不怕世界末日一樣，也許我怕，
　但總覺得不可能會碰到，所以怕不怕就沒什麼意義了。』
「你真的相信不可能會碰到……鬼嗎？」
『以前相信，但現在不信了。』
「為什麼？」

『我以前覺得，認識美女就跟碰到鬼一樣，都是身邊的朋友，或是朋友的
　朋友會發生的事，不可能會發生在自己身上。』
「那現在呢？」
『現在不同啊。因為我已經認識美女了，所以當然也有可能會碰到鬼。』
「你認識哪個美女？」
我先看看天上的星星，再摸摸左邊的樹，踢踢地上的石頭。
然後停下腳步，右轉身面對明菁。
『妳。』

明菁先是愣了一下，然後很燦爛地笑著。
「過兒，謝謝你。我現在不怕黑，也不怕鬼了。」

『嗯。明天還得爬山，早點休息吧。』
「好的。」
午夜 12 點左右，回到下榻處，互道了聲晚安，就各自回房睡了。

隔天在車上，明菁先跟我說抱歉。
「過兒。昨晚我不敢一個人夜遊，硬要你陪我走走，你不會介意吧？」
『當然不會。出去走走也滿好玩的。』
「真的嗎？」
『如果我說是騙妳的，妳會打我嗎？』
「過兒。我相信你不會騙我。」明菁笑了笑，「謝謝你陪我。」
然後明菁就沉沉睡去。要下車時，我再叫醒她。

明菁爬山時精神抖擻，邊走邊跳，偶爾嘴裡還哼著歌。
「過兒，你看。」她指著我們右前方路旁一棵高約七公尺的台灣赤楊。
『妳該不是又想告訴我，這棵樹的樣子很像思念的形狀吧。』
明菁呵呵笑了兩聲，走到樹下，然後招手示意我靠近。
「你有沒有看到樹上那一團團像鳥巢的東西呢？」
我走到她身旁，抬頭往上看。
光禿禿的樹枝上，這團鳥巢似的東西，有著綠色的葉子，結白色漿果。

「那叫槲寄生，是一種寄生植物。這棵台灣赤楊是它的寄主。」
『槲寄生？耶誕樹上的裝飾？』
「嗯。西方人視它為一種神聖的植物，常用來裝飾耶誕樹。在槲寄生下
親吻是很吉祥的哦！傳說在槲寄生下親吻的情侶，會廝守到永遠。」
『喔？真的嗎？』
明菁點點頭，突然往左邊挪開兩步。

槲寄生

「如果站在槲寄生下，表示任何人都可以吻你，而且絕對不能拒絕哦！
　那不僅非常失禮也會帶來不吉利。這是耶誕節的重要習俗。」
我搥胸頓足，暗叫可惜。我竟然連續錯過兩次可以親吻明菁的機會。

「呵呵……幸好你沒聽過這種習俗。你知道希特勒也中過招嗎？」
『喔？』
「聽說有次希特勒參加宴會時，一個漂亮的女孩引領他走到槲寄生下，
　然後吻了他。他雖然很生氣，可是也不能怎樣呀！」
明菁乾脆坐了下來，又向我招招手，我也順便坐著休息。
「所以呀，西方人常常將槲寄生掛在門楣上。不僅可以代表幸運，而且
　還可以守株待兔，親吻任何經過門下的人。」
『嗯。這種習俗有點狠。』

『柏森！危險！』
正當我和明菁坐著聊天時，柏森和孫櫻從我們身旁路過。
「幹嘛？」柏森回過頭問我。
『小心啊！往左邊一點，別靠近這棵樹。』
「樹上有蛇嗎？」柏森雖然這麼問，但還是稍微離開了台灣赤楊。
『比蛇還可怕喔。』
「過兒！你好壞。孫櫻人不錯的。」
『對不起。柏森是我最好的朋友，我於心不忍啊。』
明菁噗哧笑了出聲。
柏森和孫櫻則一臉納悶，繼續往前走。

「這便是槲寄生會成為耶誕樹上裝飾品的原因。當耶誕夜鐘聲響起時，

在耶誕樹下互相擁抱親吻，彼此的情誼就能一直維持，無論是愛情或
友情。有些家庭則乾脆把檞寄生放在屋頂，因此只要在房子裡親吻，
就可以保佑全家人永遠幸福快樂地生活在一起。」
明菁說完後，神情非常輕鬆。
「過兒，這種傳統很溫馨吧？」
我點點頭。

我看著台灣赤楊已褪盡綠葉的樹枝，而寄生其上的檞寄生，卻依然碧綠。
感覺非常突兀。
『為什麼妳那麼了解檞寄生呢？』
「我以前養過貓，貓常常會亂咬家裡的植物。可是對貓而言，檞寄生和
常春藤、萬年青一樣，都是有毒的。所以我特地去找書來研究過。」

「書上說，從很久很久以前開始，檞寄生就一直是迷信崇拜的對象。」
明菁好像打開了話匣子，滔滔不絕地說著。
「它可以用來對抗巫術。希臘神話中，冥后珀耳塞福涅（Persephone）
就是用一枝檞寄生，打開陰界的大門。」
明菁拿出口香糖，遞一片給我。
「過兒，你知道在檞寄生下親吻的耶誕習俗是怎樣來的嗎？」
『姑姑，妳是師父。徒兒謹遵教誨就是了。』

「古代北歐神話中，和平之神伯德（Balder）被邪惡之神羅奇（Loki）
以檞寄生所製成的箭射死，檞寄生是世上唯一可以傷害伯德的東西。
伯德的母親——愛神傅麗佳（Frigga）得知後痛不欲生，於是和眾神
想盡辦法挽救伯德的生命，最後終於救活他。傅麗佳非常感激，因此

檞寄生

　　承諾無論誰站在檞寄生下，便賜給那個人一個親吻，於是造成耶誕節
　　檞寄生下的親吻習俗。而且也將檞寄生象徵的涵義，愛、和平與寬恕
　　永遠保存下來，這三者也正是耶誕節的精神本質。」

『原來耶誕節的意義不是吃耶誕大餐，也不是徹夜狂歡喔。』
「嗯。西方人過耶誕節一定待在家裡，台灣人卻總是往外跑。」
明菁笑了笑，接著說：
「很諷刺，卻也很好玩。幸好台灣沒多少人知道檞寄生下親吻的習俗，
　不然耶誕節時檞寄生的價格一定飆漲，那時你們男生又得哭死了。」
明菁又往上看了一眼檞寄生，輕聲說：
「果然是『冬季裡唯一的綠』。」

『啊？妳說什麼？』
「檞寄生在平時很難分辨，可是冬天萬樹皆枯，只有它依舊綠意盎然，
　所以就很容易看到了。也因此它才會被稱為冬季裡唯一的綠。」
明菁轉頭看著我，欲言又止。
『姑姑，妳是不是想告訴我，思念也跟檞寄生一樣，不隨季節而變？』
「過兒，你真的是一個很聰明，反應又快的人。」
明菁笑了笑，站起身，「過兒，我們該走了。」
『嗯。』

我們走沒多遠，又在路旁看到檞寄生，它長在一棵倒地的台灣赤楊上。
看來這棵台灣赤楊已經死亡，可是檞寄生依然生氣蓬勃。
似乎仍在吸取寄主植物最後的供養。
是不是檞寄生在成為替別人帶來幸運與愛情的象徵前，
得先吸乾寄主植物的養分呢？

幾年後，明菁告訴我，我是一株槲寄生。
那麼，我的寄主植物是誰？

6

你柔軟似水

可我的心

卻因你帶來的波浪，深深震盪著

於是我想你的心，是堅定的

只為了你的柔軟，跳動

跳動中抖落的字句，灑在白紙上

紅的字，藍的字，然後黑的字

於是白紙

像是一群烏鴉，在沒有月亮的夜裡飛行

槲寄生

耳內嗚嗚作響，又經過一個隧道了。

苗栗到台中的山線路段，山洞特別多，當初的工程人員，一定很辛苦。

車內雖明亮，窗外則是完全漆黑一片。

就像這第六根菸上所說的，「一群烏鴉在沒有月亮的夜裡飛行」。

我倒了杯水，喝了一口，好燙。

也好，把這杯水當作暖爐，溫暖一下手掌。

車內的人還是很多，我只能勉強站在這裡。

回憶是件沉重的事，跟思念一樣，也是有重量的。

回憶是時間的函數，但時間的方向永遠朝後，回憶的方向卻一定往前。

兩者都只有一個方向，但方向卻相反。

我算是個念舊的人吧。

身邊常會留下一些小東西，來記錄過去某段歲月裡的某些心情。

最特別的，大概是明菁送我的那株槲寄生。

柏森曾問我：「留這些東西，不會佔空間嗎？」

『應該不會。因為最佔空間的，是記憶。』

所有收留過的東西，都可以輕易拋棄。

唯獨記憶這東西，不僅無法拋棄，還會隨著時間的增加，不斷累積。

而新記憶與舊記憶間，也會彼此相加互乘，產生龐大的天文數字。

就像對於槲寄生的記憶，總會讓我湧上一股莫名的悲哀，與自責。

我覺得頭很重，雙腳無法負擔這種重量，於是蹲了下來。

直到那杯熱水變涼。

我喝完水，再站起身，活動一下筋骨，畢竟還有將近三個小時的車程。

坐車無聊時的最大天敵，就是有個可以聊天解悶的伴。

只可惜我現在是孤身一人。

那天爬完山，回到台南的車程也是約三個小時。

我跟明菁坐在一起，說說笑笑，不知不覺間台南就到了。

其實回程時，男女還得再抽一次卡片。

「你喜歡林明菁嗎？」柏森偷偷問我。

『她人不錯啊。問這麼奇怪的問題幹嘛？』

柏森沒回答，只是把我手上的 21 張卡片全拿去。

他找出楊過那一張，塞進我口袋。

然後叫我把剩下的 20 張卡片給班上男生抽。

他還是拿 21 張寫女人名字的卡片給中文系女生抽。

沒想到明菁竟然又抽到小龍女。

這次柏森抽到的是唐高宗李治，結果孫櫻抽到武則天。

柏森驚嚇過度，抱著我肩膀，痛哭失聲。

「過兒，我們真是有緣。姑姑心裡很高興。」

明菁看起來非常開心。

『喔。』

我不敢答腔。

回到台南，我、明菁、柏森和孫櫻，先在成大附近吃宵夜。

11 點半快到時，我和柏森再送她們回宿舍。

11 點半是勝九舍關門的時間，那時總有一群男女在勝九門口依依不捨。

然後會有個歐巴桑拿著石塊敲擊鐵門，提醒女孩們關門的時候到了。

一面敲一面將門由左而右慢慢拉上。

槲寄生

明菁說勝九舍的女生都管那種敲擊聲叫喪鐘。

勝九舍的大門是柵欄式的鐵門，門下有轉輪，方便鐵門開關。
即使鐵門拉上後，隔著柵欄，門內門外的人還是可以互望。
所以常有些熱戀中的男女，在關上鐵門後，仍然穿過柵欄緊握彼此的手。
有的女孩甚至還會激動地跪下，嚶嚶哭泣。
很像是探監的感覺。
以前我和柏森常常在 11 點半來勝九，看這種免費的戲。

喪鐘剛開始敲時，明菁和孫櫻跟我們揮手告別，準備上樓。
「中文系三年級的孫櫻同學啊！請妳不要走得那麼急啊！」
柏森突然高聲喊叫，我嚇了一跳。
明菁她們也停下腳步，回頭。
「孫櫻同學啊！以妳的姿色，即使是潘金蓮，也有所不及啊！」
「無聊！」
孫櫻罵了一聲，然後拉著明菁的手，轉身快步上樓。

「孫櫻同學啊！妳的倩影已經深植在我腦海啊！我有句話一定要說啊！」
柏森好像在演話劇，大聲地唸著對白。
「不聽！不聽！」
依稀可以聽到孫櫻從宿舍裡傳來的聲音。
「這句話只有三個字啊！只是三個緊緊牽動我內心的字啊！」
「……，……」
聽不清楚孫櫻說什麼。

「孫櫻同學啊！只是三個字啊！請妳聽我傾訴啊！」

「孫櫻同學啊！如果我今晚不說出這三個字，我一定會失眠啊！」
「孫櫻同學啊！我好不容易有勇氣啊！我一定要向妳表白啊！」
「孫櫻同學啊！我要讓全勝九舍的人都聽到這三個字啊！那就是……」
『柏森！』
我非常緊張地出聲制止。
旁觀的男女也都豎起耳朵，準備聽柏森說出這令人臉紅心跳的三個字。

「早──點──睡──！」
柏森雙手圈在嘴邊，大聲而清楚地說出這三個字。
我先是愣了一下，然後笑了出來。
「啪」的一聲，四樓某個房間的窗子突然打開。
「去死！」
孫櫻狠狠地丟出一件東西，我們閃了一下，往地上看，是隻鞋子。

我撿起鞋子，拉走朝四樓比著「Ｖ」手勢的柏森，趕緊逃離現場。
回到家樓下，爬樓梯上樓時，我罵柏森：
『你真是無聊，你不會覺得丟臉嗎？』
「不會啊，沒人知道我是誰。倒是孫櫻會變得很有名。」
『你幹嘛捉弄她？』
「沒啊，開個玩笑而已。改天再跟她道歉好了。」

『對了，你為什麼把楊過塞給我？』
「幫你啊，笨。我看你跟林明菁好像很投緣。」
『那你怎麼讓她抽到小龍女？』
「這很簡單。一般人抽籤時，都會從中間抽，了不起抽第一張。
　所以我把小龍女藏在最下面，剩下最後兩張時，再讓她抽。」

『那還是只有一半的機率啊。』
「本來機率只有一半,但我左手隨時準備著。如果她抽到小龍女就沒事。
 如果不是,我左手會用力,她抽不走就會換抽小龍女那張了。」

「你說什麼!」
我們開門回家時,秀枝學姐似乎在咆哮。
「我說妳的內衣不要一次洗那麼多件,這樣陽台好像是菜瓜棚喔。」
子堯兄慢條斯理地回答。
「你竟敢說我的胸罩像菜瓜!」
「是很像啊。尤其是掛了這麼多件,確實很像在陽台上種菜瓜啊。」
「你……」

「菜蟲,你回來正好。你來勸勸秀枝學姐……」
子堯兄話還沒說完,秀枝學姐聲音更大了。
「跟你講過很多遍了,不要叫我學姐。你大我好幾歲,我擔待不起!」
「可是妳看起來跟我差不多年紀啊。」
「你再說一遍!」

「秀枝學姐,兩天不見,妳依然亮麗如昔啊!」
柏森見苗頭不對,趕快轉移話題。
『子堯兄,我從山上帶了兩顆石頭給你。你看看……』
我負責讓子堯兄不要再講錯話。

秀枝學姐氣鼓鼓地回房,子堯兄還是一臉茫然。
我把從山上溪流邊撿來的兩顆暗褐色橢圓形石頭,送給子堯兄。
柏森也拿給子堯兄一顆石頭,是黑色的三角形。

因為子堯兄有收集石頭的嗜好。

子堯兄說了聲謝謝，我們三人就各自回房間休息了。

隔天上完課回來，走進客廳，我竟然看到明菁坐在椅子上看電視。

『妳怎麼會在這裡？』我很訝異。

「嗚……」明菁假哭了幾聲，「學姐，妳室友不歡迎我哦。」

「誰那麼大膽！」秀枝學姐走出房門，看著我：

「菜蟲，你敢不歡迎我直屬學妹？」

『啊？秀枝學姐，妳是她的直屬學姐？』

「正是。你為什麼欺負她？」

『沒啊。我只是好奇她怎麼會出現在這裡而已。』

「那就好。我這個學妹可是才貌雙全、色藝兼備哦，不可以欺負她。」

秀枝學姐說完後，又進了房間。

「我沒騙你吧。」明菁聳聳肩，「我直屬學姐總是這麼形容我。」

我伸手從明菁遞過來的餅乾盒裡，挑出一包餅乾。

「沒想到你住這裡。」明菁環顧一下四周，「這地方不錯唷。」

『妳怎麼會在這裡？』我又問一次。

「學姐說你住這裡，所以我就過來找你呀。過兒，你要趕姑姑走嗎？」

『不要胡說。』

我也坐了下來，開始吃餅乾，陪她看電視。

『妳找我有事嗎？』過了一會，我說。

「過兒，」明菁的視線沒離開電視，伸出左手到我面前，「給我。」

我把剛拆開的餅乾包裝紙，放在她攤開的左手掌上。

「不是這個啦！」

『不然妳要我給妳什麼？』

「鞋子呀。」

『鞋子？』我看了一下她的腳，她穿著我們的室內拖鞋。

我再探頭往外面的陽台上看，多了一雙陌生的綠色涼鞋。

我走到陽台，拿起那雙綠色涼鞋，然後回到客廳，放在她腳邊。

『這麼快就要走了嗎？』我很納悶。

明菁把視線從電視機移到我身上，再看看我放在地上的鞋子。

「過兒……」明菁突然一直笑，完全沒有停止的跡象。

『妳怎麼了？』

「我是指你昨晚撿的鞋子，那是我的。我是來拿鞋子的。」

『喔。妳怎麼不講清楚。』

『孫櫻怎麼會丟出妳的鞋子呢？』我拿出昨晚撿的鞋子，還給明菁。

「她氣壞了。隨手一抓，就拿到我的鞋子。想也沒想，就往下砸了。」

『她還好嗎？』

「不好。她到今天還在生氣。」

『真的嗎？』

「嗯。尤其是看到今天宿舍公佈欄上貼的公告後，她氣哭了。」

『什麼公告？』

「不知道是誰貼的，上面寫著：彷彿七夕鵲橋會，恰似孔雀東南飛。
奈何一句我愛妳，竟然變為早點睡。」

『柏森只是開玩笑，沒有惡意的。』

「不可以隨便跟女孩子開這種玩笑哦，這樣女孩子會很傷心的。」

『柏森說他會跟孫櫻道歉。柏森其實人很好的。』
「嗯。難怪孫櫻說李柏森很壞,而你就好得多。所以她叫我要⋯⋯」
明菁突然閉口,不再繼續講。

『叫妳要怎樣?』
「這間房子真是寬敞。」
『孫櫻叫妳要怎樣?』
「這包餅乾實在好吃。」
『孫櫻到底叫妳要怎樣?』
「這台電視畫質不錯。」
『孫櫻到底是叫妳要怎樣呢?』
「過兒!你比李柏森還壞。」
我搔搔頭,完全不知道明菁在說什麼。

明菁繼續看電視,過了約莫 10 分鐘,她才開口:
「過兒,你要聽清楚喔。孫櫻講了兩個字,我只說一遍。」
『好。』我非常專注。
「第一個字,衣服破了要找什麼來縫呢?」
『針啊。』
「第二個字,衣服髒了要怎麼辦呢?」
『洗啊。』
「我說完了。」
『針洗?』
明菁不答腔了。

『喔。原來是 "珍惜"。』

明菁沒回答，吃了一口餅乾。
『可是孫櫻幹嘛叫妳要珍惜呢？』
明菁吃了第二口餅乾。
『孫櫻到底叫妳要珍惜什麼呢？』
明菁吃了第三口餅乾。
『珍惜是動詞啊，沒有名詞的話，怎麼知道要珍惜什麼？』
「學姐！妳室友又在欺負我了！」
明菁突然大叫。

「菜蟲！」秀枝學姐又走出房門。
『學姐饒命，她是開玩笑的。』我用手肘推了推明菁，『對吧？』
「你只要不再繼續問，那我就是開玩笑的。」明菁小聲說。
我猛點頭。
「學姐，我跟他鬧著玩的。」明菁笑得很天真。
「嗯。明菁，我們一起去吃飯吧。」秀枝學姐順便問我：
「菜蟲，要不要一起吃？」
『不用了。我等柏森。』

吃晚飯時，我跟柏森提起孫櫻氣哭的事，他很自責。
所以他提議下禮拜的耶誕夜，在頂樓陽台烤肉，請孫櫻她們過來玩。
『你應該單獨請她吃飯或看電影啊，幹嘛拖我們下水？』
「人多比較熱鬧啊。而且也可以替你和林明菁製造機會。」
『不用吧。我跟林明菁之間沒什麼的。』
「菜蟲。」柏森意味深長地看著我：「你以後就知道了。」

耶誕夜當晚，天氣晴朗而涼爽，很舒適。

我和柏森拉了條延長線，從五樓到頂樓陽台，點亮了幾盞燈。
秀枝學姐負責採買，買了一堆吃的東西，幾乎可以吃到明年。
柏森拜託子堯兄少開口，免得秀枝學姐一怒之下抓他來烤。
然後我們再搬了幾張桌椅到陽台上。

七點左右，明菁和孫櫻來了。明菁看來很高興，孫櫻則拉長了臉。
不過當柏森送個小禮物給孫櫻時，她的臉就鬆回去了。
我們六個人一邊烤肉一邊聊天，倒也頗為愜意。
當大家都吃得差不多飽時，子堯兄還清唱了他的成名曲「紅豆詞」。
「沒想到你還挺會唱歌的。」秀枝學姐瞄了一眼子堯兄。
子堯兄很興奮，又繼續唱了幾首。
然後他們竟然開始討論起歌曲和唱歌這件事情。

柏森刻意地一直陪孫櫻說話，可以看出他真的對那個玩笑很內疚。
明菁玩了一下木炭的餘燼後，指著隔壁棟的陽台問我：
「過兒，可以到那邊去看看嗎？」
我點點頭。
隔壁的陽台種了很多花草，跟我們這邊陽台的空曠，呈明顯的對比。
兩個陽台間，只隔了一道約一米二高的牆。

『爬牆沒問題吧？』我問。
「這種高度難不倒我的。」
『嗯。結婚前爬爬牆可以，結婚後就別爬了。』
「過兒。你嘴巴好壞，竟然把我比喻成紅杏。」

我和明菁翻過牆，輕聲落地。

樓下是那對常摔碗盤的夫婦,脾氣應該不好,沒必要再刺激他們。

她一樣一樣叫出花草的名稱,我只是一直點頭,因為我都不懂。

『妳好像很喜歡花花草草?』

「嗯,我很喜歡大自然。我希望以後住在一大片綠色的草原中。」

明菁張開雙臂,試著在空中畫出很大很大的感覺。然後問我:

「過兒,你呢?」

『我在大自然裡長大,都市的水泥叢林對我來說,反而新鮮。』

「你很特別。」明菁笑了笑。

「過兒,謝謝你們今天的招待。」

明菁靠著陽台的欄杆,眺望著夜景,轉過頭來跟我說。

『別客氣。』我也靠著欄杆,在她身旁。

明菁嘴裡輕哼著歌,偶爾抬頭看看夜空。

「這裡很靜又很美,不介意我以後常來玩吧?」

『歡迎都來不及。』

明菁歪著頭注視著我,笑著說:「過兒,你在說客套話哦。」

我也笑了笑:『我是真的歡迎妳來。』

「對了,我送你一樣東西。你在這裡等我哦。」

明菁翻過牆去拿了一樣東西,要回來時,先把東西擱在牆上,再翻過來。

很像朱自清的散文《背影》中,描述他爹在月台爬上爬下買橘子的情景。

如果她真的拿橘子給我,那我以後就會改叫她為爹,而不是姑姑了。

「喏,送你的。」

她也拍拍衣服上的塵土,活像《背影》的形容。

那是一株綠色植物,有特殊的叉狀分枝。

葉子對生，像是童玩中的竹蜻蜓。果實小巧，帶點黏性。
『這是什麼？』
「檞寄生。」
雖然我已是第二次看到檞寄生，但上次離得遠，無法看清楚。

我看著手裡的檞寄生，有一股說不出的好奇。
於是我將它舉高，就著陽台上的燈光，仔細端詳。
「有什麼奇怪的嗎？」明菁被我的動作吸引，也湊過來往上看。
『檞寄生的……』
我偏過頭，想問明菁為什麼檞寄生的果實會有黏性時，
她突然「哎呀」一聲，迅速退開兩步。
「過兒！」
『啊？』

「你好奸詐。」
『怎麼了？』
明菁沒答腔，扁了扁嘴，手指比著檞寄生。
我恍然大悟，原來她以為我故意引誘她站在檞寄生下面，然後要親她。
『沒啦，我只是想仔細看檞寄生而已。』
「嗯。剛剛好險。」明菁笑了笑。
我第三次錯過了可以親吻明菁的機會。

後來我常想，俗語說「事不過三」，那如果事已過了三呢？
我跟明菁之間，一直有許多的因緣將我們拉近，卻總是缺乏臨門一腳。
像足球比賽一樣，常有機會射門，可惜球兒始終無法破網。

『謝謝妳的禮物。』我搖了搖手中的槲寄生,對著明菁微笑。

「不客氣。不過你要好好保存哦。」

『為什麼?』

「槲寄生可從寄主植物上吸收水分和無機物,進行光合作用製造養分,
  但養分還是不夠。所以當寄主植物枯萎時,槲寄生也會跟著枯萎。」

『那幹嘛還要好好保存呢?』

「雖然離開寄主植物的槲寄生,沒多久就會枯掉。不過據說折下來的
  槲寄生存放幾個月後,樹枝會逐漸變成金黃色。」

『嗯。我會一直放著。』

『對了,我剛剛是想問妳,為什麼槲寄生的果實會有黏性?』

「這是槲寄生為了繁衍和散播之用的。」

『嗯?』

「槲寄生的果實能散發香味,吸引鳥類啄食,而槲寄生具黏性的種子,
  便黏在鳥喙上。隨著鳥的遷徙,當鳥在別的樹上把這些種子擦落時,
  槲寄生就會找到新的寄主植物。」

『原來如此。』我點點頭,將槲寄生收好。

11 點左右,我和柏森送明菁她們回宿舍。

到勝九舍時,孫櫻說還想買個東西,叫明菁先上樓。

明菁跟我們說了聲耶誕快樂後,就轉身上樓了。

孫櫻等明菁的背影消失後,神秘地告訴我:

「菜蟲。你該,感謝,明菁。」

『我謝過了啊。』

「孫櫻不是指禮物的事啦。今晚原本有人要請林明菁看電影喔。」

柏森在一旁接了話，語氣帶點曖昧。
「人家可是為了你而推掉約會，所以你該補償她一場電影。」
『提議今晚聚會的是你吧，要補償也應該是你補啊。』
我指了指柏森。

「你這沒良心的小子，是你堅持要請她來我們家玩的。」
我正想開口反駁，柏森眨了眨眼睛。
「而且你還說：沒有林明菁的耶誕夜，耶穌也不願意誕生。」
『亂講！我怎麼可能會說出這種……』
「噁心」還沒出口，柏森已經摀住我的嘴巴。
「菜蟲，別不好意思了。請她看場電影吧。」
「沒錯。」孫櫻說。

「孫櫻，妳們明天沒事吧？」
「沒有。」
「那明天中午 12 點這裡見，我們四個人一起吃午飯。」
柏森把摀著我嘴巴的手放開，接著說：
「然後再讓菜蟲和林明菁去看電影。妳說好不好？」
「很好。」孫櫻點點頭。
『我……』
「別太感激我，我會不好意思的。」柏森很快打斷我的話。
「就這麼說定了。」柏森朝孫櫻揮揮手：「明天見。」

隔天是耶誕節，放假一天。
中午我和柏森各騎一輛機車，來到勝九門口。
孫櫻穿了一件長裙，長度快要接近地面，我很納悶裙子怎會那麼長？

後來看到明菁也穿長裙出來時，我才頓悟。
原來一般女孩的過膝長裙，孫櫻可以穿到接近地面。

我們到學校附近的一家餐館吃飯，我和柏森經常去吃的一家。
「這家店真的不錯喔，我和菜蟲曾經在一天之中連續來兩次。」
柏森坐定後，開了口。
「真的嗎？」明菁問我。
『沒錯。不過這是因為那天第一次來時，我們兩人都忘了帶錢。』
我裝作沒看到柏森制止的眼神，『所以第二次光顧，是為了還錢。』
「呵呵……這樣哪能算。」

我們四人坐在二樓靠窗的位置，只可惜今天是陰天，窗外灰濛濛的。
明菁坐在我對面，我左邊是窗，右邊是柏森。
明菁似乎很喜歡這家店，從牆上的畫讚美到播放的音樂。
甚至餐桌上純白花瓶裡所插上的紅花，也讓她的視線駐足良久。
「過兒，你說是嗎？」她總是這樣問我的意見。
『應該是吧。』我也一直這樣回答。
孫櫻和柏森偶爾交頭竊竊私語，似乎在討論事情。
明菁看看他們，朝我聳聳肩，笑一笑。

明菁起身上洗手間時，柏森和孫櫻互相使了眼色。
「菜蟲，我跟孫櫻待會吃完飯後，會找藉口離開。」
柏森慎重地交待，「然後你要約她看電影喔。」
「孫櫻說林明菁不喜歡看恐怖片和動作片，我們都覺得她應該會喜歡
《辛德勒的名單》。這裡有幾家戲院播放的時間，你拿去參考。」
柏森拿出一張紙條，遞到我面前。我遲疑著。

「還不快領旨謝恩！」

『謝萬歲。』我接下了紙條。

『可是《辛德勒的名單》不是動作片加恐怖片嗎？』

「怎麼會呢？」

『納粹屠殺猶太人時會有殺人的動作，而殺人時的畫面也會很恐怖啊。』

「你別跟我耍白爛，去看就是了。」柏森很認真。

我還想再做最後的掙扎時，明菁回來了。

「母狗，小狗，三隻。好玩，去看。」

我們離開餐館時，孫櫻突然冒出了這段話。

「啊？」我和明菁幾乎同時發出疑問。

「孫櫻是說她朋友家的母狗生了三隻小狗，她覺得很好玩，想去看。」

柏森馬上回答。

「你怎麼會聽得懂？」明菁問柏森。

「我跟孫櫻心有靈犀啊！哈哈……哈哈……哈哈哈……」

柏森開始乾笑。孫櫻可能不擅於說謊或演戲，神態頗為侷促。

結果柏森就這樣載走孫櫻，留下緊張而忐忑的我，與充滿疑惑的明菁。

其實經過幾次的相處，我和明菁雖然還不能算太熟，但絕不至於陌生。

與明菁獨處時，我是非常輕鬆而愉快的。

我說過了，對我而言，明菁像是溫暖的太陽，一直都是。

可是以前跟她在一起時，只是單純地在一起而已，無欲則剛。

但現在我卻必須開口約她看電影，這不禁讓我心虛。

畢竟從一般人的角度來看，這種邀約已經包含了追求的意思。

對很多男孩子而言，開口約女孩子要鼓起很大的勇氣。

而且心理上會有某種程度的害怕。

不是怕「開口約」，而是怕「被拒絕」。

台語有句話叫：鐵打的身體也禁不住三天拉肚子。

如果改成：再堅強的男人也禁不住被三個女人拒絕，也是差不多通的。

悲哀的是，對我來說，「開口」這件事已經夠難的了。

要我開口可能跟要我從五樓跳下是同樣的艱難。

至於被不被拒絕，只是跳樓的結果是死亡或重傷的差異而已。

還有一個重要的問題：我真的想追求明菁嗎？

當時的我，對「追求明菁」這件事是沒有任何心理準備的。

如果不是孫櫻和柏森的慫恿與陷害，我壓根沒想到要約明菁看電影。

請注意，我否認的是「追求明菁」這件事，而不是「明菁」這個女孩。

舉例來說，明菁是一顆非常美麗且燦爛奪目的鑽石，我毫無異議。

但無論這顆鑽石是多麼閃亮，無論我多麼喜歡，並不代表我一定得買啊。

至於到底是買不起或是不想買，那又是另一個問題了。

「過兒，你在想什麼？」冷不防明菁問了一句。

『沒……沒事。』鑽石突然開口說話，害我嚇了一跳。

「真的嗎？不可以騙我哦。」

『喔。妳……妳下午有事嗎？』

「沒呀。你怎麼講話開始結巴了呢？」

『天氣冷嘛。』

「那我們不要站著不動，隨便走走吧。」

我們在餐館附近晃了一下，大概經過了三十幾家店，兩條小巷子。

明菁走路時，會將雙手插入外套的口袋，很輕鬆的樣子。

但是我心跳的速度，卻幾乎可以比美搖滾樂的鼓手。

明菁偶爾會停下來，看看店家販賣的小飾品，把玩一陣後再放下。

「過兒，可愛嗎？」她常會把手上的東西遞到我眼前。

『嗯。』我接過來，看一看，點點頭。

點了幾次頭後，我發覺我冷掉的膽子慢慢熱了起來。

『姑姑，過兒，兩個。電影，去看。』我終於鼓起勇氣從五樓跳下。

明菁似乎嚇了一跳，接著笑了出來。

「過兒，不可以這麼壞的。你幹嘛學孫櫻說話呢？」

『這……』我好不容易說出口，沒想到她卻沒聽懂。

正猶豫該不該再提一次時，走在前面的明菁突然停下腳步，轉過身。

「過兒。你是在約我看電影嗎？」她還沒停住笑聲。

『啊……算是吧。』

明菁的笑聲暫歇，理了理頭髮，順了順裙襬，嘴角微微上揚。

「過兒，請你完整而明確地說出，你想約我看電影這句話。好不好？」

『什麼是完整而明確呢？』

「過兒。」明菁直視著我，「請你說，好嗎？」

明菁的語氣雖然堅定，但眼神非常誠懇。

我到現在還記得那種眼神的溫度。

『我想請妳看電影，可以嗎？』彷彿被她的眼神打動，我不禁脫口而出。

「好呀。」

畫面定格。

燈光直接打在明菁的身上。

檞寄生

明菁的眼神散射出光亮，將我全身籠罩。
行人以原來的速度繼續走著，馬路上的車子也是，但不能按喇叭。
而路邊泡沫紅茶攤位上掛著的那塊「珍珠奶茶 15 元」的牌子，
依舊在風中隨意飄盪。

『就這麼簡單？』
我沒想到必須在心裡掙扎許久的問題，可以這麼輕易地解決。
「原本就不複雜呀。你約我看電影，我答應了，就這樣。」
明菁的口氣好像在解決一道簡單的數學題目一樣。
『喔。』我還是有點不敢置信。
「過兒。你有時會胡思亂想，心裡自然會承受許多不必要的負擔。」
明菁笑了笑，「我們去看電影吧。」

我趁明菁去買兩杯珍珠奶茶的空檔，偷瞄了柏森給我的小抄。
估計一下時間，決定看兩點四十分的那場電影。
柏森和孫櫻說得沒錯，明菁的確喜歡《辛德勒的名單》。
因為當我提議去看《辛德勒的名單》時，她馬上拍手叫好。
看完電影後，她還不斷跟我討論劇情和演員，很興奮的樣子。
我有點心不在焉，因為我不知道接下來要做什麼？
我已經完成約明菁看電影的任務，然後呢？

「過兒，我們去文化中心逛逛好嗎？」
『啊？』
「你有事嗎？」
『沒有。』
「那還『啊』什麼，走吧。」

問題又輕易地解決。

文化中心有畫展，水彩畫和油畫。
我陪明菁隨性地看，偶爾她會跟我談談某幅畫怎樣怎樣。
「過兒，你猜這幅畫叫什麼名字？」
明菁用手蓋住了寫上畫名的卡片，轉過頭問我。
畫中有一個年輕的裸女，身旁趴了隻老虎，老虎雙眼圓睜，神態凶猛。
女孩的及腰長髮遮住右臉，神色自若，還用手撫摸著老虎的頭。
『不知死活？』我猜了一下畫名。

明菁笑著搖了搖頭。
『與虎共枕？』
「再猜。」
『愛上老虎不是我的錯？』
「再猜。」
『少女不知虎危險，猶摸虎頭半遮面。』
「過兒！你老喜歡胡思亂想。」
明菁將手移開，我看了看卡片，原來畫名就只叫「美人與虎」。

「過兒，許多東西其實都很單純，只是你總是將它想得很複雜。」
『畫名如果叫"不知死活"也很單純啊。』
「這表示你認為老虎很凶猛，女孩不該撫摸。可見思想還是轉了個彎。」
『那她為什麼不穿衣服呢？』
「人家身材好不行嗎？一定需要複雜的理由嗎？」
明菁雙手輕抓著腰際，很頑皮地笑著，然後說：
「就像我現在餓了，你大概也餓了，所以我們應該很單純地去吃晚飯。」

『單純？』

「當然是單純。吃飯怎麼會複雜呢？」

我們又到中午那家餐館吃飯，因為明菁的提議。

「過兒。回去記得告訴李柏森，這樣才真正叫一天之中連續來兩次。」

『妳這樣好酷喔。』

「這叫單純。單純地想改寫你們的紀錄而已。」

『為什麼妳還是想坐在同樣的位置上呢？』

「還是單純呀。既然是單純，就要單純到底。」

『那妳要不要也點跟中午一樣的菜？』

「這就不叫單純，而是固執了。」明菁笑得很開心。

也許是因為受到明菁的影響，所以後來我跟明菁在一起的任何場合，

我就會聯想到單純。

單純到不需要去想我是男生而她是女生的尷尬問題。

雖然我知道後來我們之間並不單純，但我總是刻意地維持單純的想法。

明菁，妳對我的付出，一直是單純的。

即使我覺得這種單純，近乎固執。

很多東西我總是記不起，但也有很多東西卻怎麼也無法忘記。

就像那晚跟明菁一起吃飯，我記得明菁說了很多事，我也說了很多。

但內容是什麼，我卻記不清楚。

隨著明菁發笑時的掩口動作，或是用於強調語氣的手勢，

她右手上的銀色手鍊，不斷在我眼前晃動。

我常在難以入眠的夜裡，夢到這道銀色閃電。

我和明菁似乎只想單純地說很多事，也單純地想聽對方說很多事而已。

單純到忘了勝九舍關門的時間。

「啊!」明菁看了一下手錶,發出驚呼:「慘了!」
『沒錯。快閃!』我也看了錶,離勝九關門,只剩下五分鐘。
匆匆結了帳,我跨上機車,明菁跳上後座,輕拍一下我右肩:
「快!」
『姑姑,妳忘了說個"請"字喔。』
「過兒!」明菁非常焦急,又拍了一下我右肩:「別鬧了。」
『不然說聲"謝謝"也行。』
「過兒!」明菁拍了第三下,力道很重。
我笑了笑,加足馬力,三分鐘內,飆到勝九門口。

「等一等!」在喪鐘敲完時,明菁側身閃進快關上的鐵門。
「呼……」明菁一面喘氣,雙手抓住鐵門欄杆,擠了個笑容:「好險。」
『妳現在可以說聲"謝謝"了吧?』
「你還說!」明菁瞪了我一眼,「剛剛你一定是故意的。」
『我只是單純地想知道,如果妳趕不上宿舍關門的時間會如何。』
「會很慘呀!笨。」

等到明菁的呼吸調勻,我跟她揮揮手:『晚安了。』
「過兒,你肩膀會痛嗎?」
『肩膀還好,不過妳一直沒對我說謝謝,我心很痛。』
「過兒,謝謝你陪我一天。我今天很快樂。」
『我是開玩笑的。妳一定累壞了,今晚早點睡吧。』
「嗯。」
我轉身離去,走了兩步。

「過兒。」
我停下腳步，回頭。
「你回去時騎車慢一點，你剛剛騎好快，我很擔心。」
我點點頭。然後再度轉身準備離去。
「過兒。」
我又把頭轉回來看著明菁。
「我說我今天很快樂，是說真的，不是客套話。」
『我知道了。』我笑了笑，又點點頭。第三度轉身離去。
「過兒。」

『姑姑。妳把話一次說完吧。我轉來轉去，頭會扭到。』
「沒什麼事啦。」明菁似乎很不好意思，「只是要你也早點睡而已。」
『嗯。』我索性走到鐵門前，跟明菁隔著鐵門互望。
只是單純地互望，什麼話也沒說。
明菁的眼神很美，尤其在昏暗的燈光中，更添一些韻味。
突然想到以前總是跟柏森來這裡看戲，沒想到我現在卻成了男主角。
我覺得渾身不自在，尷尬地笑了笑。

「過兒，你笑什麼？」
『沒事。只是覺得這樣罰站很好玩。妳先上樓吧，我等妳走後再走。』
「好吧。」明菁鬆開握住欄杆的手，然後將手放入外套的口袋。
『別再把雙手插在口袋裡了，那是壞習慣。』
「好。」明菁將手從口袋裡抽出，「我走了哦。」
明菁走了幾步，回過頭：
「過兒。我答應跟你看電影，你難道不該說聲謝謝？」

『謝謝、謝謝、謝謝。我很慷慨，免費奉送兩聲謝謝。』

「過兒，正經點。」明菁的表情有點認真。

『為什麼？』

「因為我是第一次跟男孩子看電影。」明菁揮揮手，「晚安。」

我愣了一下，回過神時，明菁的背影已經消失在牆角。

明菁，有很多話我總是來不及說出口，也不知道怎麼說出口。

所以妳一直不知道，我也是第一次約女孩子看電影。

我欠妳的，不只是一聲由衷的謝謝。

還有很多句對不起。

經過那次耶誕夜聚會以後，明菁和孫櫻便常來我們那裡。

尤其是晚上八點左右，她們會來陪秀枝學姐看電視。

我和柏森總喜歡邊看電視劇，邊罵編劇低能和變態。

難怪人家都說電視台方圓十里之內，絕對找不到半隻狗。

因為狗都被宰殺光了，狗血用來灑進電視劇裡。

有時她們受不了我們在電視旁邊吐血，還會喧賓奪主，趕我們進房間。

如果她們待到很晚，我們會一起出去吃宵夜，再送她們回宿舍。

有次她們六點不到就跑來，還帶了一堆東西。

原來秀枝學姐約她們來下廚。

看她們興奮的樣子，我就知道今天的晚餐會很慘。

我媽曾告訴我，在廚房煮飯很辛苦，所以不會有人在廚房裡面帶笑容。

只有兩種人例外，一種是第一次煮飯；

另一種則是因為臉被油煙燻成扭曲，以致看起來像是面帶笑容。

我猜她們是前者。

她們三人弄了半天，弄出了一桌菜。
我看了看餐桌上擺的七道菜，很納悶那些是什麼東西。
我只知道，綠色的是菜，黃色的是魚，紅色的是肉，白色的是湯。
那，黑色的呢？

我們六個人圍成一桌吃飯。
「這道湯真是難……」子堯兒剛開口，柏森馬上搶著說：
「真是難以形容的美味啊！」
秀枝學姐瞪了柏森一眼，「讓他說完嘛，我就不信他敢嫌湯不好喝。」
明菁拿起湯匙，喝了一口，微蹙著眉：
「孫櫻，妳放鹽了嗎？」
「依稀，彷彿，好像，曾經，放過。」孫櫻沉思了一下。
我把湯匙偷偷藏起，今晚決定不喝湯了。

「過兒，你怎麼只吃一道菜呢？」坐我旁邊的明菁，轉頭問我。
「這小子跟王安石一樣，吃飯只吃面前的那道菜。」柏森回答。
「這樣不行的。」明菁把把一道黃色的菜，換走我面前那道綠色的菜。
「過兒，吃吃看。」明菁笑了笑：「這是我煮的哦！」
這道黃色的菜煮得糊糊的，好像不是用瓦斯煮，而是用鹽酸溶解。
我吃了一口，味道好奇怪，分不出來是什麼食物。
『嗯……這道魚燒得不錯。』黃色的，是魚吧。

「啊？」明菁很驚訝：「那是雞肉呀！」
『真的嗎？妳竟然能把平凡的雞肉煮成帶有鮮魚香味的佳餚，』

我點點頭表示讚許，『不簡單，妳有天分。妳一定是天生的廚師。』

我瞥了瞥明菁懷疑的眼神，拍拍她的肩膀：

『相信我，我被這道菜感動了。』

「過兒，你騙人。」

『我說真的，不然妳問柏森。』我用眼神向柏森求援。

柏森也吃了一口，「菜蟲說得沒錯，這應該是隻吃過魚的雞。」

看著明菁失望的眼神，我很不忍心，於是低頭猛吃那道黃色的魚。

說錯了，是黃色的雞才對。

「過兒，別吃了。」

『這麼好吃的雞，怎麼可以不吃呢？』

「真的嗎？」

『如果我說是騙妳的，妳會打我嗎？』

我和明菁應該是同時想到營火晚會那時的對話，於是相視而笑。

「真的好吃嗎？」明菁似乎很不放心，又問了一次。

『嗯。菜跟人一樣，重點是好吃，而不是外表。』

我把這道菜吃完，明菁舀了一碗湯，再到廚房加點鹽巴，端到我面前。

吃完飯後，我和明菁到頂樓陽台聊天。

「過兒，你肚子沒問題吧？」

『我號稱銅腸鐵胃，沒事的。』

「過兒，對不起。我下次會改進的。」

『妳是第一次下廚，當然不可能完美。更何況確實是滿好吃的啊。』

「嗯。」

我看明菁有點悶悶不樂，於是我跟她談起小時候的事。

我媽睡覺前總會在鍋子裡面放一點晚餐剩的殘湯，然後擺在瓦斯爐上。
鍋蓋並不完全蓋住鍋子，留一些空隙，讓蟑螂可以爬進鍋。
隔天早上，進廚房第一件事便是蓋上鍋蓋，扭開瓦斯開關。
於是就會聽到一陣劈啪響，然後傳來濃濃的香氣，接著我就聞香起舞。
我媽說留的湯不能太多也不能太少，太少的話蟑螂會沾鍋；
太多的話就不會有劈啪的聲響，也不會有香氣。
「這就叫『過猶不及』。了解嗎？孩子。」我媽的神情很認真。
另外她也說這招烤蟑螂的絕技，叫做「請君入甕」。
我媽都是這樣教我成語的，跟孟子和歐陽修的母親有得拼。

『烤蟑螂的味道真的很香喔。』
「呵呵……」明菁一直笑得合不攏嘴。
『所以炒東西前，可以先放幾隻蟑螂來"爆香"喔。』
「過兒，別逗我了。」明菁有點笑岔了氣。
『天氣有點涼，我們下去吧。』
「嗯。」
『不可以再胡思亂想了，知道嗎？』
「嗯。」

後來她們又煮過幾次，愈來愈成功。
因為菜裡黑色的地方愈來愈少。
孫櫻不再忘了加鹽，秀枝學姐剁排骨時也知道可以改用菜刀，
而非將排骨往牆上猛砸。
我也已經可以分清楚明菁煮的東西，是魚或是雞。

日子像偷跑出去玩的小孩，總是無聲地溜走。

明菁身上穿的衣服愈來愈少，露出的皮膚愈來愈多時，我知道夏天到了。
大三下學期快結束時，秀枝學姐考上成大中文研究所。
秀枝學姐大宴三日，請我們唱歌吃飯看電影都有。
令我驚訝的是，子堯兄竟然還送個禮物給秀枝學姐。

那是一個白色的方形陶盆，約有洗臉盆般大小，裡面堆砌著許多石頭。
陶盆上寫著：「無緣大慈，同體大悲。乃大愛也。」，子堯兄的字跡。
左側擺放一塊橢圓形乳白色石頭，光滑晶亮。子堯兄寫上：
「明鏡台內見真我。」
右側豎立三塊黑色尖石，一大兩小，排列成山的形狀。上面寫著：
「紫竹林外山水秀。」
陶盆內側插上八根細長柱狀的石頭，顏色深綠，點綴一些紫色。
那自然是代表紫竹林了。
最特別的是，在紫竹林內竟有一塊神似觀世音菩薩手持楊枝的石頭。

我記得子堯兄將這個陶盆小心翼翼地捧給秀枝學姐時，神情很靦腆。
秀枝學姐很高興，直呼：「這是一件很美的藝術品呀！」
我曾問過子堯兄，這件東西有沒有什麼特殊的涵義？
「佛曰不可說，不可說啊。」子堯兄是這樣回答我的。
幾年後，子堯兄離開台南時，我才解出謎底。

升上大四後，我開始認真準備研究所考試，唸書的時間變多了。
明菁和孫櫻也是。
只不過明菁她們習慣去圖書館唸書，我和柏森則習慣待在家裡。
子堯兄也想考研究所，於是很少出門，背包內非本科的書籍少多了。
不過每隔一段時間，我們六個人會一起吃頓晚飯。

碰到任何一個人生日時,也會去唱歌。

對於研究所考試,坦白說,我並沒有太多把握。
而且我總覺得我的考運不好。
高中聯考時差點睡過頭,坐計程車到考場時,車子還拋錨。
大學聯考時跑錯教室,連座位的椅子都是壞的,害我屁股及地了。
不能說落地,要說及地。這是老師們千叮萬囑的。
大一下學期物理期末考時,鬧鐘沒電,就把考試時間睡過去了。
物理老師看我一副可憐樣,讓我補考兩次,交三份報告,
還要我在物理系館前大喊十遍:『我對不起伽利略、牛頓和法拉第。』
最後給我 60 分,剛好及格的分數。

每當我想到過去這些不愉快經驗,總會讓我在唸書時籠罩了一層陰影。
『去他媽的圈圈叉叉鳥兒飛!都給你爸飛去阿里山烤鳥仔巴!』
有次實在是太煩悶了,不禁脫口罵髒話。
「過兒!」明菁從我背後叫了一聲,我嚇一跳。
我唸書時需要大量新鮮的空氣,因此房門是不會關的。
「你……你竟然講髒話!」
『妳很訝異嗎?』

「過兒!正經點。無論如何都不可以講髒話的。」
「你這樣我會很生氣的。」
「你怎麼可以講髒話呢?」
「講髒話是不對的,你不知道嗎?」
「你……你實在是該罵。我很想罵你,真的很想罵你。」
明菁愈說愈激動,呼吸也急促了起來。

『姑姑，妳別生氣。妳已經在罵了，而我也知道錯了。』

「你真的知道錯了？」

『嗯。』

「講髒話很難聽的，人家會看不起你。知道嗎？」

『嗯。』

「下次不可以再犯了哦。」

『嗯。』

「一定要改哦。」

『嗯。』

「勾勾手指？」

『好。』

「過兒，你心情不好嗎？」

『沒什麼，只是……』

我把過去考試時發生的事告訴她，順便埋怨了一下考運。

「傻瓜。不管你覺得考運多差，現在你還不是順利地在大學裡唸書。」

明菁敲了一下我的頭，微笑地說：

「換個角度想，你每次都能化險為夷，反而是天大的好運呀。」

明菁伸出右手，順著大開的房門，指向明亮的客廳：

「人應該朝著未來的光亮邁進，不要總是背負過去的陰霾。」

明菁找不到坐的地方，只好坐在我的床角，接著說：

「男子漢大丈夫應當頂天立地，怎麼可以把自己的粗心怪罪到運氣呢？」

「凡事只問自己是否已盡全力，不該要求老天額外施援手，這樣才對。」

「而且愈覺得自己運氣不好時，運氣會更不好。這是一種催眠作用哦。」

「明白嗎？」

『姑姑，妳講得好有道理，我被妳感動了。不介意我流個眼淚吧？』

「過兒！我說真的。不可以跟我抬槓。」

『喔。』

「過兒。別擔心，你會考上的。你既用功又聰明，考試難不倒你的。」

明菁的語氣突然變得異常溫柔。

『真的嗎？』

「我什麼時候騙過你？我是真的覺得你非常聰明又很優秀呀。」

『會嗎？我覺得我很普通啊。』

「傻瓜。我以蛟龍視之，你卻自比淺物。」

『啊？』

「過兒，聽我說。」明菁把身子坐直，凝視著我：

「雖然我並不是很會看人，但在我眼裡，你是個很有很有能力的人。」

「很有」這句，她特別強調兩次。

「我確定的事情並不多，但對你這個人的感覺，我非常確定。」

明菁的語氣放緩，微微一笑：

「過兒，我一直是這麼相信你。你千萬不要懷疑哦。」

明菁的眼神射出光亮，直接穿透我心中的陰影。

『姑姑，妳今天特別健談喔。』

「傻瓜。我是關心你呀。」

『嗯。謝謝妳。』

「過兒。以後心煩時，我們一起到頂樓聊聊天，就會沒事的。」

『嗯。』

「我們一起加油，然後一起考上研究所。好嗎？」
『好。』

後來我們常常會到頂樓陽台，未必是因為我心煩，只是一種習慣。
習慣從明菁那裡得到心靈的供養。
明菁總是不斷地鼓勵我，灌溉我，毫不吝惜。
我的翅膀似乎愈來愈強壯，可以高飛，而明菁將會是我翼下之風。
我漸漸相信，我是一個聰明優秀而且有才能的人。
甚至覺得這是一個「太陽從東邊出來」的事實。
如果面對人生道路上的荊棘，需要自信這把利劍的話，
那這把劍，就是明菁給我的。

為了徹底糾正我講髒話的壞習慣，明菁讓柏森和子堯兄作間諜。
這招非常狠，因為我在他們面前，根本不會守口。
剛開始知道我又講髒話時，她會溫言勸誡，過了幾次，她便換了方法。
「過兒，跟我到頂樓陽台。」
到了陽台後，她就說：「你講髒話，所以我不跟你講話。」
無論我怎麼引她說話，她來來去去就是這一句。
很像瓊瑤小說《我是一片雲》裡，最後終於精神失常的女主角。
因為那位女主角不管問她什麼，她都只會回答：「我是一片雲。」
如果明菁心情不好，連話都會懶得出口，只是用手指敲我的頭。

於是我改掉了說髒話的習慣。
不是因為害怕明菁手指敲頭的疼痛，而是不忍心她那時的眼神。

研究所考試的季節終於來到，那大約是四月中至五月初之間的事。

通常每間學校考試的時間會不一樣，所以考生們得南北奔走。

考完成大後，接下來是台大。

子堯兄和孫櫻沒有報考台大，而柏森的家在台北，前幾天已順便回家。

所以我和明菁相約，一起坐火車到台北考試。

我們在考試前一天下午，坐一點半的自強號上台北。

我先去勝九舍載明菁，然後把機車停在成大光復校區的停車場，

再一起走路到火車站。

上了車，剛坐定，明菁突然驚呼：

「慘了！我忘了帶准考證！」

『啊？是不是放在我機車的座墊下面？』

明菁點點頭，眼裡噙著淚水：「我怎麼會那麼粗心呢？」

我無暇多想，也顧不得火車已經起動。告訴明菁：

『我搭下班自強號。妳在台北火車站裡等我。』

「過兒！不可以……」明菁很緊張。

明菁話還沒說完，我已離開座位。

衝到車廂間，默唸了一聲菩薩保佑，毫不猶豫地跳下火車。

只看到一條鐵灰色的劍，迎面砍來，我反射似地向左閃身。

那是月台上的鋼柱。

可惜劍勢來得太快，我閃避不及，右肩被削中，我應聲倒地。

月台上同時響起驚叫聲和口哨聲，月台管理員也衝過來。

我腦中空白十秒鐘左右，然後掙扎著起身，試了三次才成功。

他看我沒啥大礙，嘴裡唸唸有辭，大意是年輕人不懂愛惜生命之類的話。

『大哥，我趕時間。待會再聽你教訓。』

我匆忙出了車站，從機車內拿了明菁的准考證，又跑回到車站。

還得再買一次車票，真是他媽……，算了，不能講髒話。

我搭兩點十三分的自強號，上了車，坐了下來，呼出一口長氣。

右肩卻開始覺得酸麻。

明菁在台北火車站等了我半個多小時，我遠遠看到她在月台出口處張望。

她的視線一接觸到我，眼淚便撲簌簌地掉了下來。

『沒事。』我把准考證拿給她，拍拍她的肩膀。

『餓了嗎？先去吃晚飯吧。』我問。

明菁一句話也沒說，只是頻頻拭淚。

過了許久，她才說：「大不了不考台大而已。你怎麼可以跳車呢？」

隔天考試時，右肩感到抽痛，寫考卷時有些力不從心。

考試要考兩天，第二天我的右肩抽痛得厲害，寫字時右手會發抖。

只好用左手緊抓著右肩寫考卷。

監考委員大概是覺得我很可疑，常常晃到我座位旁邊觀察一番。

如果是以前，我會覺得我又墮入考運不好的夢魘中。

因為明菁的緣故，我反而覺得只傷到右肩，是種幸運。

回到台南後，先去看西醫，照Ｘ光結果，骨頭沒斷。

「骨頭沒斷，反而更難醫。唉……真是寧為玉碎，不為瓦全啊。」

這個醫生很幽默，不簡單，是個高手。

後來去看了中醫，醫生說傷了筋骨，又延誤一些時日，有點嚴重。

之後用左手拿了幾天的筷子，滷蛋都夾不起來。

考完台大一個禮拜後的某天中午，我買了個飯盒在房間裡吃。

當我用左手跟飯盒內的魚丸搏鬥時，聽到背後傳來鼻子猛吸氣的聲音。

轉過頭，明菁站在我身後，流著眼淚。

『啊？妳進來多久了？』
「有一陣子了。」
『妳怎麼哭了呢？』
「過兒，對不起。是我害你受傷的。」
『誰告訴妳的？』
「李柏森。」
『沒事啦，撞了一下而已。』我撩起袖子，指著纏繞右肩的繃帶，
『再換一次藥就好了。』

「過兒，都是我不好。我太粗心了。」
『別胡說。是我自己不小心的。』我笑了笑：
『楊過不是被斬斷右臂嗎？我這樣才真正像楊過啊。』
「過兒，會痛嗎？」
『不會痛。只是有點酸而已。』
「那你為什麼用左手拿筷子呢？」
『嗯……如果我說我在學老頑童周伯通的 "左右互搏"，妳會相信嗎？』

明菁沒回答，只是怔怔地注視我的右肩。
『沒事的，別擔心。』
她敲了一下我的頭，「過兒，你實在很壞，為什麼不告訴我？」
『妳生氣了嗎？』
她搖搖頭，左手輕輕撫摸我右肩上的繃帶，然後放聲地哭。
『又怎麼了？』
明菁低下頭，哽咽地說：

「過兒，我捨不得，我捨不得……」

明菁最後趴在我左肩上哭泣，背部不斷抽搐著。
『姑姑，別哭了。』我拍拍她的背。
『姑姑，讓人家看到會以為我欺負妳。』
『姑姑，休息一下。喝口水吧。』
明菁根本無法停止哭泣，我只好由她。
我不記得她哭了多久，只記得她不斷重複捨不得。
我左邊的衣袖濕了一大片，淚水是溫熱的。

這是我和明菁第一次超過朋友界線的接觸，在認識明菁一年半後。
後來每當我右肩酸痛時，我就會想起明菁抽搐時的背。
於是右肩便像是有一道電流經過，熱熱麻麻的。
我就會覺得好受一些。
不過這道電流，在認識荃之後，就斷電了。

明菁知道我用左手吃飯後，餵我吃了一陣子的飯。
直到我右肩上的繃帶拿掉為止。
『姑姑，這樣好像很難看。』我張嘴吞下明菁用筷子夾起的一隻蝦。
「別胡說。快吃。」明菁又夾起一口飯，遞到我嘴前。
『那不要在客廳吃，好不好？』
「你房間只有一張椅子，不方便。」
『可是被別人看到的話……』
「你右手不方便，所以我餵你，這很單純。不要覺得不好意思。」
『嗯。』

放榜結果，我和子堯兄都只考上成大的研究所。

很抱歉，這裡我用了「只」這個字。

沒有囂張的意思，單純地為了區別同時考上成大和交大的柏森而已。

柏森選擇成大，而明菁也上了成大中文研究所。

但是孫櫻全部槓龜。

孫櫻決定大學畢業後，在台南的報社工作。

畢業典禮那天，我在成功湖畔碰到正和家人拍照的孫櫻。

孫櫻拉我過去一起合照，拍完照片後，她說：

「明菁，很好。你也，不錯。緣份，難求。要懂，珍惜。」

我終於知道孫櫻所說的「珍惜」是什麼意思。

當初她也是這樣跟明菁說的吧。

孫櫻說得對，像明菁這樣的女孩子，我是應該好好珍惜。

我也一直試著努力珍惜。

如果不是後來出現了荃的話。

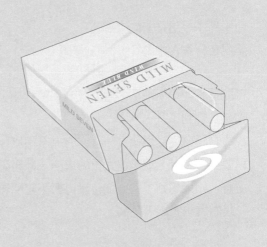

7

我像是咖啡豆，隨時有粉身的準備
親愛的你，請將我磨碎
我滿溢的淚，會蒸餾出滾燙的水
再將我的思念溶解，化為少許糖味
盛裝一杯咖啡
陪你度過，每個不眠的夜

槲寄生

台中到了，這是荃的家鄉。

荃現在會在台中嗎？

可能是心理作用吧，右肩又感到一陣抽痛。

因為我想到了荃。

我的右肩自從受傷後，一直沒有完全復原。

只要寫字久了，或是提太重的東西，都會隱隱作痛。

還有，如果想到了荃，就會覺得對不起明菁抽搐的背。

於是右肩也會跟著疼痛。

看到第七根菸上寫的咖啡，讓我突然很想喝杯熱咖啡。

可是現在是在火車上啊，到哪找熱咖啡呢？

而只要開水一沖就可飲用的三合一速泡咖啡，

對我來說，跟普通的飲料並無差別。

我是在喝咖啡喝得最凶的時候，認識荃。

大約是在研二下學期，趕畢業論文最忙碌的那陣子。

那時一進到研究室，第一件事便是磨咖啡豆、加水、煮咖啡。

每天起碼得煮兩杯咖啡，沒有一天例外。

沒有喝咖啡的日子，就像穿皮鞋沒穿襪子，怪怪的。

這種喝咖啡的習慣，持續了三年。

直到去年七月來到台北工作時，才算完全戒掉。

因為我不敢保留任何可能會讓我想起明菁或荃的習慣。

咖啡可以說戒就戒，可是用來攪拌咖啡的湯匙，我卻一直留著。

因為那是荃送我的。

對我而言,那根湯匙代表的是「意義」,而不是喝咖啡的「習慣」。
就像明菁送我的那株櫞寄生,也是意義重大。
明菁說得沒錯,離開寄主的櫞寄生,枯掉的樹枝會逐漸變成金黃色。
我想,那時剛到台北的我,大概就是一根枯掉的櫞寄生吧。
對於已經枯掉的櫞寄生而言,即使再找到新的寄主,也是沒意義的。

從台北到台中,我已經坐了二個小時又四十五分鐘的火車。
應該不能說是「坐」,因為我一直是站著或蹲著。
很累。
只是我不知道這種累,是因為坐車?
還是因為回憶?
這種累讓我聯想到我當研究生時的日子。

考上研究所後,過日子的習慣開始改變。
我、柏森、子堯兄和秀枝學姐仍然住在原處,孫櫻和明菁則搬離勝九舍。
孫櫻在工作地方的附近,租了一間小套房。
明菁搬到勝六舍,那是研究生宿舍,沒有門禁時間。
孫櫻已經離開學生生活,跟我們之間的聯繫,變得非常少。
不過這少許的聯繫就像孫櫻寫的短篇小說一樣,雖然簡短,但是有力。
我會認識荃,是因為孫櫻。

其實孫櫻是個很好的女孩子,有時雖然嚴肅了點,卻很正直。
我曾以為柏森和孫櫻之間,會發生什麼的。
「我和孫櫻,像是嚴厲的母親與頑皮的小孩,不適合啦。」柏森說。
『可是我覺得孫櫻不錯啊。』
「她是不錯,可惜頭不夠圓。」

『你說什麼？』

「我要找投緣的人啊，她不夠頭圓，自然不投緣。」柏森哈哈大笑。

我覺得很好奇，柏森從大學時代，一直很受女孩子歡迎。

可是卻從沒交過女朋友。

柏森是那種非常清楚地知道自己到底喜歡哪種女孩子的人。

如果他碰上喜歡的女孩子，一定毫不遲疑。

只不過這個如果，一直沒發生。

我就不一樣了，因為我根本不知道我喜歡哪種女孩子。

就像吃東西一樣，我總是無法形容我喜歡吃的菜的樣子或口味等等。

我只能等菜端上來，吃了一口，才知道對我而言是太淡？還是太鹹。

認識明菁前，柏森常會幫我介紹女孩子，而且都是鐵板之類的女孩。

其實他也不是刻意介紹，只是有機會時就順便拉我過去。

『柏森，饒了我吧。這些女孩子我惹不起。』

「看看嘛，搞不好你會喜歡喔。」

『喜歡也沒用。老虎咬不到的，狗也咬不到啊。』

「你在說什麼？」

『你是老虎啊，你都沒辦法搞定了，找我更是沒用。』

「菜蟲！你怎麼可以把自己比喻成狗呢？」

柏森先斥責我一聲，然後哈哈大笑：

「不過你這個比喻還算貼切。」

認識明菁後，柏森就不再幫我介紹女孩子了。

「你既然已經找到鳳凰，就不用再去獵山雞了。」柏森是這樣說的。

『是嗎？』

「嗯。她是一個無論你在什麼時候認識她，都會嫌晚的那種女孩子。」

會嫌晚嗎？我不知道。
我只知道對那時的我而言，明菁的存在，是重要的。
沒有明菁的話，我會很寂寞？還是會很不習慣？
我不敢想像，也沒有機會去想像。

如果，我先認識荃，再認識明菁的話，
我也會對荃有這種感覺嗎？

也許是不一樣的。
但人生不像在唸研究所時做的實驗，可以反覆改變實驗條件，
然後得出不同的實驗結果。
我只有一次人生，無論我滿不滿意，順序就是這樣的，無法更改。

我和柏森找了同一個指導教授，因為柏森說我們要患難與共。
研究所的唸書方式和大學時不太一樣，通常要採取主動。
除了所修的學分外，大部分的時間得準備各自的論文。
因為論文方向不同，所以我和柏森選修的課程也不相同。
不過課業都是同樣的繁重，我們常在吃宵夜的時候互吐苦水。

明菁好像也不輕鬆，總是聽她抱怨書都唸不完。
雖然她還是常常來我們這裡，不過看電視的時間變少了。
不變的是，我和明菁還是會到頂樓陽台聊天。
而明菁爬牆的身手，依舊矯健。
明菁是那種即使在抱怨時，也會面帶笑容的人。

櫥寄生

跟柏森聊天時，壓力會隨著傾訴的過程而暫時化解。
可是跟明菁聊天時，便會覺得壓力這東西根本不存在。

「你和林明菁之間，到底是什麼關係呢？」柏森常問我。
『應該是……是好朋友吧？』
「你確定你沒有昧著良心說話？」
『我……』
「你喜歡她嗎？」
『應該算喜歡，可是……』
「菜蟲，你總是這麼猶豫不決。」柏森嘆了一口氣：
「你究竟在害怕什麼呢？」

害怕？也許真是害怕沒錯。
起碼在找到更適合的形容詞之前，用害怕這個字眼，是可以接受的。
我究竟害怕什麼呢？
對我而言，明菁是太陽，隔著一定的距離，是溫暖的。
但太接近，我便怕被灼傷。

我很想仔細地去思考這個問題，並儘可能地找出解決之道。
不過技師考快到了，我得閉關兩個月，準備考試。
考完技師考後，又為了閉關期間延遲的論文進度頭痛，所以也沒多想。
明菁在這段期間，總會叮嚀我要照顧身體，不可以太累。
「過兒，加油。」明菁的鼓勵，一直不曾間斷。

技師考的結果，在三個半月後放榜。
我和柏森都沒考上，子堯兄沒考，所以不存在落不落榜的問題。

令我氣餒的是，我只差一分。

當我和柏森互相交換成績單觀看時，發現我的國文成績差他十八分。

我甚至比所有考生的國文平均成績低了十分。

而國文科，只考作文。

我又墮入初二時看到作文簿在空中失速墜落的夢魘中。

收到成績單那天，我晚飯沒吃，拿顆籃球跑到光復校區的籃球場。

如果考試能像投籃一樣就好了，我那天特別神準，幾乎百發百中。

投了一會籃，覺得有點累了，就蹲在籃框架下發呆。

不禁回想起以前寫作文的樣子，包括那段當六腳猴子的歲月。

可是我的作文成績，雖然一直都不好，但也不至於太差啊。

怎麼這次的作文成績這麼差呢？

難道我又用了什麼不該用的形容詞嗎？

我繼續發呆，什麼也不想。發呆了多久，我不清楚。

眼前的人影愈來愈少，玩籃球的笑鬧聲愈來愈小，

最後整座籃球場上只剩下我一個人。

耳際彷彿聽到一陣腳踏車的緊急煞車聲，然後有個綠色身影向我走來。

她走到我身旁，也蹲了下來。

『穿裙子蹲著很難看，妳知道嗎？』過了許久，我開了口。

好像覺得已經好多年沒說話，喉嚨有點乾澀。我輕咳一聲。

「你終於肯說話啦。」

『妳別蹲了，真的很難看。』

「會嗎？我覺得很酷呀。」

『妳如果再把腿張開，會更酷。』

「過兒！」

『妳也來打籃球嗎？』我站起身，拍了拍腿。
「你說呢？」明菁也站起身。
『我猜不是。那妳來做什麼？』
「對一個在深夜騎兩小時腳踏車四處找你的女孩子……」
明菁順了順裙襬，板起臉：「你都是這麼說話的嗎？」
『啊？對不起。妳一定累壞了。』
我指著籃球場外的椅子：『我們坐一會吧。』

『找我有事嗎？』等明菁坐下後，我開口問。
「當然是擔心你呀。難道找你借錢嗎？」
『擔心？我有什麼好擔心的。』
「晚飯不吃就一個人跑出來四個多鐘頭，讓人不擔心也難。」
『我出來這麼久了嗎？』
「嗯。」

『對不起。』
「你說過了。」
『真對不起。』
「那還不是一樣。」
『實在非常對不起。』
「不夠誠意。」
『宇宙超級霹靂無敵對不起。』
「夠了。傻瓜。」明菁終於笑了起來。

我們並肩坐著，晚風拂過，很清爽。

「心情好點了嗎？」

『算是吧。』

「為什麼不吃飯？然後又一聲不響地跑出來。」

『妳不知道嗎？』

「我只知道你落榜……」明菁突然警覺似地啊了一聲，「對不起。」

『沒關係。』

「明年再考，不就得了。」

『明年還是會考作文。』

「作文？作文有什麼好擔心的。」

『妳們中文系的人當然不擔心，但我是粗鄙無文的工學院學生啊。』

「誰說你粗鄙無文了？」

『沒人說過。只是我忽然這麼覺得而已。』

「過兒，」明菁轉身，坐近我一些，低聲問：「怎麼了？」

我不知道如何形容，索性告訴明菁我初中時發生的事。

明菁邊聽邊笑。

『好笑嗎？』

「嗯。」

『妳一定也覺得我很奇怪。』

「不。我覺得你的形容非常有趣。」

『有趣？』

「你這樣叫特別，不叫奇怪。」

『真的嗎？』

明菁點點頭。

「誰說形容光陰有去無回，不能用『肉包子打狗』呢？」

『那為什麼老師說不行呢？』

「很多人對於寫作這件事，總是套上太多枷鎖，手腳難免施展不開。」

明菁嘆了一口氣，「可是如果對文字缺乏想像力，那該怎麼創作呢？」

『想像力？』

「嗯。形容的方式哪有所謂的對與錯？只有貼不貼切，能不能引起共鳴
而已。文章只要求文法，並沒有一加一等於二的定理呀！」

明菁站起身，拿起籃球，跑進籃球場。

「創作應該像草原上的野馬一樣，想怎麼跑就怎麼跑，用跳的也行。」

明菁站在罰球線上，出手投籃，空心入網。

「可是很多人卻覺得文字應該要像賽馬場裡的馬一樣，繞著跑道奔馳。
並按照比賽規定的圈數，全力衝刺，爭取錦標。」

明菁抱著籃球，向我招招手。我也走進籃球場。

「文學是一種創作，也是一種藝術，不應該給它太多的束縛與規則。
你聽過有人規定繪畫時該用什麼色彩嗎？」

『我真的⋯⋯不奇怪嗎？』

「你是隻長了角的山羊，混在我們這群沒有角的綿羊中，當然特別。」

明菁拍了幾下球，「但不用為了看起來跟我們一樣，就把角隱藏著。」

『嗯。』

「過兒，每個人都有與他人不同之處。你應該尊重只屬於自己的特色，
不該害怕與別人不同。更何況即使你把角拔掉，也還是山羊呀！」

『謝謝妳。』

明菁運球的動作突然停止，「幹嘛道謝呢？」

『真的，謝謝妳。』我加重了語氣。

明菁笑一笑。

然後運起球，跑步，上籃。

球沒進。

『妳多跑了半步，挑籃的勁道也不對。還有……』

「還有什麼？」

『妳穿裙子，運球上籃時裙子會飛揚，腿部曲線畢露，對籃框是種侮辱。
　所以球不會進。』

明菁很緊張地壓了壓裙子，「你怎麼不早說！」

『妳雖然侮辱籃框，卻鼓勵了我的眼睛。這是妳的苦心，我不該拒絕。』

我點點頭，『姑姑，妳實在很偉大。我被妳感動了。』

「過兒！」

明菁，謝謝妳。

妳永遠不知道，妳在籃球場上跟我說的話，會讓我不再害怕與人不同。

每當聽到別人說我很奇怪的時候，我總會想起妳說的這段話。

順便想起妳的腿部曲線。

雖然當我到社會上工作時，因為頭上長著尖銳的角，以致處世不夠圓滑，
讓我常常得罪人。

但我是山羊，本來就該有角的。

我陪明菁玩了一會籃球，又回到籃球場外的椅子上坐著。

跟大學時的聊天方式不同，明菁已沒有門禁時間，所以不用頻頻看錶。

『這陣子在忙些什麼呢？』

「我在寫小說。」

『寫小說對妳而言，一定很簡單。』

「不。什麼人都會寫小說，就是中文系的學生不會寫小說。」

『為什麼？』

「正因為我們知道該如何寫小說，所以反而不會寫小說。」

『啊？』

明菁笑了笑，把我手中的籃球抱去。

「就像這顆籃球一樣。我們打籃球時，不會用腳去踢。還要記得不可以
　兩次運球，帶球上籃時不能走步。但這些東西都不是打籃球的本質，
　而只是籃球比賽的規則。」

明菁把籃球還給我，接著說：

「過兒。如果你只是一個五歲的小孩子，你會怎麼玩籃球？」

『就隨便玩啊。』

「沒錯。你甚至有可能會用腳去踢它。但誰說籃球不能用踢的呢？規則
　是人訂的，那是為了比賽，並不是為了籃球呀。如果打籃球的目的，
　只是為了好玩，而非為了比賽。那又何必要有規則呢？」

明菁將籃球放在地上，舉腳一踢，球慢慢滾進籃球場內。

「創作就像是赤足在田野間奔跑的小孩子一樣，跑步只是他表達快樂的
　方式，而不是目的。為什麼我們非得叫他穿上球鞋，跪蹲在起跑線上
　等待槍響，然後朝著終點線狂奔呢？當跑步變成比賽，我們才會講究
　速度和彈性，講究跑步的姿勢和技巧，以便能在賽跑中得到好成績。
　但如果跑步只是表達快樂的肢體語言，又有什麼是該講究的呢？」

『姑姑，妳喝醉了嗎？』

「哪有。」

『那怎麼會突然對牛彈琴呢？』

「別胡說，你又不是牛。我只是寫小說寫到心煩而已。」

『嗯。』

「本來想去找你聊天，聽李柏森說你離家出走，我才到處找你的。」

『妳聽他胡扯。我又不是離家出走。』

「那你好多了吧？」

『嗯。謝謝妳。』

幾年後，我在網路這片寬闊的草原中跑步，或者說是寫小說。

常會聽到有人勸我穿上球鞋、繫好鞋帶，然後在跑道內奔跑的聲音。

有人甚至說我根本不會跑步，速度太慢，沒有跑步的資格。

明菁的話就會適時在腦海中響起：

「跑步只是表達快樂的肢體語言，不是比賽哦。」

『很晚了，該回去了。』我看了錶，快凌晨兩點。

「嗯。你肚子餓了吧？我去你那裡煮碗麵給你吃。」

『我才剛落榜，妳還忍心煮麵給我吃嗎？』

「你說什麼！」明菁敲了一下我的頭。

『剛落榜的心情是沉痛的，可是吃妳煮的麵是件非常興奮的事。

　我怕我的心臟無法負荷這種情緒轉折。』

我摸了摸被敲痛的頭。

「過兒，你轉得很快。不簡單，你是高手。」

『妳可以再大聲一點。』

「過──兒──！你──是──高──手──！」明菁高聲喊叫。

『喂！現在很晚了，別發神經。』

「呵呵……走吧。」

『小說寫完要給我看喔。』

「沒問題。你一定是第一個讀者。」

我和明菁回去時，柏森、子堯兄和秀枝學姐竟然還沒睡，都在客廳。

「菜蟲啊，人生自古誰無落，留取丹心再去考。」

子堯兄一看到我，立刻開了口。

「不會說話就別開口。」秀枝學姐罵了一聲，然後輕聲問我：

「菜蟲，吃飯沒？」

我搖搖頭。

「冰箱還有一些菜，我再去買些肉，我們煮火鍋來吃吧。」柏森提議。

「很好。明菁，妳今晚別回宿舍了，跟我擠吧。」秀枝學姐說。

『我終於想到了！』我夾起一片生肉，準備放入鍋裡煮時，突然大叫。

「想到什麼？」明菁問我。

『我考國文時，寫了一句：台灣的政治人物，應該要學習火鍋的肉片。』

「那是什麼意思？」明菁又問。

『火鍋的肉片不能在湯裡煮太久啊，煮太久的話，肉質會變硬。』

「恕小弟孤陋寡聞，那又是什麼意思呢？」輪到柏森發問。

『就是火鍋的肉片不能在湯裡煮太久的意思。』

「恕小妹資質駑鈍，到底是什麼意思呢？」秀枝學姐竟然也問。

『火鍋的肉片在湯裡煮太久就會不好吃的意思。』

秀枝學姐手中的筷子，掉了下來。

全桌鴉雀無聲。

過了一會，子堯兄才說：「菜蟲，你真是奇怪的人。」

「過兒才不是奇怪的人，他這叫特別。」明菁開口反駁。

「特別奇怪嗎？」柏森說。

「只有特別，沒有奇怪。過兒，你不簡單，你是高手。」

『妳可以再大聲一點。』

「過──兒──！你──是──高──手──！」明菁提高音量，又說。

我和明菁旁若無人地笑了起來。

「林明菁同學，恭喜妳。妳認識菜蟲這麼久，終於瘋了。」

柏森舉起杯子。

「沒錯。是該恭喜。」子堯兄也舉起杯子。

「學姐。」明菁轉頭向秀枝學姐求援。

「誰敢說我學妹瘋了？」秀枝學姐放下筷子，握了握拳頭。

「哈哈……哈哈……哈哈哈……肉不要煮太久，趁軟吃，趁軟吃。」

柏森乾笑了幾聲。

一個月後，明菁的小說終於寫完了，約三萬字。

篇名很簡單，就叫《思念》。

『不是說寫完後要讓我當第一個讀者？』

「哎呀，寫得不好啦，修一修後再給你看。」

不過明菁一直沒把《思念》拿給我。

我如果想到這件事時，就會提醒她，她總會找理由拖延。

有次她在客廳看小說，我走過去，伸出右手：『可以讓我看嗎？』

「你也喜歡村上春樹的小說嗎？」

『我不是指這本，我是說妳寫的《思念》。』

「村上春樹的小說真的很好看哦。」

『我要看《思念》。』

「這樣好了。我有幾本村上春樹的小說，你先拿去看。」

明菁從背包中拿出兩本書，連手上那本，一起塞在我手裡。

「你全部看完後，我再拿我的小說給你看……」

話沒說完，明菁馬上揹起背包，溜掉了。

我整夜沒睡，看完了那三本小說。不知不覺，天就亮了。

躺在床上，怎麼睡也睡不著，腦子裡好像有很多文字跑來跑去。

那些文字是我非常熟悉的中文字，可是卻又覺得陌生。

因為唸研究所以來，接觸的文字大部分是英文，還有一堆數學符號。

我離開床，坐在書桌，隨便拿幾張紙，試著把腦中的文字寫下來。

於是我寫了：

　　我，目前單身，有一輛二手機車、三條狗、四個月沒繳的房租，坐在像橄欖球形狀的書桌前。檯燈從左上方直射金黃的強光，我感覺像是正被熬夜審問的變態殺人魔。書桌上有三枝筆，兩枝被狗啃過，另一枝則會斷水。還有兩封信，一封是前妻寄來的，要求我下個月多寄一萬元贍養費，因為她賓士車的前輪破了。「我好可憐噢。」她說。另一封是玫仁杏出版社編輯寄來的，上面寫著若我再不交稿，他就會讓我死得像從十樓摔下來的布丁。我左手托腮，右手搔著三天沒洗澡而發癢的背，正思考著如何說一個故事。我是那種無論如何不把故事說完便無法入睡的奇怪的人噢。

　　要說這件故事其實很難啟齒，即使下定決心打開牙齒，舌頭仍然會做最後的抵抗噢。等到牙齒和舌頭都已經淪陷，口腔中的聲帶還是會不情願

地緩緩振動著。像是電池快要沒電的電動刮鬍刀，發出死亡前的悲鳴，並企圖與下巴的鬍渣同歸於盡，但卻只能造成下巴的炙熱感。

這還只是開始說故事前的掙扎噢。

不過當我開始準備說這個故事時，我的意思是指現在，我便不再掙扎了。或許我應該這麼講：不是我不再掙扎，而是我終於了解掙扎也沒用，於是放棄掙扎。然而即使我放棄掙扎，內心的某部分，很深很深的地方，是像大海一樣深的地方噢，仍然會有一些近似怒吼的聲音，像一個星期沒吃飯的獅子所發出的吼叫聲噢。

好了，我該說故事了。

可是經過剛剛內心的掙扎，我渴了，是那種即使是感冒的狗喝過的水我也會想喝的那種渴噢。所以我想先喝杯水，或者說，一瓶啤酒，瓶裝或罐裝的都行。我只考慮四又三分之一秒的時間，決定喝啤酒，因為我需要酒精來減少說故事時的疼痛。我打開冰箱，裡面有一顆高麗菜，兩杯還剩一半的泡沫紅茶，幾個不知道是否過期的罐頭，但就是沒有啤酒。

下樓買吧。可是我身上沒錢了。現在是凌晨兩點四十六分，自從十三天前有個婦女深夜在巷口的提款機領錢時被殺害後，我就不敢在半夜領錢了。最近老看到黑貓，心裡覺得毛毛的，我可不想成為明天報紙的標題，「過氣的小說家可悲的死於凶惡的歹徒的殘酷的右手裡的美工刀下，那把刀還是生鏽的」。應該說故事，於是想喝酒，但沒錢又不敢去領錢。我不禁低下了頭，雙手矇住臉，陷入一股深沉的深沉的悲哀之中。

悲哀的是，我甚至還沒開始說故事啊。

寫了大約九百字，眼皮覺得重，就趴在桌上睡了。
後來明菁看到這篇東西，說我這叫「三紙無驢」。
意思是說從前有個秀才，寫信託人去買驢，寫了三張紙，
裡面竟然沒有「驢」這個字。
『姑姑，我學村上春樹學得像嗎？』
「這哪是村上春樹？你這叫耍白爛。」
明菁雖然這麼說，還是忍不住笑了起來。
「等你認真寫篇小說，我的《思念》才讓你看。」

升上研二後，我和柏森大部分的時間都待在系上的研究室。
有時候還會在研究室的躺椅上過夜。
因為趕論文，技師考也沒去考，反正改作文的老師不會喜歡我的文章。
我是山羊，沒必要寫篇只為了拿到好成績的文章。

我和柏森開始煮咖啡，以便熬夜唸書。習慣喝咖啡提神後，便上了癮。
研二那段期間大約是 1996 年中至 1997 年中的事。
這時大學生上網的風氣已經很興盛，我和柏森偶爾會玩 BBS。
為了抒解唸書的苦悶，我有時也會在網路上寫寫文章。
明菁如果來研究室找我時，就會順便看看我寫的東西。

系上有四間研究室，每間用木板隔了十個位置，我和柏森在同一間。
如果心煩或累了，我們就會走到研究室外面的陽台聊天。
這麼多年來，我一直有和柏森聊天的習慣。
聊天的地點和理由也許會變，但聊天的本質是不變的。

我們常提起明菁，柏森總是叫我要積極主動，我始終卻步。
有次在準備「河床演變學」考試時，柏森突然問我一個問題：
「如果愛情像沿著河流撿石頭，而且規定只能彎腰撿一次，你會如何？」

『那要看是往河的上游還是下游啊，因為上游的石頭比較大。』
我想了一下，回答柏森。
「問題是，你永遠不知道你是往上游走，還是往下游。」
『這樣就很難決定了。』
「菜蟲，你就是這種人。所以你手上不會有半顆石頭。」
『為什麼？』
「因為你總是覺得後面的石頭會比較大，自然不會浪費唯一的機會。
　可是當你發覺後面的石頭愈來愈小時，你卻又不甘心。最後……」
柏森頓了頓，接著說：
「最後你根本不肯彎腰去撿石頭。」

『那你呢？』
「我只要喜歡，就會立刻撿起。萬一後面有更大的石頭，我會換掉。」
『可是規定只能撿一次啊。』
「菜蟲，這便是我和你最大的不同處。」柏森看看我，語重心長地說：
「你總是被許多規則束縛。可是在愛情的世界裡，根本沒有規則啊。」
『啊？』
「不要被只能撿一次石頭的規則束縛，這樣反而會失去撿石頭的機會。」
柏森拍拍我肩膀，「菜蟲。不要吝惜彎腰，去撿石頭吧。」

當我終於決定彎腰，準備撿起明菁這塊石頭時。
屬於荃的石頭，卻突然出現在我眼前。

槲寄生

那是在 1997 年春天剛來到的時候，孫櫻約我吃午飯。

原來孫櫻也看到了我那篇模仿村上春樹的白爛文章，是明菁拿給她的。

孫櫻說她有個朋友，想邀我寫些稿。

『孫櫻，妳在報社待久了，幽默感進步了喔。』我認為孫櫻在開玩笑。

「菜蟲。我說，真的。」

『別玩了，我根本不行啊。況且……』

「出來，吃飯。不要，囉唆。」

孫櫻打斷我的話，我只好答應了。

我們約在我跟明菁一天之中連續去吃兩次的那家餐館，很巧。

約的時間是十二點四十分，在餐館二樓。

可是當我匆忙趕到時，已經快一點了。

我還記得我前一晚才剛熬夜趕了一份報告，所以眼前有點模糊。

爬樓梯時差點摔一跤。

順著螺蜁狀樓梯，我上了二樓。

我一面喘氣，一面搜尋。

我見到了孫櫻的背影，在離樓梯口第三桌的位置。

孫櫻的對面坐了個女孩，低著頭。

她靜靜地切割著牛排，聽不見刀子的起落與瓷盤的呻吟。

我帶著一身的疲憊，在離她兩步的距離，停下腳步。

她的視線離開午餐，往右上角抬高 30 度。

我站直身子，接觸她的視線，互相交換著「你來了我到了」的訊息。

然後我愣住了，雖然只有兩秒鐘。

我好像見過她。

「你終於出現了。」
『是的。我終於看到妳了。』
「啊?」我們同時因為驚訝而輕輕啊了一聲。
雖然我遲到,但並不超過二十分鐘,應該不必用「終於」這種字眼。
但我們都用了「終於」。

後來,我常問荃,為什麼她要用「終於」這種字眼?
「我不知道。那是直接的反應,就像我害怕時會哭泣一樣。」
荃是這麼回答的。
所以我一直不知道原因。
我只知道,我終於看到了荃。
在認識明菁三年又三個月後。

「還不,坐下。」孫櫻出了聲。
我有點大夢初醒的感覺,坐了下來。荃在我右前方。
「你好。」荃放下刀叉,雙手放在腿上,朝我點個頭。
『妳好。』我也點了頭。
「這是我的名片。」她從皮包裡取出一張名片,遞給我。
『很好聽的名字。』
「謝謝。」
荃姓方,方荃確實好聽。

『我的名字很普通。我姓蔡,叫崇仁。崇高的崇,仁愛的仁。』
我沒名片,每次跟初見面的人介紹自己時,總得說這番話。

「名字只是稱呼而已。玫瑰花即使換了一個名字，還是一樣芬芳。」
我嚇了一跳，這是《羅密歐與茱麗葉》的對白啊。
『妳只要叫我 "愛"，我就有新名字。我永遠不必再叫羅密歐。』
我想起大一在話劇社扮演羅密歐時的對白，不禁脫口而出。

荃似乎也嚇了一跳。
「你演羅密歐？」荃問。
我點點頭。
『妳演茱麗葉？』我問。
荃也點點頭。
「我們是第一次見面嗎？」荃問。
『好像是吧。』我不太確定。

孫櫻把 MENU 拿給我，暗示我點個餐。
我竟然只點咖啡，因為我以為我已經吃飽了。
「你吃過了？」荃問我。
『我……我吃過了。』我這才想起還沒吃飯，不過我不好意思再更改。
「不用替我省錢的。」荃看了看我，好像知道我還沒吃飯。
我尷尬地笑著。

「近來，如何？」孫櫻問我。
『托妳，的福。』
「不要，學我，說話。」
『已是，反射，習慣。』
「還學！」
『抱歉。』

孫櫻拍一下我的頭。荃偷偷地微笑著。

孫櫻還是老樣子，真不知道她這種說話方式該如何去採訪？

「你也在話劇社待過？」荃問我。

『算待過吧。』我總不能告訴荃，我被趕出話劇社。『妳呢？』

「我是話劇社長。」

『啊？怎麼差那麼多。』我想到了橘子學姐。

「嗯？」

『沒事。只是忽然想到一種動物。』

「因為我嗎？」

『不。是因為橘子。』

「這裡沒橘子呢。」

『說得對。』

荃又看了我一眼，充滿疑惑。

『我們的對白有點奇怪。』我不好意思地笑了笑。

「嗯。」荃也笑了。

『可以請教妳一件事嗎？』

「別客氣。請說。」

『茱麗葉的對白，需要聲嘶力竭嗎？』

「不用的。眼神和肢體語言等等，都可以適當傳達悲傷的情緒，不一定
　要透過語氣。而且有時真正的悲傷，是無法用聲音表現出來的。」

『嗯？』

「比如說……」

荃把裝了半滿果汁的高腳杯，移到面前。

右手拿起細長的湯匙，放進杯中，順時針方向，輕輕攪動五圈，停止。
眼睛一直注視著杯中的漩渦，直到風平浪靜。
然後收回眼神，再順時針攪動兩圈，端起杯子，喝了一口。
「我在做什麼呢？」
『妳在思念某個人。』

荃讚許似地點點頭。
「你很聰明。」
『謝謝。』
「再來？」
『嗯。』

荃將高腳杯往遠處推離十公分，並把湯匙拿出杯子，放在杯腳左側。
右手的食指和中指擱在杯口，其餘三指輕觸杯身。眼睛凝視著湯匙。
端起杯子，放到嘴邊，卻不喝下。停頓十秒後，再將杯子緩緩放下。
杯子快要接觸桌面前，動作突然完全靜止。
視線從頭到尾竟然都在湯匙上。
「這樣呢？」
『妳很悲傷。』
荃愣住了。

過了一會，荃又緩緩地點頭。
「我們是第一次見面嗎？」荃又問。
『好像是吧。』我還是不確定。
荃想了一下，輕輕呼出一口氣。
「再來一個，好嗎？」

『好。』

荃再將湯匙放入杯中，左手托腮，右手攪拌著果汁，速度比剛剛略快。
用湯匙舀起一塊冰，再放下冰塊。拿起湯匙，平放在杯口。
眼睛注視杯腳，挑了一下眉頭，然後輕輕嘆一口氣。
「答案是什麼？」
『這太難了，我猜不出來。』
「這表示果汁很好喝，不過快喝完了。好想再喝一杯，可惜錢不夠。」
荃說完後，吐了吐舌頭，笑了起來。
我也笑了起來。

「輪到，我玩。」孫櫻突然說話。
我看了孫櫻一眼，很想阻止她。
孫櫻將她自己的高腳杯放到面前，右手拿起湯匙，快速地在杯中攪動。
湯匙撞擊玻璃杯，清脆響著。
左手按著肚子，皺了皺眉頭，也學著荃嘆了一口氣。
「如何？」孫櫻問。
『你吃壞肚子，想上廁所。但廁所有人，只好坐著乾著急。』
「胡說！」孫櫻罵了我一聲，「這叫，沉思！」

我左邊嘴角動了一下，瞇起眼睛。
「你不以為然，卻不敢聲張。」荃指著我，笑著說。
『妳怎麼會知道？』
我很驚訝地望著荃，荃有點不好意思，低下了頭。
等荃抬起頭，我問她：
『我們是第一次見面吧？』輪到我問了。

「應該是的。」荃似乎也不確定。

「我該,走了。」孫櫻站起身。

『妳朋友家的母狗又生了三隻小狗嗎?』

「我要,趕稿!」孫櫻瞪了我一眼。

孫櫻拿起皮包,跟我和荃揮揮手:「方荃,菜蟲,再見。」

我轉身看著孫櫻的背影消失在樓梯口,然後再轉身回來。

接觸到荃的視線時,我笑了笑,左手抓抓頭髮。

然後將身子往後挪動,靠著椅背。

「咦?」

『怎麼了?』

「你和孫櫻是好朋友吧?」

『是啊。』

「那為什麼她離開後,你心裡卻想著『她終於走了』呢?」

『啊?妳怎麼又知道了?』我有點被嚇到的感覺。

「你的肢體語言好豐富呢。」

『真的嗎?』

我右手本來又想搔搔頭,但手舉到一半,便不敢再舉。

「沒關係的。」荃笑了笑,「這是你表達情緒的方式。」

『嗯?』

「有的人習慣用文字表達情感,有的人習慣用聲音……」

荃指著我僵在半空的右手,「你則習慣用動作。」

『這樣好嗎?』

「這樣很好。因為文字和聲音都會騙人，只有眼神和下意識的動作，
　不會騙人。」
『怎麼說？』
「又要我舉例嗎？」荃笑了笑。
『嗯。』我也笑了。

「你的杯子可以借我嗎？」
『當然可以。』
我的杯子裝的是水，不過我喝光了。
荃拿起空杯子，作勢喝了一口，然後放下。
嘴唇微張，右手在嘴邊搧動幾下。
「這杯果汁真好喝，又冰又甜。真是令人愉悅的事，呵呵……」
荃的笑聲很輕淡，像深海魚的游水動作。

「懂了嗎？」
『嗯。其實妳喝的是熱水，而且舌頭還被燙了一下。但妳卻說妳喝的是
　冰果汁，還有非常興奮的笑聲。文字和聲音都是騙人的，只有嘴唇和
　右手的動作表達了真正的意思。我這樣說，對嗎？』
「對的。」
荃點點頭。然後再歪了一下頭，微笑地注視我，說：
「那你還不趕快點個餐，你已經餓壞了，不是嗎？」
『啊？我又做了什麼動作？』
我把雙手放在腿上，正襟危坐，不敢再做任何動作。

「呵呵。我不是現在看出來的。」荃指著我的空杯子：
「你剛進餐廳，一坐下來，很快就把水喝光了。」

『也許我口渴啊。』

「那不一樣的。」荃搖搖頭。

『哪裡不一樣？』

「口渴時的喝水動作是……是激烈的。對不起，我不擅長用文字表達。」

『沒關係。我懂。』

荃感激似地笑了一下，「可是你喝水的動作是和緩的，好像……」

「好像你不知道你正在喝水一樣。你只是下意識做出一種進食的動作。」

荃又笑了一下，「對不起。我很難用文字形容。」

『嗯。妳真的好厲害。』

「才不呢。我很笨的，不像你，非常聰明。」

『會嗎？』

「你思考文字的速度很快，對很多動作的反應時間也非常短。」

『嗯？』

「就像你剛剛猜孫櫻的動作，你其實是猜對的。」

『真的嗎？那她幹嘛罵我？』

「她剛剛用的文字和聲音是騙人的，很多動作也是刻意做出來的。」

荃頓了頓，「只有左手撫摸肚子的動作是真實的。」

『既然我和妳同時都猜對，為什麼妳說我聰明，而妳卻笨呢？』

「那不一樣的。」

『請舉例吧。』

「你果然聰明，你已經知道我要舉例了。」

『我只是請妳舉例而已，並沒猜到妳要舉例啊。』

「你知道的。」荃笑得很有把握。

我也笑一笑，並不否認。

荃指著餐桌上的花瓶，花瓶是白色的底，有藍色的條紋和黃色的斑點。
花瓶裡面插著一朵帶著五片綠葉的紅色玫瑰花。
「我接收到的問題是：這朵花是什麼顏色呢？我回答是紅色。
　雖然我答對了，但這跟我聰不聰明無關。」
『那我呢？』
「你不一樣。你接收到的問題卻是：這個東西是什麼顏色呢？」
荃笑了一笑，「你竟然也能回答出紅色，所以你很聰明。」
『我不太懂。』

「我接收到的訊息很簡單，花是什麼顏色？我看到紅色，就回答紅色。」
然後荃輕輕拿起花瓶，分別指出上面的五種色彩。
「可是你接收到的訊息是非常不完整的，在白、藍、黃、綠、紅色中，
　你能判斷出真正的問題所在。腦中多了『判斷』的過程，而且答對，
　難道不聰明？」
『所以呢？』
「我只是說出我眼中看到的東西，你卻能經過思考來判斷。」
荃佩服似地點點頭，「這是我們之間的差別。我笨，你聰明。」

『妳怎麼老說自己笨？我覺得妳很聰明啊。』
荃看了看我，靦腆地笑了笑，低下了頭。
『怎麼了？』
「沒。只是覺得你是個好人。」
『嗯？』
「我是笨的沒錯。如果我接收到的訊息跟你一樣，我一定不知所措。」
荃輕輕嘆了一口氣。

『為什麼嘆氣呢？年輕人不該嘆氣喔。』

「沒。」荃凝視著花瓶，陷入沉思，過了許久才說：

「現代人的文字和聲音就像這個插上花的花瓶一樣，混雜了許多色彩。

我根本無法判斷每個人心中真正想表達的色彩是什麼？顏色好亂的。

所以我在人群中很難適應，我會害怕。」

『那我的顏色亂不亂？』

「呵呵。」荃笑了出來，「你的顏色非常簡單，很容易看出來的。」

『那我是什麼顏色呢？』我很好奇地問荃。

荃笑了笑，並不回答。

『嗯？』我又問了一次。

「總之是很純粹的顏色。只不過……」

『不過什麼？』

「沒。」荃把花瓶中的花拿出，觀看一番，再插回瓶中。

「我很喜歡跟你溝通。」過了一會，荃輕聲說。

『我也是。』

「我不擅長用文字跟人溝通，也常聽不懂別人話中的意思。可是……」

『可是什麼？』

「沒。你想表達的，我都能知道得很清楚，不會困惑。」

『為什麼？』

「因為你傳達出來的訊息都很明確。不過文字和聲音還是例外的。」

『我以後會儘量用文字和聲音表達真正的意思。』

「嗯。我們要像小孩子一樣。」

『嗯？』
「小孩子表達情感是非常直接而且不會騙人的。餓了就哭，快樂就笑，生氣時會用力抓東西……」
荃突然頑皮地笑了一下，指著我說：
「你有看過小孩子肚子餓時，卻告訴媽媽說他已經吃過了嗎？」
『媽，我錯了。下次不敢了。』
我和荃第一次同時笑出聲音。

「對不起。我真笨，光顧著說話，你還沒點餐呢。」
荃急著向服務生招手，服務生拿了份 MENU 過來。
『妳幫我點就行了。妳那麼厲害，一定知道我要吃什麼。』
「呵呵。我不是神，也不是怪物。我和你一樣，都是平凡的人。」
我端詳著她，笑說：
『我怎麼卻覺得妳帶點天上的氣息呢？』
「我沒有的。」荃紅著臉，低下了頭。

我腦海中突然閃過一些文字，張口想說時，又吞了回去。
「你想說什麼？」
『沒事。』
「你答應過的，會用文字表達真正的意思，不再隱藏。」
『好吧。我送妳一句話。』
「請說。」
『請妳離開天上雲朵，歡迎來到地球表面。』
「那是兩句。」荃笑了笑。
『我算術不好，見笑了。』

我點的餐送來了，我低頭吃飯，荃拿出一本書閱讀。

『對了。有件事一直困擾著我，不知道可不可以請教妳？』

我吃完飯，開口問荃。

「可以的。怎麼了？」荃把書收起。

『請問，我們今天為什麼會在這裡一起吃飯？』

「呵呵……對不起。我們還沒談到主題。」

荃笑得很開心，舉起右手掌背掩著口，笑個不停。

「我看過你在網路上寫的文字，我很喜歡。本來想邀你寫稿的……」

『現在看到我後，就不想了嗎？』

「不不……」荃很緊張地搖搖手，「對不起。我不太會表達。」

『我開玩笑的，妳別介意。』

「嗯。不過我看到你後，確實打消了邀你寫稿的念頭。」

『妳也開玩笑？』

「我不會開玩笑的。我是真的已經不想邀你寫稿了。」

『啊？為什麼？嫌棄我了嗎？』

「對不起。」荃突然站起身，「我不會說話，你別生氣。」

『妳別緊張，是我不好。我逗妳的，該道歉的是我。』

我也站起身，請她坐下。

「你別……這樣。我不太懂的，會害怕。」

『對不起。是我不好。』

「你嚇到我了。」荃終於坐下來。

『對不起。』我也坐下來。

荃沒回答，只是將右手按住左胸，微微喘氣。

我站起身，舉起右手，放下。再舉左手，放下。

向左轉 90 度，轉回身。再向右轉 90 度，轉回身。

「你在……做什麼？」荃很好奇。

『我在做 "對不起" 的動作。』

「什麼？」

『因為我用文字表達歉意時，妳並不相信。我只好做動作了。』

荃又用右手掌背掩著口，笑了起來。

『可以原諒我了嗎？』

「嗯。」荃點點頭。

『我常會開玩笑，妳別害怕。』

「可是我分不出來的。」

『那我儘量少開玩笑，好嗎？』

「嗯。」

『說吧。為什麼已經不想邀我寫稿了呢？』

「嗯。因為我覺得你一定非常忙。」

『妳怎麼知道？』

「你的眉間……很緊。」

『很緊？』

「嗯。好像是在抵抗什麼東西似的。」

『抵抗？』

「嗯。好像有人放一顆很重的石頭壓在你身上，於是你很用力要推開。」

『那我推開了嗎？』

「我不知道。我只知道，你一直在用力，在用力。」

『喔。』
「我又說了奇怪的話嗎？」
『沒有。妳形容得非常好。』
「謝謝。常有人聽不懂我在說什麼的。」
『那是他們笨，別理他們。』
「你又取笑我了。我才笨呢。」
『妳哪會笨？我的確非常忙，妳一說就中。不簡單，妳是高手。』
「高手？」
『就是很聰明的意思。』

「嗯。」
『還有別的理由嗎？』
「還有我覺得你並不適合寫稿，你沒有能力寫的，你一定寫不出來的。」
『哈哈……哈哈哈……』我開始乾笑，荃真的不會講話。
「你笑什麼？我說錯話了？」
『沒有。妳說的很對。然後呢？』
「沒有然後了。你寫不出來，我當然就不必邀你寫稿了。」
『喔。』

我們都安靜下來，像在深海裡迎面游過的兩條魚。
因為我實在不知道該說什麼，荃看我不說話，也不開口。
荃是個純真的女孩，用的文字非常直接明瞭。
但正因為把話說得太明白了，在人情世故方面，會有所違背。
我很想告訴她，不懂人情世故是會吃虧的。
可是如果所謂的人情世故，就是要把話說得拐彎抹角，說得體面。
那我實在不應該讓荃失去純真。

「你又……又生氣了嗎？」過了許久，荃小心翼翼地問著。

『沒有啊。怎麼了？』

「你突然不出聲，很奇怪的。」

『喔。那好吧。可以請教妳，為什麼我不適合寫稿嗎？』

「因為你不會寫呀。」

『不會？』

「嗯。就像……就像你可以打我屁股，但是你不會打。道理是一樣的。」

『妳怎麼知道我不會想打妳屁股呢？』

「因為我很乖的。」荃笑了起來，像個小孩。

『原來如此。妳的意思是說我有能力寫稿，但是我不想寫。』

「對，就是這個意思。」荃很高興，「所以我說你好聰明的。」

『那，為什麼我不想寫呢？』

「你想寫的話就不會是你了。」荃似乎很努力地想了一下，然後說：
「如果你幫我寫稿，你可能每星期要寫一千字。但你的文字不是被製造
　出來的，你的文字是自然誕生出來的。」

『製造？自然？』

「嗯。這就像快樂一樣。我如果希望你每天固定製造十分鐘快樂給我，
　你是做不到的，因為你可能整天都處於悲傷的情緒中。而且，被製造
　出來的快樂，也不是快樂呢。」

『嗯。』

「你文章中的文字，是沒有面具的。不像你說話中的文字，有面具。」

『啊？真的嗎？』

「我又說錯話了，對不起。」荃吐了吐舌頭。

『沒關係。我為什麼會這樣呢？』

「我只知道你文章中的文字，是下意識地表達情感，是真實的。」

荃看看我，很不好意思地說：「我可以……再繼續講嗎？」

『可以啊。』

「嗯。而你說話中的文字，是被包裝過的。我只能看到表面的包裝紙，
　猜不到裡頭是什麼東西。」荃很輕聲地說出這段話。

『嗯。謝謝妳。我會很仔細地思考這個問題。』

「你不會生氣吧？」荃低下頭，眼睛還是偷偷瞄著我。

『不會的。真的。』

「嗯……我看到你，就會想跟你說這麼多。我平常幾乎不說話的。」

『真的嗎？』

「嗯。因為我說話常惹人生氣。」荃又吐了舌頭，頑皮地笑著。

『妳以後要常常跟我說話喔。』

「嗯。你不生氣的話，我就常說。」

我們又沉默一會。然後我起身，準備上洗手間。

「你……你要走了嗎？」荃似乎很慌張。

『沒有啊。只是上個洗手間而已。』

「你還會回來嗎？」

『當然會啊。只要不淹死在馬桶裡的話。』

「請不要……跟我開這種玩笑。」

『喔。對不起。』我只好再做些動作。

『我（手指著鼻子）真的（兩手舉高）會（拍手）回來（兩手平伸）。』

「呵呵。」荃笑了兩聲，「我會等你。」

我從洗手間回來後，荃看了看我，微笑著。

我們再聊了一會天。

跟荃聊天是很輕鬆的，我有什麼就說什麼，她說什麼我就聽什麼。

不用太注意修飾語言中的文字和語氣。

我也注意到，荃的所有動作都非常輕，非常和緩。

說話的語氣也是。

也就是說，她說話的句子語氣，不會用驚嘆號。

只是單純的逗號，和句號。

語尾也不會說出「哦」、「唷」、「啦」、「囉」之類的。

通常出現的是「呢」。頂多出現「呀」，但語氣一定不是驚嘆號。

如果荃要表達驚嘆號的意思，會用眼神，還有手勢與動作。

由於荃說話句子的語氣太和緩，有時說話的速度還會放得很慢，

而且句子間的連接，也不是很迅速，總會有一些時間差。

所以我常常不知道她說話的句子是否已經結束。

於是我會等著。

直到她說：「我句號了。」

我就會笑一笑，然後我再開始接著說。

還有，我注意到，她的右手常會按住左胸，然後微微喘氣。

不過我沒問。

荃也沒說。

當我注意到餐館內的空桌子，突然多了起來時，我看了看錶。

『已經十一點了，妳該不該回去了？』

「不用的。我一個人住。」

『妳住哪？』

「我家裡在台中。不過我現在一個人住高雄。」

『啊？那還得坐火車啊，不會太晚嗎？』

「會嗎？」

『那妳到了高雄，怎麼回家？』

「一定沒公車了，只好坐計程車。」

『走吧。』我迅速起身。

「要走了嗎？」

『當然啊。太晚的話，妳一個女孩子坐計程車很危險。』

「不會的。」

『還是走吧。』

「可是……我想再跟你說話呢。」

『我留我的電話號碼給妳，回家後妳可以打電話給我。』

「好。」

到了火車站，11 點 24 分的自強號剛過。

我只好幫她買 11 點 58 分的莒光號。

另外，我也買了張月台票，陪她在第二月台上等車。

「你為什麼突然有懊惱和緊張的感覺呢？」荃在月台上問我。

『妳看出來了？』

「嗯。你的眉間有懊惱的訊息，而握住月台票的手，很緊張。」

『嗯。如果早點到，就不用多等半小時火車。』

「可是我很高興呢。我們又多了半小時的時間在一起。」

我看了荃一眼，然後右手中指在右眉的眉梢，上下搓揉。

「你不用擔心我的。我會把自己照顧得很好。」荃笑著說。

『妳知道我擔心妳？』

「嗯。」荃指著我的右眉。

『那妳回到家後，記得馬上打電話給我，知道嗎？』

「嗯。」

『會不會累？』

「不會的。」荃又笑了。

『我有個問題想問妳。』

「嗯。我知道你想問什麼。事實上我也有同樣的問題。」

『真的嗎？』

「我們是第一次見面。應該不會錯的。」

『妳真是高手，太厲害了。』

「你……你不是還有問題嗎？」

『還是瞞不過妳。』我笑了笑。

「你想問什麼呢？」

『我到底是什麼顏色？』

「你的顏色很純粹，是紫色。」

荃凝視我一會，嘆口氣說：「只可惜是深紫色。淺一點就好了。」

『可以告訴我原因嗎？』

「通常人們都會有兩種以上的顏色，但你只有一種。」

『為什麼？』

「每個人出生時只有一種顏色。隨著成長，不斷被別人塗上其他色彩，
　當然有時自己也會刻意染上別的顏色。但你非常特別，你始終都只有

一種顏色。只不過⋯⋯」
我等了一會，一直等不到句號。
我只好問：『只不過什麼？』

「只不過你的顏色不斷加深。你出生時，應該是很淺的紫色。」
『顏色加深是什麼意思呢？』
「這點你比我清楚，不是嗎？」
『我還是想聽妳說。』
荃嘆口氣，「那是你不斷壓抑的結果。於是顏色愈來愈深。」
『最後會怎樣呢？』

「最後你會⋯⋯」
荃咬了咬下唇，吸了很長的一口氣，接著說：
「你會變成很深很深的紫色，看起來像是黑色，但本質還是紫色。」
『那又會如何呢？』
「到那時⋯⋯那時你便不再需要壓抑。因為你已經崩潰了。」
荃看著我，突然掉下一滴眼淚，淚水在臉上的滑行速度非常快。
大約只需要眨一下眼睛的時間，淚水就已離開眼眶，抵達唇邊。

『對不起。我不問了。』
「沒。我只是突然覺得悲傷。你現在眉間的紫色，好深好深。」
『別擔心。我再把顏色變淺就行了。』
「你做不到的。那不是你所能做到的。」荃搖搖頭。
『那我該怎麼辦？』
「你應該像我一樣。快樂時就笑，悲傷時就掉眼淚。不需要壓抑。」
『我會學習的。』

「那不是用學習的。因為這是我們每個人與生俱來的能力。」

『為什麼我卻很難做到？』

「因為你一直壓抑。」

『真的嗎？』

「嗯。其實每個人多少都會壓抑自己，但你的壓抑情況……好嚴重的。
　一般人的壓抑能力並不強，所以情感還是常會表露，這反而是好事。
　但是你……你的壓抑能力太強，所有的情感都被鎮壓住了。」

荃嘆了口氣，搖搖頭。

「你的壓抑能力雖然很強，還是有限的。但情感反抗鎮壓的力量，卻會
　與日俱增，而且還會有愈來愈多的情感加入反抗。一旦你鎮壓不住，
　就會……就會……」

『別說這個了。好嗎？』

荃看了我一眼，有點委屈地說：「你現在又增加壓抑的力道了。」

我笑一笑，沒有說話。

「可不可以請你答應我，你以後不再壓抑，好嗎？」

『我答應妳。』

「我不相信。」

『我（手指著鼻子）答應（兩手拍臉頰）妳（手指著荃）。』

「真的嗎？」

『我（手指著鼻子）真的（兩手舉高）答應（兩手拍臉頰）
　妳（手指著荃）。』

「我要你完整地說。」

『我（手指著鼻子）不再（握緊雙拳）壓抑……』
想了半天，只好問荃：
『壓抑怎麼比？』
「傻瓜。哪有人這樣隨便亂比的。」荃笑了。
『那妳相信了嗎？』
「嗯。」荃點點頭。

火車進站了。
荃上車，進了車廂，坐在靠窗的位置。
荃坐定後，隔著車窗玻璃，跟我揮揮手。
這時所有語言中的文字和聲音都失去意義，因為我們聽不見彼此。
汽笛聲響起，火車起動。

火車起動瞬間，荃突然站起身，右手手掌貼住車窗玻璃。
她的嘴唇微張，眼睛直視我，左手手掌半張開，輕輕來回揮動五次。
我伸出右手食指，指著右眼。再伸出左手食指，指著左眼。
然後左右手食指在胸前互相接觸。
荃開心地笑了。
一直到離開我的視線，荃都是笑著的。

荃表達的意思很簡單，「我們會再見面嗎？」
我表達的意思更簡單，『一定會。』

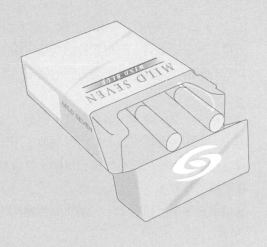

8

我願是一顆，相思樹上的紅豆
請你在樹下，輕輕搖曳
我會小心翼翼，鮮紅地，落在你手裡
親愛的你
即使將我沉澱十年，收在抽屜
想念的心，也許會黯淡
但我永不褪去
紅色的外衣

「二水,二水站到了。下車的旅客,請不要忘記隨身所攜帶的行李。」
火車上的廣播聲音,又把我拉回到這班南下的莒光號列車上。
而我的腦海,還殘存著荃離去時的微笑,和手勢。

我回過神,從菸盒拿出第八根菸,閱讀。
嗯,上面的字說得沒錯,把相思豆放了十年,還是紅色。
我唸高中時,校門口有一棵相思樹,常會有相思豆掉落。
我曾撿了幾顆。
放到現在,早已超過十年,雖然顏色變深了點,卻依然是紅。

原來相思豆跟我一樣,也會不斷地壓抑自己。
當思念的心情,一直被壓抑時,
最後是否也會崩潰?
而我會搭上這班火車南下,是否也是思念崩潰的結果?

我活動一下筋骨,走到車廂間,打開車門。
不是想跳車,只是又想吹吹風而已。
快到南台灣了,天氣雖仍嫌陰霾,但車外的空氣已不再濕冷。
這才是我所熟悉的空氣味道。

突然想起柏森說過的,「愛情像沿著河流撿石頭」的比喻。
雖然柏森說,在愛情的世界裡,根本沒有規則。
可是,真的沒有規則嗎?
對我而言,這東西應該存在著紅燈停綠燈行的規則,才不致交通大亂。
柏森又說,看到喜歡的石頭,就該立刻撿起,以後想換時再換。
我卻忘了問柏森,如果出現兩顆形狀不一樣但重量卻相同的石頭時,

應該如何？
同時撿起這兩顆石頭嗎？

人類對於愛情這東西的理解，恐怕不會比對火星的瞭解來得多。
也許愛情就像鬼一樣，因為遇到鬼的人總是無法貼切地形容鬼的樣子。
沒遇到鬼之前，大家只能想像，於是每個人心目中鬼的形象，都不一樣。
只有遇到鬼後，才知道鬼的樣子。
但也只能知道，無法向別人形容。
別人也不見得能體會。

望著車外奔馳過的樹，我嘆了一口氣。
把愛情比喻成鬼，難怪人家都說我是個奇怪的人。
只有明菁和荃，從不把我當作奇怪的人。
「你是特別，不是奇怪。」
明菁會溫柔地直視著我，加重說話的語氣。
「你不奇怪的。」
荃會微皺著眉，然後一直搖頭。雙手手掌向下，平貼在桌面上。

明菁和荃，荃和明菁。
我何其幸運，能同時認識明菁和荃。
又何其不幸，竟同時認識荃和明菁。

當我們還不知道愛情是什麼東西時，我們就必須選擇接受或拒絕。
就像明菁出現時的情形一樣。
我必須選擇接受明菁，或是拒絕明菁。

可是當我們好像知道愛情是什麼東西時，我們卻已經無法接受和拒絕。
就像荃出現時的情形一樣。
我已經不能接受荃，也無法拒絕荃。

握住車門內鐵桿的右手，箍緊了些。
右肩又感到一陣疼痛。
只好關上車門，坐在車門最下面的階梯。
身體前傾，額頭輕觸車門，手肘撐在膝蓋上。
拔下眼鏡，閉起眼睛，雙手輕揉著太陽穴。
深呼吸幾次，試著放鬆。

荃說得沒錯，我現在無法用語言中的文字和聲音表達情緒。
只有下意識的動作。
荃，雖然因為孫櫻的介紹，讓妳突然出現在我生命中。
但我還是想再問妳，『我們真的是第一次見面嗎？』

那天荃坐上火車離去後，回研究室的路上，我還是不斷地思考這問題。
於是在深夜的成大校園，晃了一圈。
回到研究室後，準備磨咖啡豆，煮咖啡。
「煮兩杯吧。」柏森說。
『好。』我又多加了兩匙咖啡豆。

煮完咖啡，我坐在椅子，柏森坐在我書桌上，我們邊喝咖啡邊聊。
「你今天怎麼出去那麼久？我一直在等你吃晚餐。」柏森問。
『喔？抱歉。』突然想起，我和荃都沒吃晚餐。
不過，我現在並沒有飢餓的感覺。

「怎麼樣？孫櫻的朋友要你寫什麼稿？」

『不用寫了。她知道我很忙。』

「那你們為什麼談那麼久？」

『是啊。為什麼呢？』

我攪動著咖啡，非常困惑。

電話聲突然響起。

我反射似地彈起身，跑到電話機旁，接起電話。

果然是荃打來的。

「我到家了。」

『很好。累了吧？』

「不累的。」

『那……已經很晚了，妳該不該睡了？』

「我還不想睡。我通常在半夜寫稿呢。」

『喔。』

然後我們沉默了一會，荃的呼吸聲音很輕。

「以後還可以跟你說話嗎？」

『當然可以啊。』

「我今天說了很多奇怪的話，你會生氣嗎？」

『不會的。而且妳說的話很有道理，並不奇怪。』

「嗯。那我先說晚安了，你應該還得忙呢。」

『晚安。』

「我們會再見面嗎？」

『一定會的。』

「晚安。」荃笑了起來。

檞寄生

掛完電話，我呼出一口長氣，肚子也開始覺得飢餓。

於是我和柏森離開研究室，去吃宵夜。

我吃東西時有點心不在焉，常常柏森問東，我答西。

「菜蟲，你一定累壞了。回家去睡一覺吧。」

柏森拍拍我肩膀。

我騎車回家，洗個澡，躺在床上，沒多久就沉睡了。

這時候的日子，是不允許我胡思亂想的。

因為距離提論文初稿的時間，剩下不到兩個月。

該修的課都已修完，沒有上課的壓力，只剩論文的寫作。

我每天早上大概十一點出門，在路上買個飯盒，到研究室吃。

晚餐有時候和柏森一起吃，有時在回家途中隨便吃。

吃完晚餐，洗個澡，偶爾看一會電視的職棒賽，然後又會到研究室。

一直到凌晨四點左右，才回家睡覺。

為了完成論文，我需要撰寫數值程式。

我用程式的語言，去控制程式。

我控制程式的流程，左右程式的思考，

要求它按照我的命令，不斷重複地執行。

有次我突然驚覺，是否我也只是上帝所撰寫的程式？

我面對刺激所產生的反應，是否都在上帝的意料之中？

於是我並沒有所謂的「自主意志」這種東西。

即使我覺得我有意志去反抗，是否這種「意志」也是上帝的設定？

是這樣的吧？

因為在這段時間，我只知道每天重複著同樣的迴圈。

起床，出門，到研究室，跑程式，眼睛睜不開，回家，躺著，起床。

甚至如果吃飯時多花了十分鐘，我便會覺得對不起國家民族。

我想，上帝一定在我腦裡加了一條控制方程式：

「IF you want to play，THEN you must die very hard look.」

翻成中文的意思，就是：「如果你想玩，那麼你一定會死得很難看。」

三個禮拜後，我的迴圈竟然輕易地被荃打破。

那是一個涼爽的四月天，研究室外桑樹上的桑椹，結實纍纍。

大約下午五點半時，我接到荃的電話。

「我現在……在台南呢。」

『真的嗎？那很好啊。台南是個好地方，我也在台南喔。』

荃笑了起來。

我發覺我講了一句廢話，不好意思地陪著笑。

當我們的笑聲停頓，荃接著說：

「我……可以見你嗎？」

『當然可以啊。妳在哪？』

「我在小東公園外面。」

『好。請妳在那裡等著，我馬上過去。』

我騎上機車，到了小東公園，把車停好。

這才想起，小東公園是沒有圍牆的。

那麼，所謂的「小東公園外面」是指哪裡呢？

我只好繞著公園外面，一面跑，一面搜尋。

大約跑了半圈，才在 30 公尺外，看到了荃。

我放慢腳步，緩緩地走近。

荃穿著白色連身長裙，雙手自然下垂於身前，提著一個黑色手提袋。
微仰起頭，似乎正在注視著公園內的綠樹。
她站在夕陽的方向，身體左側對著我。
偶爾風會吹起她的髮梢，她也不會用手去撥開被風吹亂的髮絲。
她只是站著，沒有任何動作。

我朝著夕陽前進，走到離她三步的距離，停下腳步。
荃依然維持原來的站姿，完全不動。
視線也是。
雖然她靜止，但這並沒有讓我聯想到雕像。
因為雕像是死的，而她好像只是進入一種沉睡狀態。
於是我也不動，怕驚醒她。
又是一個定格畫面。

我很仔細地看著荃，努力地記清楚她的樣子。
因為在這三個禮拜之中，我曾經做了個夢。
夢裡荃的樣子是模糊的，最先清晰浮現的，是她手部細微的動作。
然後是眼神，接下來是聲音。
荃的臉孔，我始終無法完整地拼湊出來。
我只記得，荃是美麗的。

荃和明菁一樣，都可以稱為 360 度美女。
也就是說，不管從哪個角度看，都是美麗的。
只不過明菁的美，是屬於會發亮的那種。

而荃的美，卻帶點朦朧。

突然聯想到明菁，讓我的身體倏地顫動了一下。
而這細微的擾動，驚醒了荃。
「你好。」
荃轉身面對我，欠了欠身，行個禮。
『妳好。』我也點個頭。
「你來得好快。」
『學校離這裡很近。』

「對不起。把你叫出來。」
『沒關係的。』
「如果有所打擾，請你包涵。」
『妳太客氣了。』
「請問這陣子，你過得好嗎？」
『我很好，謝謝。妳呢？』
「我也很好。謝謝。」
『我們還要進行這種客套的對白嗎？謝謝。』
「不用的。謝謝。」
荃說完後，我們同時笑了起來。

『妳剛剛好厲害，一動也不動喔。』
「猜猜看，我剛才在做什麼？」
『嗯……妳在等待。』
「很接近了，不過不太對。因為你沒看到我的眼神。」
『那答案是什麼？』

「我在期待。」
『期待什麼？』
「你的出現。」

荃又笑了，似乎很開心。
『妳現在非常快樂嗎？』
「嗯。我很快樂，因為你來了呢。你呢？」
『我應該也是快樂的。』
「快樂就是快樂，沒有應不應該的。你又在壓抑了。」
『我（手指著鼻子）真的（兩手交叉胸前）快樂（左手拍右手掌背）。』
「你又在胡亂比了。上次你比『真的』時，不是這樣呢。」

『是嗎？那我是怎麼比的？』
「你是這樣比的……」
荃先把袋子擱在地上，然後緩緩地把雙手舉高。
『喔。我這套比法跟英文很像，上次用的是過去式，這次用現在式。』
「你又胡說八道了。」荃笑著說。
『沒想到我上次做的動作，妳還會記得。』
「嗯。你的動作，我記得很清楚。說過的話也是。」

其實荃說過的話和細微的動作，我也記得很清楚。
而且我的確很快樂，因為我也期待著看到荃。
只不過我的期待動作，是……是激烈的。
於是還沒問清楚荃的詳細位置，便急著騎上機車，趕到公園。
然後又在公園外面，奔跑著找尋她。
而荃的期待動作，非常和緩。

激烈與和緩？
我用的形容詞，愈來愈像荃了。

我們走進公園內，找了椅子，坐下。
荃走路很緩慢，落地的力道非常輕，有點像是用飄的。
『妳今天怎麼會來台南？』
「我有個寫稿的夥伴在台南，我來找她討論。」荃撥了撥頭髮。
『是孫櫻嗎？』
「不是的。孫櫻只是朋友。」
『妳常寫稿？』
「嗯。寫作是我的工作，也是興趣。」

『不知道我有沒有榮幸，能拜讀妳的大作？』
「你看你，又在語言中包裝文字了。」
『啊？』
「你用了『榮幸』和『拜讀』這種字眼來包裝呢。」
『那是客氣啊。』
「才不呢。你心裡一定想著：哼，這個弱女子能寫出什麼偉大的作品。」
『冤枉啊，我沒有這樣想。』
我很緊張，拼命搖著雙手。
「呵呵……」荃突然笑得很開心，邊笑邊說：「我也嚇到你了。」

荃的笑聲非常輕，不仔細聽，是聽不到的。
她表達「笑」時，通常只有臉部和手部的動作，很少有聲音。
換言之，只有笑容和右手掩口的動作，很少有笑聲。
不過說也奇怪，我卻能很清楚地聽到她的笑聲。

那就好像有人輕聲在我耳邊說話，聲音雖然壓低，我卻聽得清楚。

『妳不是說妳不會開玩笑？』
「我是不會，不是不能呢。」荃吐了吐舌頭，說：
「不知道為什麼，我就是想跟你開玩笑呢。」
『小姐，妳的玩笑，很恐怖呢。』
「你怎麼開始學我說話的語氣呢？」
『我不知道呢。』
「你別用『呢』了，聽起來很怪呢。」
荃又笑了。

「是不是我說話的語氣，很奇怪？」荃問。
『不是。妳的聲音很好聽，語氣又沒有抑揚頓挫，所以聽起來像是……』
我想了一下，說：『像是一種旋律很優美的音樂。』
「謝謝。」
『應該說謝謝的是我。因為聽妳說話真的很舒服。』
「嗯。」荃似乎紅了臉。

突然有一顆球，滾到我和荃的面前。
荃彎腰撿起，將球拿給迎面跑來的小男孩，小男孩說聲謝謝。
荃微笑著摸摸他的頭髮，然後從袋子裡，拿顆糖果給他。
「你也要嗎？」小男孩走後，荃問我。
『當然好啊。可是我兩天沒洗頭了喔。』
「什麼？」荃似乎沒聽懂，也拿了顆糖果給我。
原來是指糖果喔。

『我是真的想看妳寫的東西。』

我不好意思地笑了笑，趕緊轉移話題。

「你看完後一定會笑的。」

『為什麼？妳寫的是幽默小說嗎？』

「不是的。我是怕寫得不好，你會取笑我。」

『會嗎？』

「嗯。我沒什麼自信的。」

『不可以喪失自信喔。』

「我沒喪失呀。因為從來都沒有的東西，要怎麼失去呢？」

我很訝異地看著荃，很難相信像荃這樣的女孩，會沒有自信。

「是不是覺得我很奇怪呢？」

『為什麼這麼說？』

「因為大家都說我奇怪呢。」

『不。妳並不奇怪，只是特別。』

「真的嗎？」

『嗯。』

「謝謝。你說的話，我會相信。」

『不過……』我看著荃的眼睛，說：

『如果美麗算是一種奇怪，那麼妳的眼睛確實很奇怪。』

「你又取笑我了。」荃低下了頭。

『我是說真的喔。妳是個很好的女孩子，應該要有自信。』

「嗯。謝謝你。」

『不客氣。我只是告訴一塊玉說，她是玉不是石頭而已。』

「玉也是石頭的一種，你這樣形容不科學的。」

『真是尷尬啊，我本身還是學科學的人。』

「呵呵。」

荃眼睛瞳孔的顏色，是很淡的茶褐色。

因為很淡，所以我幾乎可以在荃的瞳孔裡，看到自己。

荃跟我一樣，沒有自信，而且也被視為奇怪的人。

只是我已從明菁那裡，得到自信。

也因為明菁，讓我不再覺得自己是個奇怪的人。

現在我幾乎又以同樣的方式，鼓勵荃。

荃會不會也因為我，不再覺得自己奇怪，而且有自信呢？

後來我常想，是否愛情這東西也像食物鏈一樣？

於是存在著老虎吃兔子，兔子吃草的道理。

如果沒有遇見荃，我可能永遠不知道明菁對我的用心。

只是當我知道了以後，卻會懷念不知道之前的輕鬆。

「你在想什麼？」荃突然問我。

『沒什麼。』我笑一笑。

「你又……」

『喔。真的沒什麼，只是突然想到一個朋友而已。』

在荃的面前，是不能隱瞞的。

「嗯。」

「我下次看到你時，會讓你看我寫的東西。」

『好啊。』

「先說好，不可以笑我。」

『好。那如果妳寫得很好，我可以稱讚嗎？』

「呵呵。可以。」

『如果我被妳的文章感動，然後一直拍手時，妳也不可以笑喔。』

「好。」荃又笑了。

「為什麼你會想看我寫的東西？」荃問。

『我只是覺得妳寫的東西一定很好，所以想看。』

「你也寫的很好，不必謙虛的。」

『真的嗎？不過一定不如妳。』

「不如？文字這東西，很難說誰不如誰的。」

『是嗎？』

「就好像說……」荃凝視著遠處，陷入沉思。

「就好像我們並不能說獅子不如老鷹，或是大象不如羚羊之類的話。」

『大象不如羚羊？』

「嗯。每種動物都有牠自己的特長，很難互相比較的。」

『怎麼說？』

「羚羊跑得快，大象力氣大。如果比的是速度，羚羊當然會佔優勢。
但是比力氣的話，贏的可是大象呢。」

『嗯。』

「所以把我們的文字互相比較，並沒有太大的意義。」

『妳真的很喜歡用比喻。』我笑了笑。

「那是因為我不太習慣用文字，表達意思。」

『可是妳的比喻很好，不像我，用的比喻都很奇怪。』

「會嗎？」

『嗯。所以我以前的作文成績，都很差。』

「那不一樣的。你的文字可能像是一隻豹子，卻去參加舉重比賽。」

『啊？』

「豹子擅長的是速度，可是去參加舉重比賽的話，成績當然會很差。」

『那妳的文字像什麼？』

「我的文字可能像……像一隻鸚鵡。」

『為什麼？』

「因為你雖然知道我在學人說話，卻常常聽不懂我在說什麼呢。」

荃突然笑得很開心，接著說：「所以我是鸚鵡。」

『不會的。我一定聽得懂。』

「嗯。我相信你會懂的。」荃低下頭說：

「其實只要文字中沒有面具，能表達真實的情感，就夠了。」

『那妳的文字，一定沒有面具。』

「這可不一定呢。」

『是嗎？』

「嗯。我自己想寫的東西，不會有面具。但為了工作所寫的稿子，
多少還是會有面具的。」

『妳幫政治人物寫演講稿嗎？』

「不是的。為什麼這麼問？」

『因為我覺得政治人物演講稿中的文字，面具最多。』

「那不是面具。那叫謊言。」

『哈哈哈……』我笑了起來，『妳很幽默喔。』

「沒。我不幽默的。你講話才有趣呢。」

『會嗎？』

「嗯。我平常很少笑的。可是見到你，就會忍不住發笑。」

『嗯。這表示我是個高手。』

「我不知道你是不是高手。我只知道，你是我喜歡的人。」

『喜……喜歡？』我吃了一驚，竟然開始結巴。

「嗯。我是喜歡你的……」荃看著我，突然疑惑地說：

「咦？你現在的顏色好亂呢。怎麼了？」

『因……因為妳說……妳……妳喜歡我啊。』

「沒錯呀。我喜歡你，就像我喜歡寫作，喜歡鋼琴一樣。」

『喔。原來如此。』我鬆了一口氣，『害我嚇了一跳。』

「我說錯話了嗎？」

『沒有。是我自己想歪了。』

「嗯。」

『這樣說的話，我也是喜歡妳的。』我笑著說。

「你……你……」

荃好像有一口氣提不上來的感覺，右手按住左胸，不斷輕輕喘氣。

『怎麼了？沒事吧？』我有點緊張。

「沒。只是有種奇怪的感覺……」荃突然低下了頭。

『妳現在的顏色，也是好亂。』我不放心地注視著荃。

「胡說。」荃終於又笑了，「你才看不到顏色呢。」

荃抬起頭，接觸到我的視線，似乎紅了臉，於是又低下頭。

不知不覺間，天早已黑了。

公園內的路燈雖然亮起，光線仍嫌昏暗。

『妳餓不餓？』我問荃。

「不餓。」荃搖搖頭，然後好像突然想起什麼事情似地，問：

「已經到吃晚餐的時間了嗎？」

『是啊。而且，現在吃晚餐可能還有點晚喔。』

「嗯。」荃嘆口氣：「時間過得好快。」

『妳是不是還有事？』

荃點點頭。

『那麼走吧。』我站起身。

「嗯。」荃也站起身。

荃準備走路時，身體微微往後仰。

『那是閃避的動作。妳在躲什麼？』

「我怕蚊子。蚊子總喜歡叮我呢。」

『鳳凰不落無寶之地，蚊子也是如此。』

「你總是這樣的。」荃笑著說。

我載荃到火車站，和上次一樣，陪她在第二月台上等車。

這次不用再等半小時，火車十分鐘後就到了。

在月台上，我們沒多做交談。

我看看夜空，南方，鐵軌，南方，前面第一月台，南方，後面的建築。

視線始終沒有朝向北方。

然後轉身看著荃，剛好接觸到荃的視線。

「你……你跟我一樣，也覺得我現在就得走，很可惜嗎？」

『妳怎麼知道？』

「我們的動作，是一樣的。」

『真的嗎？』

「嗯。火車從北方來，所以我們都不朝北方看。」

『嗯。我們都是會逃避現實的人。』我笑了笑。

月台上的廣播聲響起，火車要進站了。

我和荃同時深深地吸了一口長長的氣，然後呼出。

當我們又發覺彼此的動作一樣時，不禁相視而笑。

荃上車前，轉身朝我揮揮手。

我也揮揮手，然後點點頭。

荃欠了欠身，行個禮，轉身上了火車。

荃又挑了靠窗的位置，我也刻意走到她面前，隔著車窗。

火車還沒起動前，我又胡亂比了些手勢。

荃一直微笑著注視我。

但荃的視線和身體，就像我今天下午剛看到她的情形一樣，

都是靜止的。

火車起動瞬間，又驚醒了荃。

荃的左手突然伸出，手掌貼住車窗玻璃。

幾乎同時，我的右手也迅速伸出，右手掌隔著玻璃，貼著荃的左手掌。

隨著火車行駛，我小跑了幾步，最後鬆開右手。

我站在原地，緊盯著荃，視線慢慢地由右往左移動。

直到火車消失在黑暗的盡頭。

荃也是緊盯著我，我知道的。

也許我這樣說，會讓人覺得我有神經病。

但我還是得冒著被視為神經病的危險，告訴你：

我貼住車窗玻璃的右手掌，能感受到荃傳遞過來的溫度。

那是熾熱的。

晚上九點，我回到研究室，凝視著右手掌心。

偶爾也伸出左手掌，互相比較。

「幹嘛？在研究手相嗎？」柏森走到我身後，好奇地問。

『會熱嗎？』我把右手掌心，貼住柏森的左臉頰。

「你有病啊。」柏森把我的手拿開，「吃過飯沒？」

『還沒。』

「回家吃蛋糕吧。今天我生日。」柏森說。

柏森買了個 12 吋的蛋糕，放在客廳。

秀枝學姐和子堯兄都在，秀枝學姐也打電話把明菁叫過來。

子堯兄看秀枝學姐準備吃第三盤蛋糕時，說：

「蛋糕吃太多會胖。」

「我高興。不可以嗎？」秀枝學姐沒好氣地回答。

「不是不可以，只是我覺得妳現在的身材剛好……」

「唷！你難得說句人話。」

「妳現在的身材剛好可以叫做胖。再吃下去，會變得太胖。」

「你敢說我胖！」秀枝學姐狠狠地放下盤子，站起身。

柏森見苗頭不對，溜上樓，躲進他的房間。

我也溜上樓，回到我房間。轉身一看，明菁也賊兮兮地跟著我。

在這裡住了這麼久，常會碰到秀枝學姐和子堯兄的驚險畫面。

通常秀枝學姐只會愈罵愈大聲，最後帶著一肚子怒火回房，摔上房門。
我和柏森不敢待在現場的原因，是因為我們可能會忍不住笑出來，
恐怕會遭受池魚之殃。

明菁在我房間東翻翻西看看，然後問我：
「過兒，最近好嗎？」
『還好。』
「聽學姐說，你都很晚才回家睡。」
『是啊。』我呼出一口氣，『趕論文嘛，沒辦法。』
「別弄壞身體哦。」
明菁說完後，右手輕撥頭髮時，劃過微皺起的右眉。

我看到明菁的動作，吃了一驚。
這幾年來，明菁一直很關心我，可是我始終沒注意到她的細微動作。
我突然覺得很感動，也很愧疚。
於是我走近明菁，凝視著她。

「你幹嘛……這樣看著我。」明菁似乎有點不好意思，聲音很輕。
『沒事。只是很想再跟妳說聲謝謝。』
「害我嚇了一跳。」明菁拍拍胸口，「為什麼要說謝謝呢？」
『只是想說而已。』
「傻瓜。」明菁笑了笑。

『妳呢？過得如何？』我坐在椅子上，問明菁。
「我目前還算輕鬆。」明菁坐在我床邊，隨手拿起書架上的書。
「中文研究所通常要唸三年，所以我明年才會寫論文。」

樓下隱約傳來秀枝學姐的怒吼，明菁側耳聽了聽，笑說：
「秀枝學姐目前也在寫論文，子堯兄惹到她，會很慘哦。」
『這麼說的話，我如果順利，今年就可以和秀枝學姐一起畢業囉。』
「傻瓜。不是如果，是一定。」
明菁闔上書本，認真地說。

『嗯。』過了一會，我才點點頭。
「過兒。認識你這麼久，你愛胡思亂想的毛病，總是改不掉。」
『我們已經認識很久了嗎？』
「三年多了，不能算久嗎？」
『嗯。不過那次去清境農場玩的情形，我還記得很清楚喔。』
「我也是。」明菁笑了笑，「你猜出我名字時，我真的嚇一大跳。」
我不禁又想起第一次看見明菁時，那天的太陽，和空氣的味道。

『姑姑。』
「怎麼了？」
『我想要告訴妳一件很重要的事。』
「什麼事？」
『認識妳真好。』
「你又在耍白爛了。」
明菁把書放回書架，雙手撐著床，身體往後仰 30 度，輕鬆地坐著。

『姑姑。』
「又怎麼了？」
『還有一件很重要的事。』
「什麼事？」

『妳今天穿的裙子很短，再往後仰的話，會曝光。』

「過兒！」

明菁站起身，走到書桌旁，敲一下我的頭。

樓下剛好傳來秀枝學姐用力關門的聲音。

『警報終於解除了。』我揉了揉被敲痛的頭。

「嗯。」明菁看了看錶，「很晚了，我也該回去了。」

『我送妳。』

「好。」

『可是妳敲得我頭昏腦脹，我已經忘了妳住哪？』

「你……」明菁又舉起手，作勢要敲我的頭。

『我想起來了！』我趕緊閃身。

陪明菁回到勝六舍門口，我揮揮手，說了聲晚安。

「過兒，要加油哦。」

『會的。』

「你最近臉色比較蒼白，記得多曬點太陽。」

『我只要常看妳就行了。』

「為什麼？」

『因為妳就是我的太陽啊。』

「這句話不錯，可以借我用來寫小說嗎？」

『可以。』我笑了笑，『不過要給我稿費。』

「好。」明菁也笑了，「一個字一塊錢，我欠你十塊錢。」

『很晚了，妳上樓吧。』

「嗯。不過我也要告訴你一件重要的事。」

『什麼事？』
「我真的很高興認識你。」
『我知道了。』
「嗯。晚安。」
明菁揮揮手，轉身上樓。

接下來的日子，我又進入了迴圈之中。
只是我偶爾會想起明菁和荃。
通常我會在很疲憊的時候想到明菁，然後明菁鼓勵我的話語，
便在腦海中浮現，於是我會精神一振。
我常懷疑，是否我是刻意地藉著想起明菁，來得到繼續衝刺的力量？

而想到荃的時候，則完全不同。
那通常是一種突發的情況，不是我所能預期。
也許那時我正在騎車，也許正在吃飯，也許正在說話。
於是我會從一種移動狀態，瞬間靜止。
如果那陣子我騎車時，突然衝出一條野狗，我一定會來不及踩煞車。

如果我在家裡想起明菁，我會拿出明菁送我的檞寄生，把玩。
如果想起荃，我會凝視著右手掌心，微笑。

柏森生日過後兩個禮拜，我為了找參考資料，來到高雄的中山大學。
在圖書館影印完資料後，順便在校園內晃了一圈。
中山大學建築物的顏色，大部分是紅色系，很特別。
校園內草木扶疏，環境優美典雅，學生人數又少，感覺非常幽靜。
我穿過文管長廊與理工長廊，還看到一些學生坐著看書。

和成大相比，這裡讓人覺得安靜，而成大則常處於一種活動的狀態。
如果這時突然有人大叫「救命啊」，聲音可能會傳到校園外的西子灣。
可是在成大的話，頂多驚起一群野狗。

走出中山校園，在西子灣長長的防波堤上，迎著夕陽，散步。
這裡很美，可以為愛情小說提供各種場景與情節。
男女主角邂逅時，可以在這裡；熱戀時，也可以。
萬一雙方一言不和，決定分手時，在這裡也很方便。
往下跳就可以死在海水裡，連屍體都很難找到。
我知道這樣想很殺風景，但是從小在海邊長大的我，
只要看到有人在堤防上追逐嬉戲，總會聯想到他們失足墜海後浮腫的臉。
當我又閃躲過一對在堤防上奔跑的情侶，還來不及想像他們浮腫的臉時，
在我和夕陽的中間，出現一個熟悉的身影。

她坐在堤防上，雙手交叉放在微微曲起的膝蓋上，身體朝著夕陽。
臉孔轉向左下方，看著堤腳的消波塊，傾聽浪花拍打堤身的聲音。
過了一會，雙手撐著地，身體微微後仰，抬起頭，閉上眼睛。
深吸了一口氣後，緩緩吐出。
睜開眼睛，坐直身子。右手往前平伸，似乎在測試風的溫度。
收回右手，瞇起雙眼，看了一眼夕陽，低下頭，嘆口氣。
再舉起右手，將被風吹亂的右側頭髮，順到耳後。
轉過頭，注視撐著地面的左手掌背。
反轉左手掌，掌心往眼前緩慢移動，距離鼻尖 20 公分時，停止。
凝視良久，然後微笑。

『我來了。』我走到離她兩步的地方，輕聲地說。

槲寄生

她的身體突然顫動一下，往左上方抬起臉，接觸我的視線。
「我終於找到你了。」她挪動一下雙腿，如釋重負。
『對不起。我來晚了。』
「為什麼讓我等這麼久？」
『妳等了多久？』
「可能有幾百年了呢。」
『因為閻羅王不讓我投胎做人，我只能在六畜之間，輪迴著。』
「那你記得，這輩子要多做點好事。」
『嗯。我會的。』

我知道，由於光線折射的作用，太陽快下山時，會突然不見。
我也知道，海洋的比熱比陸地大，所以白天風會從海洋吹向陸地。
我更知道，堤腳的消波塊具有消減波浪能量的作用，可保護堤防安全。
但我始終不知道，為什麼在夕陽西沉的西子灣堤防上，
我和荃會出現這段對話。

我也坐了下來，在荃的左側一公尺處。
『妳怎麼會在這裡？』我問荃。
「這句話應該是我問你呢。」荃笑了笑，「你怎麼會來高雄？」
『喔。我來中山大學找資料。妳呢？』
「今天話劇社公演，我來幫學妹們加油。」
『妳是中山大學畢業的？』
「嗯。」荃點點頭，「我是中文系的。」
『為什麼我認識的女孩子，都唸中文呢？』
「你很怨懟嗎？」荃笑了笑。
『不。』我也笑了笑，『我很慶幸。』

184

『妳剛剛的動作好亂。』

「真的嗎？」荃低聲問：「你……看出來了嗎？」

『大部分的動作我不懂，但妳最後的動作，我也常做。』

「嗯？」

我慢慢反轉右手掌，眼睛凝視著掌心，然後微笑。

『只不過妳是左手掌，而我是右手掌而已。』

「你……你也會想我嗎？」

『會的。』我點點頭。

荃轉身面對我，海風將她的髮絲吹亂，散開在右臉頰。

她並沒有用手撥開頭髮，只是一直凝視著我。

『會的。我會想妳。』我又強調了一次。

因為我答應過荃，要用文字表達真實的感受，不能總是壓抑。

荃的嘴唇突然微啟，似乎在喘息。

正確地說，那是一種激烈的呼吸動作。

荃胸口起伏的速度，愈來愈快，最後她皺著眉，右手按著胸口。

『妳……還好嗎？』

「對不起。我的身體不好，讓你擔心了。」

荃等到胸口平靜後，緩緩地說出這句話。

『嗯。沒事就好。』

荃看了我一眼，「是先天性心臟病。」

『我沒有……』我欲言又止。

「沒關係的。我知道你想問。」

『我並不是好奇，也不是隨口問問。』

「我知道的。」荃點點頭,「我知道你是關心我的,不是好奇。」

荃再將頭轉回去,朝著正要沉入海底的夕陽,調勻一下呼吸,說:
「從小醫生就一直交待要保持情緒的和緩,也要避免激烈的運動。」
荃撥了撥頭髮,接著說:
「從這個角度來說,我和你一樣,都是壓抑的。只不過我是生理因素,
　而你卻是心理因素。」
『那妳是什麼顏色的呢?』
「沒有鏡子的話,我怎能看見自己的顏色?」
荃笑了笑,「不過我只是不能盡情地表達情緒而已,不算太壓抑。」
「可是你……」荃嘆了口氣,「你的顏色又加深一些了。」

『對不起。』我有點不好意思,『我會努力的。』
「沒關係,慢慢來。」
『那妳……一切都還好嗎?』
「嗯。只要不讓心臟跳得太快,我都是很好的。」
荃揚起嘴角,微微一笑:
「我的動作都很和緩,可是呼吸的動作常會很激烈。這跟一般人相反,
　一般人呼吸,是沒什麼動作的。所以往往不知道自己正在生活著。」
『嗯?』
「一般人無法感覺到自己的呼吸,但是我可以。所以我呼吸時,似乎是
　告訴我,我正在活著呢。」荃深呼吸一次,接著說:
「而每一次激烈的呼吸,都在提醒我,要用力地活著。」

『妳什麼時候的呼吸會……會比較激烈呢?』
「身體很累或是……」荃又低下頭,輕聲說:

「或是情緒的波動，很激烈的時候。」

『那我送妳回家休息，好嗎？』

「嗯？」荃似乎有點驚訝，抬起頭，看著我。

『我沒別的意思。只是覺得妳⋯⋯妳似乎累了。』

「好的。我是有些累了。」

荃緩緩站起身，我伸出右手想扶她，突然覺得不妥，又馬上收回。

荃住在一棟電梯公寓的 16 樓，離西子灣很近。

我們搭上電梯，到了 16 樓，荃拿出鑰匙，開了門。

『那⋯⋯我走了。』我看了看錶，已經快七點了。

「喝杯水好嗎？我看你很累了呢。」

『我不累的。』

「要我明說嗎？」荃微笑著。

『不不不。妳說得對，我很累。』被荃看穿，我有些不好意思。

「請先隨便坐，我上樓幫你倒杯水。」

『嗯。』

荃的房間大約 10 坪左右，還用木板隔了一層閣樓。

樓下是客廳，還有浴室，簡單的廚房。靠陽台落地窗旁，有一台鋼琴。

我走到落地窗前，眺望窗外的夜景，視野非常好。

突然聽到一聲幽嘆，好像是從海底深處傳上來。

我回過頭，荃倚在閣樓的欄杆上。

「唉。」荃又輕聲嘆了一口氣。

我疑惑地看著荃。荃的手肘撐在欄杆上，雙手托腮，視線微微朝上。

「羅密歐，為什麼你要姓蒙特克呢？只有你的姓，才是我的仇敵，請你

　換一個名字吧，好嗎？只要你愛我，我也不願再姓卡帕來特了。」

『好。我聽妳的話。』

「是誰？」荃的視線驚慌地搜尋，「誰在黑夜裡偷聽我說話？」

『我不能告訴妳我的名字。因為它是妳的仇敵，我痛恨它。』

「我認得出你的聲音，你是羅密歐，蒙特克家族的人。」

『不是的，美麗的女神啊，因為妳討厭這個名字。』

「萬一我的家人知道你在這裡，怎麼辦？我絕對不能讓他們看到你。」

『如果得不到妳尊貴的愛，就讓妳的家人發現我吧，用他們的仇恨結束
　我可憐的生命吧。』

「不，不可以的。羅密歐，是誰叫你來到這裡？」

『是愛情，是愛情叫我來的。就算妳跟我相隔遼闊的海洋，我也會借助
　愛情的雙眼，冒著狂風巨浪的危險去找妳。』

「請原諒我吧，我應該衿持的，可是黑夜已經洩漏了我的秘密。親愛的
　羅密歐，請告訴我，你是否真心愛我？」

『以這一輪明月為證，我發誓。』

「請不要指著月亮發誓，除非你的愛情也像它一樣，會有陰晴圓缺。」

『那我應該怎麼發誓呢？』

「你不用發誓了。我雖然喜歡你，但今晚的誓約畢竟太輕率。羅密歐，
　再見吧。也許下次我們見面時，愛情的蓓蕾才能開出美麗的花朵。」

『妳就這樣離開，不給我答覆嗎？』

「你要聽什麼答覆呢？」

『親愛的茱麗葉啊，我要喝的水，妳……妳倒好了嗎？』

荃愣了一下，視線終於朝下，看著我，然後笑了出來。

「我倒好了，請上樓吧。」

『這……方便嗎？』

「沒關係的。」

我踩著木製階梯，上了閣樓。

閣樓高約一米八，擺了張床，還有三個書桌，書架釘在牆壁上。

右邊的書桌放置電腦和印表機，左邊的書桌堆滿書籍和稿件。

荃坐在中間書桌前的椅子上，桌上只有幾枝筆和空白的稿紙。

「請別嫌棄地方太亂。」荃微笑地說。

我找不到坐的地方，只好背靠著欄杆，站著把水喝完。

「這是我新寫的文章，請指教。」

『妳太客氣了。』

我接過荃遞過來的幾張紙，那是篇約八千字的小說。

故事敘述一個美麗的女子，輪迴了好幾世，不斷尋找她的愛人。

而每一次投胎轉世，她都背負著前輩子的記憶，於是記憶愈來愈重。

最後終於找到她的愛人，但她卻因好幾輩子的沉重記憶，而沉入海底。

『很悲傷的故事。』看完後，我說。

「不會的。」

『怎麼不會呢？這女子不是很可憐嗎？』

「不。」荃搖搖頭，「她能找到，就夠了。」

『可是她……』

「沒關係的。」荃笑了笑，淡淡地說：

「即使經過幾輩子的輪迴，她依然深愛著同一個人。既然找到，就不必
　再奢求了，因為她已經比大多數的人幸運。」

『幸運嗎？』

「嗯。畢竟每個人窮極一生，未必會知道自己最愛的人。即使知道了，
　對方也未必值得好幾輩子的等待呢。」

『嗯。』雖然不太懂，我還是點點頭。
「這只是篇小說而已，別想太多。」
『咦？妳該不會就是這個美麗的女主角吧？』
「呵呵，當然不是。因為我並不美麗的。」荃笑了笑，轉身收拾東西。
『妳很美麗啊。』
「真的嗎？」荃回過頭，驚訝地問我。
『當范蠡說西施美時，西施和妳一樣，也是嚇一跳喔。』
「嗯？」
『這是真實的故事。那時西施在溪邊浣紗，回頭就問：真的嗎？』
荃想了一下，然後笑了起來，「你又在取笑我了。」

『對了，能不能請妳幫個忙？』
「可以的。怎麼了？」
『我右手的大拇指，好像抽筋了。』
「為什麼會這樣？」
『因為妳寫得太好，我的拇指一直用力地豎起，所以抽筋了。』
「我才不信呢。」
『是妳叫我不要壓抑的，所以我只好老實說啊。』
「真的？」
『妳寫得好，是真的。拇指抽筋，是假的，頂多只是酸痛而已。』
「你總是這樣的。」荃笑著說。

『不過，這篇小說少了一樣東西。』

「少了什麼東西呢？」
『那種東西，叫瑕疵。』
「你真的很喜歡取笑我呢⋯⋯咦？你為什麼站著？」
『這⋯⋯』
荃恍然大悟，「我忘了這裡只有一張椅子，真是對不起。」
『沒關係。靠著欄杆，很舒服。』
「對不起。」荃似乎很不好意思，又道了一次歉，接著說：
「因為我從沒讓人到閣樓上的。」
『那我是不是該⋯⋯』
「是你就沒關係的。」

荃站起身，也到欄杆旁倚著。
「我常靠在這欄杆上，想事情呢。」
『想什麼呢？』
「我不太清楚。我好像⋯⋯好像只是在等待。」
『等待？』
「嗯。我總覺得，會有人出現的。我只是一直等待。」
『出現了嗎？』
「我不知道。」荃搖搖頭，「我只知道，我等了好久，好久。」

『妳等了多久？』
「可能有幾百年了呢。」

我突然想到今天傍晚在西子灣堤防上的情景，不禁陷入沉思。
荃似乎也是。
於是我們都不說話。

檞寄生

偶爾視線接觸時，也只是笑一笑。

『我說妳美麗，是真的。』
「我相信你。」
『我喜歡妳寫的小說，也是真的。』
「嗯。」荃點點頭。
『只有一件事，我不知道是真的還是假的。』
「什麼事？」
『我們剛剛演的戲。』
「我……我也不知道呢。」

『我想，我該走了。』我又看了看錶。
「好。」
我們下樓，荃送我到門口。
『如果累的話，要早點休息。』
「嗯。」
『我走了。』
「我們還會再……」
『會再見面的。別擔心。』
「可是……」
『可是什麼？』

「我覺得你是……你是那種會突然消失的人呢。」
『不會的。』
「真的嗎？」
『嗯。』我笑了笑，『我不會變魔術，而且也沒有倒人會錢的習慣。』

「請別……開玩笑。」

『對不起。』我伸出右手,『借妳的身份證用一用。』

「做什麼呢?」

『我指著妳的身份證發誓,一定會比指著月亮發誓可信。』

「為什麼不用你的身份證呢?」

『因為妳不相信我啊。』

「我相信你就是了。」荃終於笑了。

我出了荃的家門,轉身跟她說聲晚安。

荃倚著開了 30 度的門,身軀的左側隱藏在門後,露出右側身軀。

荃沒說話,右手輕抓著門把。

我又說了聲晚安,荃的右手緩緩離開門把,左右輕輕揮動五次。

我點點頭,轉身跨了一步。

彷彿聽到荃在我身後低聲驚呼。

我只好再轉過身,倒退著離開荃的家門。

每走一步,門開啟的角度,便小了些。

直到門關上,我停下腳步,等待。

清脆的鎖門聲響起,我才又轉身往電梯處走去。

繼續在台南的生活迴圈。

終於到了提論文初稿的截止日,我拿了申請書讓我的指導教授簽名。

老師拿出筆要簽名時,突然問我:

「你會不會覺得,我是一個很好的老師?」

『當然會啊。』

「你會不會覺得,跟我做研究是一種幸福?」

『當然幸福啊。』

槲寄生

「那你怎麼捨得畢業呢？再多讀一年吧。」

『這……』

「哈哈……嚇到了吧？」

我跟我的指導教授做了兩年研究，直到此時才發覺他也是個高手。

只是這種幽默感，很容易出人命的。

柏森和我是同一個指導教授，也被他嚇了一跳。

「你這篇論文寫得真好。」老師說。

「這都是老師指導有方。」柏森鞠躬回答。

「你這篇論文，幾乎把所有我會的東西都寫進去了。」老師嘖嘖稱讚著。

「老師這麼多豐功偉業，豈是區區一本論文所能概括？」柏森依然恭敬。

「說得很對。那你要寫兩本論文，才可以畢業。」

「啊？」

「哈哈……你也嚇到了吧？」

子堯兄比較慘，當他拿申請書讓他的指導教授簽名時，

他的指導教授還很驚訝地問他：「你是我的學生嗎？」

「是啊。」

「我怎麼對你沒有印象呢？」

「老師是貴人，難免會忘事。」

「這句話說得真漂亮，我現在也忘了我的名字該怎麼寫了。」

子堯兄最後去拜託一個博士班學長幫他驗明正身，老師才簽了名。

我們三人在同一天舉行論文口試，過程都很順利。

當天晚上，我們請秀枝學姐和明菁吃飯，順便也把孫櫻叫來。

「秀枝啊……」子堯兄在吃飯時，突然這麼叫秀枝學姐。

194

「你不想活了嗎？叫得這麼噁心。」秀枝學姐瞪了一眼。

「我們今年一起畢業，所以我不用叫妳學姐了啊。」

「你⋯⋯」

「搞不好妳今年沒辦法畢業，我還要叫妳秀枝學妹喔。」

「你敢詛咒我？」秀枝學姐拍桌而起。

「子堯兄在開玩笑啦，別生氣。」柏森坐在秀枝學姐隔壁，陪了笑臉。

「不過秀枝啊⋯⋯」柏森竟然也開始這麼叫。

「你小子找死！」柏森話沒說完，秀枝學姐就賞他一記重擊。

敲得柏森頭昏腦脹，雙手抱著頭哀嚎。

『這種敲頭的聲音真是清脆啊。』我很幸災樂禍。

「是呀。不僅清脆，而且悅耳哦。」明菁也笑著附和。

「痛嗎？」只有孫櫻，用手輕撫著柏森的頭。

吃完飯後，我們六個人再一起回到我的住處。

孫櫻說她下個月要調到彰化，得離開台南了。

我們說了一堆祝福的話，孫櫻總是微笑地接受。

孫櫻離開前，還跟我們一一握手告別。

但是面對柏森時，她卻多說了兩句「再見」和一句「保重」。

孫櫻走後，我們在客廳聊了一會天，就各自回房。

明菁先到秀枝學姐的房間串了一會門子，又到我的房間來。

「過兒，恭喜你了。」

『謝謝妳。』我坐在書桌前，轉頭微笑。

「你終於解脫了，明年就輪到我了。」

『嗯。妳也要加油喔。』

「嗯。」明菁點頭，似乎很有自信。

「過兒，你看出來了嗎？」
『看出什麼？』
「秀枝學姐和子堯兄呀。」
『他們怎麼了？』
「你有沒有發現，不管子堯兄怎麼惹火秀枝學姐，她都沒動手哦。」
『對啊！』我恍然大悟，『而柏森一鬧秀枝學姐，就被K了。』
「還有呢？」
我想起孫櫻輕撫柏森時的手，還有她跟柏森說再見與保重時的眼神。
不禁低聲驚呼：『那孫櫻對柏森也是啊。』
「呵呵，你還不算太遲鈍。」

認識荃後，我對這方面的事情，似乎變敏銳了。
我腦海突然閃過以前跟明菁在一起時的情景。
而明菁的動作，明菁的話語，明菁的眼神，好像被放在顯微鏡下，
不斷擴大。
明菁對我，遠超過秀枝學姐對子堯兄，以及孫櫻對柏森啊。
「過兒，你在想什麼？」
『姑姑，妳……』

「我怎麼了？」
『妳頭髮好像剪短，變得更漂亮了。』
「呵呵，謝謝。你真細心。」
『姑姑。』
「什麼事？」

『妳……妳真是一個很好的女孩子。』
「你又發神經了。」
『姑姑。』
「這次你最好講出一些有意義的話，不然……」
明菁作勢捲起袖子，走到書桌旁。

『妳為什麼對我這麼好？』
明菁呆了一呆，放下手，凝視著我，然後低下頭說：
「你亂講，我……我哪有。」
『為什麼對我這麼好呢？』
「我怎麼會知道？」
『那妳是承認有囉？』
「別胡說。我對你最壞了，我常打你，不是嗎？」
『那不叫打。那只是一種激烈的關懷動作。』
「我不跟你胡扯了，我要下樓找學姐。」

明菁轉身要離開，我輕輕拉住她的袖子。
「幹嘛？」明菁低下頭，輕聲問。
『姑姑。』
「不要……不可以……」
『不要什麼？不可以什麼？』
「不要欺負我。也不可以欺負我。」
『我沒有啊。』
「那你幹嘛拉著我？」
『只是希望妳多待一會。』
「嗯。那你用說的嘛。」

我坐在書桌前，發愣。明菁站在書桌旁，僵著。

「幹嘛不說話？」明菁先突破沉默。

『我……』我突然失去用文字表達的能力。

「再不說話，我就要走了。」

『我只是……』我站起身，右手碰到書桌上的檯燈，發出聲響。

「小心。」明菁扶住了搖晃的檯燈。

「咦？這是槲寄生吧？」

明菁指著我掛在檯燈上的金黃色枯枝。

『沒錯。就是妳送我的那株槲寄生。』

「沒想到真的會變成金黃色。」明菁又看了看，「掛在這裡做什麼？」

『妳不是說槲寄生會帶來幸運與愛情？所以我把它掛在這裡，唸書也許
　會比較順利。』

「嗯。」明菁點點頭。

「過兒，我有時會覺得，你很像槲寄生哦。」

『啊？真的嗎？』

「這只是我的感覺啦。我總覺得你不斷地在吸收養分，不論是從書本上
　或是從別人身上，然後成熟與茁壯。」

『是嗎？那我最大的寄主植物是誰呢？』

「這我怎麼會知道？」

我想了一下，『應該是妳吧。』

「為什麼？」

『因為我從妳身上，得到最多的養分啊。』

「別胡說。」明菁笑了笑。

這是我第一次聽到明菁說我像檞寄生，事實上也只有明菁說過。

雖然她可能只是隨口說說，但當天晚上我卻思考了很久。

從大學時代以來，在我生命中最常出現的人物，就是：

林明菁、李柏森、孫櫻、楊秀枝與葉子堯。

除了葉子堯以外，所有人的名字，竟然都是「木」。

但即使是葉子堯，「葉子」也與樹木有關。

這些人不僅影響了我，在不知不覺間，我似乎也從他們身上得到養分。

而我最大的寄主植物呢？

認識明菁之前，應該是柏森。

認識明菁後，恐怕就是明菁了。

明菁讓我有自信，也讓我相信自己是聰明而有才能的人，

更讓我不再覺得自己是奇怪的人，並尊重自己的獨特性。

我，好像真的是一株檞寄生。

那麼方荃呢？

方荃跟樹木一點關係也沒有啊。

可是會不會是當我變為一株成熟的檞寄生時，

卻把所有的能量，給了荃呢？

明菁一共說過兩次，我像檞寄生。

但她第二次說我像檞寄生時，卻讓我離開台南，來到台北。

9

請告訴我，怎樣才能不折翼地飛翔
直奔你的方向
我已失去平衡的能力，困在這裡
所有的心智，掙扎著呼吸
眼淚彷彿蘊釀抗拒
缺口來時就會決堤
親愛的你
我是多麼思念著你

「對不起，請讓一讓。」
火車靠站後，一個理著平頭的男子走到車門邊，點頭示意。
我站起身，打開車門，先下了車，在月台等著。
大約有十餘人下車，最後下車的，是一個牽著小男孩的年輕媽媽。
「跟叔叔說再見。」年輕的媽媽說。
「叔叔，再見。」小男孩微笑道別。
是那個覺得我很奇怪的小男孩。

上車前，我轉身看了一眼月台。
原來已經到了我的故鄉，嘉義。
雖然從嘉義市到我家還得再坐一個鐘頭的公車。

上了車，往車廂瞄一眼，車內空了一些。
離台南只剩五十分鐘車程，索性就在車門邊，等待。
打開車門，看了看天色。
不愧是南台灣，雖然氣溫微寒，但畢竟已是晴天。

拔下眼鏡，揉了揉眼睛，戴上眼鏡。
掏出第九根菸，閱讀。
『別擔心。妳待在原地，我會去找妳。』
我對著菸上的字，自言自語。

火車正行駛在一望無際的嘉南平原上，舉目所及，盡是農田。
這正是我小時候的舞台。
明菁曾說過，希望以後住在一大片綠色的草原中。
如果她出生在這裡，應該會很快樂吧。

可惜這種景致對我而言,只是熟悉與親切,並沒有特別喜歡。
我對明菁,也是這種感覺嗎?

而對於荃,我總有股說不出來的感覺。
那是一種非常熟悉,卻又非常陌生的感覺。
熟悉的是上輩子的她,陌生的是這輩子的她。
顛倒過來說,好像也行。
如果濃烈的情感必須伴隨著久遠的時間,
那麼除了用上輩子就已認識來解釋外,我想不出其他的解釋。
這種說法很宿命,違背了我已接受好幾年的科學訓練。
我愧對所學。

我總共唸了 18 年的書,最後幾年還一直跟物理學的定律搏鬥。
雖然書並沒有唸得多好,但要我相信前輩子記憶之類的東西,
是不太可能的。
記憶這東西,既非物質,也非能量,如何在時空之間傳輸呢?
除非能將記憶數位化。
可是我的前輩子,應該是沒有電腦啊。

前輩子的記憶,早已不見。而這輩子的記憶,依舊清晰。
尤其是關於明菁的,或是荃的。
記得剛結束學生生涯時,面對接下來的就業壓力,著實煩惱了一陣子。
我和柏森都不用當兵,我是因為深度近視,而柏森則是甲狀腺亢進。
子堯兄已經當過兵,所以並沒有兵役問題。
畢業後,在我們三人當中,他最先找到一份營造廠的工作。
秀枝學姐也順利畢業,然後在台南市某公立高中,當國文科實習老師。

槲寄生

明菁準備唸第三年研究所，輪到她面臨趕論文的壓力。

孫櫻到彰化工作，漸漸地，就失去了聯絡。

她成了第一棵離開我的寄主植物。

柏森的家在台北，原本他想到新竹的科學園區工作。

可是當他在 BBS 的系版上，看到有個在園區工作的學長寫的兩首詩後，就打消回北部工作的念頭。

第一首詩名：《園區曠男於情人節沒人約無處去只好去上墳有感》

「日夜辛勤勞碌奔，人約七夕我祭墳。

　一入園門深似海，從此脂粉不沾身。」

第二首詩名：《結婚喜宴有同學問我何時要結婚我嚎啕大哭有感》

「畢業二十四，園區待六年。

　一聲成家否？雙淚落君前。』

後來柏森在高雄找到了一份工程顧問公司的工作。

他買了輛二手汽車，每天通車上下班，車程一小時十分，還算近。

我碰壁了一個月，最後決定回到學校，當研究助理。

晚上還會兼家教或到補習班當老師，多賺點錢。

雖然有各自的工作，但我、柏森、子堯兄和秀枝學姐，還是住在原處。

論文口試前，荃曾打通電話給我。

在知道我正準備論文口試時，她問了口試的日期，然後說：

「請加油，我會為你祈禱的。我也只能這麼做呢。」

用祈禱這種字眼有點奇怪，畢竟我又不是上戰場或是進醫院。

不過荃是這樣的，用的文字雖然奇怪，卻很直接。

畢業典禮過後，荃又打了電話給我。

剛開始吞吞吐吐了半天，我很疑惑，問她發生了什麼事時，她說：

「你……你畢業成功了嗎？」

『畢業成功？』我笑了起來，『託妳的福，我順利畢業了。』

「真好。」荃似乎鬆了一口氣，「我還以為……以為……」

『妳認為我不能畢業嗎？』

「不是認為，是擔心。」

『現在我畢業了，妳高興嗎？』

「是的。」荃也笑了起來，「我很高興。」

決定待在學校當研究助理後，我把研究室的書本和雜物搬到助理室。

煮咖啡的地點，也從研究室移到助理室。

雖然這個工作也有所謂的上下班時間，不過趕報告時，還是得加班。

因為剛離開研究生涯，所以我依然保有在助理室熬夜的習慣。

有時柏森會來陪我，我們會一起喝咖啡，談談工作和將來的打算。

有次話題扯得遠了，提到了孫櫻。

『你知道孫櫻對你很好嗎？』我問柏森。

「當然知道啊，我又不像你，那麼遲鈍。」

『那你怎麼……』

「我是選擇一個我喜歡的女孩子，又不是選擇喜歡我的女孩子。」

柏森打斷我的話，看了我一眼，接著說：

「菜蟲，喜歡一個女孩子時，要告訴她。不喜歡一個女孩子時，也應該
　儘早讓她知道。當然我所謂的喜歡，是指男女之間的那種喜歡。」

『喔。』我含糊地應了一聲。

「你的個性該改一改了。」柏森喝了一口咖啡，望向窗外。

『為什麼？』
「你不敢積極追求你喜歡的女孩子，又不忍心拒絕喜歡你的女孩子……」
柏森回過頭，「這種個性難道不該改？」
『真的該改嗎？』
「你一定得改，不然會很慘。」
『會嗎？』
「當然會。因為愛情是件絕對自私的事情，可是你卻不是自私的人。」
『自私？』
「愛情不允許分享，所以是自私。跟友情和親情，都不一樣。」

「忠於自己的感覺吧。面對你喜歡的女孩子，要勇於追求，不該猶豫。
　對喜歡你的女孩子，只能說抱歉，不能遷就。」
『柏森，為什麼你今天要跟我說這些？』
「我們當了六年的好朋友，我不能老看你猶豫不決，拖泥帶水。」
『我會這樣嗎？』
「你對林明菁就是這樣。只是我不知道你到底喜不喜歡她。」
『我……』

我答不出話來。
撥開奶油球，倒入咖啡杯中，用湯匙順時針方向攪動咖啡。
眼睛注視著杯中的漩渦，直到咖啡的顏色由濃轉淡。
當我再順時針輕攪兩圈，準備端起杯子時，柏森疑惑地問：
「菜蟲，你在做什麼？你怎麼一直看著咖啡杯內的漩渦呢？」
『我在……啊？』我不禁低聲驚呼。

因為我在不知不覺中，竟做出了荃所謂的「思念」動作。

『可是，我在想誰呢？』我自言自語。

我好像又突然想起了荃。

已經兩個月沒看到荃，不知道她過得如何？

荃沒有我助理室的電話，所以即使這段時間她打電話來，我也不知道。

當天晚上，我打開所有抽屜，仔細翻遍每個角落。

終於找到荃的名片。

可是找到了又如何呢？

我總以為打電話給女孩子，是需要理由和藉口的。

或者說，需要勇氣。

我猶豫了兩天，又跑到以前的研究室等了兩晚電話。

一連四天，荃在腦海裡出現的頻率愈來愈高，時間愈來愈長。

到了第五天，八月的第一個星期天中午，我撥了電話給荃。

到今天為止，我一直記得那時心跳的速度。

不知道為什麼，我就是會覺得緊張不安和焦慮。

尤其是聽到荃的聲音後。

『妳好嗎？』

「我……」

『怎麼了？』

「沒。我以為你生我的氣。」

『沒有啊，我為什麼要生氣？』

「因為我打電話都找不到你。」

『妳拿筆出來，我給妳新的電話號碼。』

「嗯。」

『妳聲音好亂喔。』
「胡說。」荃終於笑了,「你才亂呢。」
『會嗎?』
「你平常的聲音不是這樣的。」
『嗯?』
「你現在的聲音,好像是把平常的聲音跟鈴鐺的聲音,溶在一塊。」
『溶在一塊?』
「嗯。我不太會形容那種聲音,不過那表示你很緊張。」
『什麼都瞞不過妳。』我笑了起來。

「對不起,我待會還有事,先說再見了。」
『喔?抱歉。』
「沒關係的。」
『那……再見了。』
「嗯。再見。」

掛完電話,我有股莫名其妙的失落感。
好像只知道丟掉了一件重要的東西,卻又忘了那件東西是什麼?
可能是因為這次和荃通電話,結束得有點倉促吧。
我在助理室發呆一陣子,發現自己完全無法靜下心來工作,
於是乾脆去看場電影,反正是星期天嘛。
看完電影,回到家裡,其他人都不在。
只好隨便包個飯盒,到助理室吃晚飯。

七點左右，我第一次在助理室接到了荃的電話。

「你……你好。」荃的聲音很輕。

『怎麼了？妳的聲音聽起來怪怪的。』

「這裡人好多，我不太習慣。」

『妳在哪裡呢？』

「我在台南火車站的月台上。」

『什麼？妳在台南？』

「嗯。中午跟你講完電話後，我就來台南了。」

『妳現在要坐火車回高雄？』

「嗯。」荃的聲音聽來還是有些不安。

『妳的聲音也跟鈴鐺的聲音溶在一塊了喔。』

「別取笑我了。」

『抱歉。』我笑了笑。

「火車還有十五分鐘才會到，在那之前，可以請你陪我說話嗎？」

『不可以。』

「對……對不起。」荃掛上了電話。

我大吃一驚，我是開玩笑的啊。

我在電話旁來回走了三圈，心裡開始默唸，從 1 數到 100。

猜測荃應該不會再打來後，我咬咬牙，拿起機車鑰匙，衝下樓。

直奔火車站。

學校就在車站隔壁，騎車不用三分鐘就可到達。

我將機車停在車站門口，買了張月台票，跑進月台。

月台上的人果然很多，不過大部分的人或多或少都有動作。

只有荃是靜止的，所以我很快發現她。
荃背靠著月台上的柱子，雙手仍然提著黑色手提袋。
低下頭，頭髮散在胸前，視線似乎注視著她的鞋子。
右鞋比左鞋略往前突出半個鞋身，依照她視線的角度判斷，
荃應該是看著右鞋。

『妳的鞋子很漂亮。』我走近荃，輕聲說。
荃抬起頭，眼睛略微睜大，卻不說話。
『稍微站後面一點，妳很靠近月台上的黃線了。』
荃直起身，背部離開柱子，退開了一步。
『對不起。剛剛在電話中，我是開玩笑的。』
荃咬了咬下唇，低下了頭。

我舉高雙手，手臂微曲，手指接觸，圍成一個圓圈。
左手五指併攏，往45度角上方伸直。
右手順著「Z」的比劃，寫在空中。
然後雙手交叉，比出一個「X」。
「你又在亂比了。對不起才不是這樣比的。」荃終於開了口。
『我還沒比完啊。我只比到宇宙超級霹靂無敵而已，對不起還沒比。』
「那你再比呀。」
『嗯……我又忘了上次怎麼比對不起了。』
我摸摸頭，尷尬地笑了笑。荃看了看我，也笑了。

『宇宙超級霹靂無敵對不起。』
「嗯。」
『可以原諒我了嗎？』

「嗯。」
『我以後不亂開玩笑了。』
「你才做不到呢。」
『我會這樣嗎?』
「你上次答應我,不會突然消失。你還不是做不到。」
『我沒消失啊。只是換了電話號碼而已。』
「嗯。」荃停頓了幾秒,然後點點頭。

「什麼是宇宙超級霹靂無敵呢?」荃抬起頭,好奇地問。
『就是非常到不能再非常的意思。』
「嗯?」
『在數學上,這是類似"趨近於"的概念。』
「我聽不懂。」
『比方說有一個數,非常非常接近零,接近到無盡頭,但卻又不是零。
  我們就可以說它"趨近於"零。』
「嗯,我懂了。那宇宙超級霹靂無敵喜歡,就趨近於愛了。」
『輪到我不懂了。』
「因為我們都不懂愛,也不太可能會說出愛,只好用宇宙超級霹靂無敵
  喜歡,來趨近於愛了。」

火車進站了,所有人蜂擁而上,荃怯生生地跟著人潮上了車。
車廂內很擁擠,荃只能勉強站立著。
隔著車窗,我看到荃雙手抓緊座位的扶手,縮著身,閃避走動的人。
荃抬起頭,望向車外,視線慌張地搜尋。
我越過月台上的黃線,走到離她最近的距離,微微一笑。
我雙手手掌向下,往下壓了幾次,示意她別緊張。

荃雖然點點頭，不過眼神依然渙散，似乎有些驚慌。
好像是隻受到驚嚇的小貓，弓著身在屋簷下躲雨。

月台管理員擺擺手，叫我後退。
我看了看他，是上次我跳車時，跟我訓話的人。
當我正懷疑他還能不能認出我時，火車起動，我好像看到一滴水。
是從屋簷上面墜落的雨滴？還是由荃的眼角滑落的淚滴？
小貓？荃？雨滴？淚滴？

我花了兩節車廂的時間，去思考這滴水到底是什麼？
又花了兩節車廂的時間，猶豫著應該怎麼做？
『現在沒下雨，而且這裡也沒小貓啊。』我暗叫了一聲。
然後我迅速起動，繞過月台管理員，甩下身後的哨子聲。
再閃過一個垃圾桶，兩根柱子，三個人。
奔跑，加速，瞄準，吸氣，騰空，抓住。
我跳上了火車。

「你……你有輕功嗎？」
一個站在車廂間背著綠色書包穿著制服的高中生，很驚訝地問我。
他手中的易開罐飲料，掉了下來，灑了一地。
『閣下好眼力。我是武當派的，這招叫"梯雲縱"。』
我喘口氣，笑了一笑。

我穿過好幾節車廂，到底有幾節，我也搞不清楚。
像隻鰻魚在河海間，我洄游著。
『我來了。』我擠到荃的身邊，輕拍她的肩膀，微笑說。

「嗯。」荃回過頭，雙手仍抓住扶手，嘴角上揚。

『妳好像並不驚訝。』

「我相信你一定會上車的。」

『妳知道我會跳上火車？』

「我不知道。」荃搖搖頭，「我只知道，你會上車。」

『妳這種相信，很容易出人命的。』我笑著說。

「可以……抓著你嗎？」

『可以啊。』

荃放開右手，輕抓著我靠近皮帶處的衣服，順勢轉身面對我。

我將荃的黑色手提袋拿過來，用左手提著。

『咦？妳的眼睛是乾的。』

「我又沒哭，眼睛當然是乾的。」

『我忘了我有深度近視，竟然還相信自己的眼睛。』

「嗯？」

『沒事。』我笑了笑，『妳可以抓緊一點，車子常會搖晃的。』

『妳剛剛在月台上，是看著妳右邊的鞋子嗎？』

「嗯。」

『那是什麼意思？』

「傷心。」荃看了我一眼，愣了幾秒，鼻頭泛紅，眼眶微濕。

『對不起。我知道錯了。』

「嗯。」

『那如果是看著左邊的鞋子呢？』

「還是傷心。」

『都一樣嗎？』

「凡人可分男和女，傷心豈分左與右？」荃說完後，終於笑了起來。

隨著火車行駛時的左右搖晃，荃的右手常會碰到我的身體。

雖然還隔著衣服，但荃總會不好意思地笑一笑，偶爾會說聲對不起。

後來荃的左手，也抓著我衣服。

『累了嗎？』

「嗯。」荃點點頭。

『快到了，別擔心。』

「嗯。你在旁邊，我不擔心的。」

到了高雄，出了火車站，我陪著荃等公車。

公車快到時，我問荃：

『妳這次還相不相信我會上車？』

「為什麼這麼問？」

『公車行駛時會關上車門，我沒辦法跳上車的。』

「呵呵，你回去吧。你也累了呢。」

『我的電話，妳多晚都可以打。知道嗎？』

「嗯。」

公車靠站，打開車門。

『我們會再見面的，妳放心。』我將荃的手提袋，遞給荃。

「嗯。」荃接過手提袋，欠了欠身，行個禮。

『上車後，別看著我。』

「嗯。你也別往車上看呢。」

『好。』

荃上了車，在車門邊跟我揮揮手，我點點頭。

我轉身走了幾步，還是忍不住回頭望。

荃剛好也在座位上偏過頭。

互望了幾秒，車子動了，荃又笑著揮手。

直到公車走遠，我才又走進火車站，回台南。

出了車站，機車不見了，往地上看，一堆白色的粉筆字跡。

在一群號碼中，我開始尋找我的車號，好像在看榜單。

嗯，沒錯，我果然金榜題名了。

考試都沒這麼厲害，一違規停車就中獎，真是悲哀的世道啊。

拖吊場就在我家巷口對面，這種巧合不知道是幸運，還是不幸。

不幸的是，我不能在我家附近隨便停車。

幸運的是，不必跑很遠去領被吊走的車。

拖吊費 200 元，保管費 50 元，違規停車罰款 600 元。

再加上來回車票錢 190 元，月台票 6 元，總共 1046 元。

玩笑果然不能亂開，這個玩笑的價值超過 1000 元。

後來荃偶爾會打電話來助理室，我會放下手邊的事，跟她說說話。

荃不僅文字中沒有面具，連聲音也是，所以我很容易知道她的心情。

即使她所有的情緒變化，都非常和緩。

就像是水一樣，不管是波濤洶湧，或是風平浪靜，水溫並沒有改變。

有時她因寫稿而煩悶時，我會說說我當家教和補習班老師時的事。

我的家教學生是兩個國一學生，一個戴眼鏡，另一個沒戴。

第一次上課時，為了測試他們的程度，我問他們：

『二分之一加上二分之一,等於多少?』

「報告老師,答案是四分之二。」沒戴眼鏡的學生回答。

在我還來不及慘叫出聲時,戴眼鏡的學生馬上接著說:

「錯!四分之二還可以約分,所以答案是二分之一。」

『你比較厲害喔,』我指著戴眼鏡的學生:『你還知道約分。』

看樣子,即使我教得再爛,他們也沒什麼退步的空間。

我不禁悲從中來。

在補習班教課很有趣,學生都是為了公家機關招考人員的考試而來。

大部分學生的年紀都比我大,三四十歲的人,比比皆是。

第一次去上課時,我穿著牛仔褲和T恤,走上講台,拿起麥克風。

「喂!少年仔!你混哪裡的?站在台上幹什麼?欠揍嗎?」

台下一個30歲左右的人指著我,大聲問。

『我是老師。』我指著我鼻子。

「騙肖咧!你如果是老師,那我就是總統。」

他說完後,台下的學生哄堂大笑。

『這位好漢,即使你是總統,在這裡,你也得乖乖地叫我老師。』

「讚!你這小子帶種,叫你老師我認了。」

我的補習班學生大約有兩百多人,包羅萬象。

有剛畢業的學生;有想換工作的上班族;還有想出來工作的家庭主婦。

有一個婦人還帶著她的六歲小女孩一起上課。

他們的目的,只是想追求一份較穩定的公家工作,畢竟景氣不好。

學生的素質,或許有優劣;但認真的心情,不分軒輊。

在課堂上,我是老師;

但對於人生的智慧,我則是他們的學生。

雖然有家教和補習班老師這類兼差,但留在學校當研究助理,
畢竟不是長久之計。
柏森在高雄的工作,好像也不是做得很開心。
子堯兄則是隨遇而安,即使工地的事務非常繁重,他總是甘之如飴。
秀枝學姐算是比較穩定,當完了實習老師,會找個正式的教職。
至於明菁,看到她的次數,比以前少了些。

在找不到工作的那一個月內,明菁總會勸我不要心急,要慢慢來。
當我開始做研究助理時,明菁沒多說些什麼,只是說有工作就好。
因為我和明菁都知道,研究助理這份工作只是暫時,而且也不穩定。
雖然明菁的家在基隆,是雨都,可是她總是為我帶來陽光。

那年的天氣開始轉涼的時候,我在客廳碰到明菁。
明菁右手托腮,偏著頭,似乎在沉思,或是煩悶。
沉思時,托腮的右手掌施力很輕,所以臉頰比較不會凹陷。
但如果是煩悶,右手掌施力較重,臉頰會深陷。
我猜明菁是屬於煩悶。

『姑姑,好久不見。』我坐了下來,在明菁身旁。
「給我五塊錢。」明菁攤開左手手掌。
『為什麼?』
「因為你好久沒看到我了呀,所以要給我五塊錢。」
『妳可以再大聲一點。』
「給──我──五──塊──錢──!」
『妳變白爛了。』我笑了起來。

「工作還順利嗎？」明菁坐直身子，問我。

『嗯，一切都還好。妳呢？』

「我還好。只是論文題目，我很傷腦筋。」

『妳論文題目是什麼？』

「關於《金瓶梅》的研究。」

『真的假的？』

「呵呵，假的啦。」明菁笑得很開心。

明菁的笑聲雖然輕，卻很嘹亮，跟荃明顯不同。

我竟然在明菁講話時，想到了荃，這又讓我陷入了一種靜止狀態。

「過兒，發什麼呆？」

『喔。沒事。』我回過神，『只是覺得妳的笑聲很好聽而已。』

「真的嗎？」

『嗯。甜而不膩，柔而不軟，香而不嗆，美而不豔，輕而不薄。』

「還有沒有？」明菁笑著問。

『妳的笑聲可謂極品中的極品。此音只應天上有，人間哪得幾回聞。』

我說完後，明菁看看我，沒有說話。

『怎麼了？』

「過兒，謝謝你。」

『為什麼說謝謝？』

「你知道我心情不好，才會逗我的。」

『妳應該是因為論文而煩惱吧？』

「嗯。」

『別擔心。妳看我這麼混，還不是照樣畢業。』

「誰都不能說你混，即使是你自己，也不可以說。」明菁抬高了語調。

『為什麼？』

「你也是很努力在找工作呀，只是機運不好，沒找到合適的而已。」

『姑姑……』

「過兒，找不到穩定的工作，並不是你的錯。知道嗎？」

『嗯。』

「你還年輕呀，等景氣好一點時，就會有很多工作機會了。」

『姑姑，謝謝妳。』

「不是說謝謝，要說對不起。」

『為什麼？』

「你剛剛竟然說自己混，難道不該道歉？」

『嗯。我說錯話了，對不起。』

「餓了嗎？我們去吃飯吧。」明菁終於把語氣放緩。

『好。』

「不可以再苛責自己了，知道嗎？」

『姑姑，給我一點面子吧。』

「你在說什麼？」

『今天應該是我安慰妳，怎麼會輪到妳鼓勵我呢？』

「傻瓜。」明菁敲一下我的頭，「吃飯了啦！」

明菁是這樣的，即使心情煩悶，也不會把我當垃圾桶。

她始終釋放出光與熱，試著照耀與溫暖我。

明菁，妳只知道燃燒自己，以便產生光與熱。

但妳可曾考慮過，妳會不會因為不斷地燃燒，而使自己的溫度過高呢？

槲寄生

明菁，妳也是個壓抑的人啊。

新的一年剛來到時，柏森和子堯兄各買了一台個人電腦。
我們三人上網的時間，便多了起來。
我和柏森偶爾還會在網路上寫小說，當作消遣。
以前我在網路上寫的都是一些雜文，沒什麼特定的主題。
寫小說後，竟然開始擁有所謂的「讀者」。
偶爾會有人寫信告訴我：「祝你的讀者像台灣的垃圾一樣多。」

明菁會看我寫的東西，並鼓勵我，有時還會提供一些意見。
她似乎知道，我寫小說的目的，只是為生活中的煩悶，尋找一個出口。
但我沒有讓荃知道，我在網路上寫小說的事。

在荃的面前，我不洩露生活中的苦悶與挫折。
在明菁面前，我隱藏內心深處最原始的情感。
雖然都是壓抑，但壓抑的施力方向，並不相同。

我的心裡漸漸誕生了一個天平，荃和明菁分居兩端。
這個天平一直處於平衡狀態，應該說，是我努力讓它平衡。
因為無論哪一端突然變重而下沉，我總會想盡辦法在另一端加上砝碼，
讓兩端平衡。
我似乎不願承認，總有一天，天平將會分出輕重的事實。
也就是說，我不想面對荃或明菁，到底誰在我心裡佔較重份量的狀況。
這個脆弱的天平，在一個荃來找我的深夜，終於失去平衡的能力。

那天我在助理室待到很晚，凌晨兩點左右，荃突然打電話來。

『發生了什麼事嗎？』

「沒。只是想跟你說說話而已。」

『沒事就好。』我鬆了一口氣。

「還在忙嗎？」

『嗯。不過快結束了。妳呢？』

「我又寫完一篇小說了呢。」

『恭喜恭喜。』

「謝謝。」荃笑得很開心。

這次荃特別健談，講了很多話。

我很仔細聽她說話，忘了時間已經很晚的事實。

『很晚了喔。』在一個雙方都停頓的空檔，我看了看錶。

「嗯。」

『我們下次再聊吧。』

「好。」荃過了幾秒鐘，才回答。

『怎麼了？還有什麼忘了說嗎？』

「沒。只是突然很想……很想在這時候看到你。」

『我也是啊。不過已經三點半了喔。』

「真的嗎？」

『是啊。我的手錶應該很準，是三點半沒錯。』

「不。我是說，你真的也想看到我？」

『嗯。』

「那我去坐車。」

『啊？太晚了吧？』

「你不想看到我嗎？」

『想歸想，可是現在是凌晨三點半啊。』

「如果時間很晚了，你就不想看到我了嗎？」

『當然不是這樣。』

「既然你想看我，我也想看你，」荃笑說：「那我就去坐車了。」

荃掛上了電話。

在接下來的一個小時裡，我體會到度日如年的煎熬。

尤其是我不能離開助理室，只能枯等電話聲響起。

這時已經沒有火車，荃只能坐那種 24 小時行駛的客運。

在電話第一聲鈴響尚未結束之際，我迅速拿起話筒。

「我到了。」

『妳在亮一點的地方等我，千萬別亂跑。』

「嗯。」

我又衝下樓騎車，似乎每次將看到荃時，都得像百米賽跑最後的衝刺。

我在荃可能下車的地點繞了一圈，終於在 7-11 店門口，看到荃。

「你好。」荃笑著行個禮。

『先上車吧。』我勉強擠個笑容。

回助理室的路上，我並沒有說話。

因為我一直思考著該怎樣跟荃解釋，一個女孩子坐夜車是很危險的事。

『喝咖啡嗎？』一進到助理室，我問荃。

「我不喝咖啡的。」

『嗯。』於是我只煮一人份的咖啡。

荃靜靜地看著我磨豆，加水，蒸餾出一杯咖啡。

咖啡煮好後，倒入奶油攪拌時，荃對我的湯匙很有興趣。

「這根湯匙很長呢。」

『嗯。用來攪拌跟舀起糖，都很好用。』

荃四處看看，偶爾發問，我一直簡短地回答。

『妳……』

「是。」荃停下所有動作，轉身面對我，好像在等我下命令。

『怎麼了？』

「沒。你說話了，所以我要專心聽呢。」

『妳知不知道，妳這樣坐夜車很危險？』

「對不起。」

『我沒責怪妳的意思，我只是告訴妳，妳做了件很危險的事。』

「對不起。請你別生氣。」荃低下頭，似乎很委屈。

『我沒生氣，只是覺得……』我有點不忍心。

我話還沒說完，只見荃低下頭，淚水滾滾流出。

『啊？怎麼了？』我措手不及。

「沒。」荃停止哭泣，抬起頭，擦擦眼淚。

『是不是我說錯話了？』

「沒。可是你……你好凶呢。」

『對不起。』我走近荃，低聲說：『我擔心妳，所以語氣重了些。』

「嗯。」荃又低下頭。

我不放心地看著荃，也低下頭，仔細注視她的眼睛。

「你……你別這樣看著我。」

『嗯？』

「我心跳得好快……好快，別這樣……看我。」

『對不起。』我不知道該怎麼辦，只能說聲對不起。

「不是你的錯。我不知道，它……」荃右手按住左胸，猛喘氣：

「它為什麼在這時候，跳得這麼快。」

『是因為累了嗎？』

「不是的……不是的……」

『怎麼會這樣呢？』

「請不要問我……」荃抬頭看著我，「你愈看我，我心跳得愈快。」

『為什麼呢？』我還是忍不住發問。

「我不知道……不知道。」荃的呼吸開始急促，眼角突然又決堤。

『怎麼了？』

「我……我痛……我好痛……我好痛啊！」

荃很用力地說完這句話。

我第一次聽到荃用了驚嘆號的語氣，我很驚訝。

我下意識地摸了摸心臟，發覺它也是跳得很快。

只是我並沒有感覺到痛楚。

曾經聽人說，當你喜歡一個人時，會為她心跳。

從這個角度上說，荃因為心臟的缺陷，容易清楚知道為誰心跳。

而像我這種正常人，反而很難知道究竟為誰心跳。

「這算不算是，宇宙超級霹靂無敵喜歡……的感覺呢？」

『大概，可能，也許，應該，是吧。』

「你又壓抑了……」

我再摸了一次心跳，愈跳愈快，我幾乎可以聽到心跳聲。

『應該……是了吧。』

「嗯？」荃看著我，眼睛因淚光而閃亮著。

接觸到荃的視線，我心裡一震，微微張開嘴，大口地喘氣。

我終於知道，我心中的天平，是向著荃的那一端，傾斜。

天平失去平衡沒多久，明菁也從研究所畢業。

畢業典禮那天，明菁穿著碩士服，手裡捧著三束花，到助理室找我。

「過兒，接住！」明菁摘下方帽，然後將方帽水平射向我。

我略閃身，用右手三根指頭夾住。

「好身手。」明菁點頭稱讚。

『畢業典禮結束了嗎？』

「嗯。」明菁將花束放在桌上，找張椅子，坐了下來。

然後掏出手帕，擦擦汗：「天氣好熱哦。」

『妳媽媽沒來參加畢業典禮？』

「家裡還有事，她先回去了。」

『喔。』我應了一聲。

明菁將碩士服脫下，然後假哭了幾聲：

「我……我好可憐哦，剛畢業，卻沒人跟我吃飯。」

『妳的演技還是沒改進。』我笑了笑，『我請妳吃飯吧。』

「要有冷氣的店哦。」

『好。』

「唉……真是一波未平，一波又起呀。」明菁開始嘆氣，搖了搖頭。

『又怎麼了？』

「雖然可以好好吃頓飯，但吃完飯後，又如何呢？」明菁依舊哀怨。

『姑姑，妳想說什麼？』

「不知道人世間有沒有一種地方，裡面既有冷氣又沒光線。前面還會有
　很大的銀幕，然後有很多影像在上面動來動去。」

『有。我們通常叫它為電影院。』我忍住笑，『吃完飯，去看電影吧。』

「我就知道，過兒對我最好了。」明菁拍手叫好。

看著明菁開心的模樣，想到心中的天平已經傾斜的事實，

我不禁湧上強烈的愧疚感。右肩竟開始隱隱作痛。

明菁，從妳的角度來說，對妳最好的人，也許是我。

但對我而言，我卻未必對妳最好。

因為，還有荃啊。

「過兒，怎麼了？」

『姑姑，妳還有沒有別的優點，是我不知道的？』

「呵呵，你想幹嘛？」

『我想幫妳加上砝碼。』

「砝碼？」

『嗯。妳這一端的天平，比較輕。』

「你在胡說八道什麼。」

『不然妳吃胖一點吧，看會不會變重。』

「別耍白爛了，吃飯去吧。」

明菁可能是因為終於畢業了，所以那天顯得格外興奮。

可是她笑得愈燦爛，我的右肩抽痛得更厲害。

在電影院時，我根本沒有心思看電影，只是盯著銀幕發愣。

在銀幕上移動的，不是電影情節，而是認識明菁四年半以來的點滴。

兩個月後，經由老師的介紹，我進入了台南一家工程顧問公司上班。

柏森也辭掉高雄的工作，和我進同一家公司。

子堯兄以不變應萬變，而秀枝學姐也已在台南縣一所中學教課。

明菁搬離宿舍，住在離我們兩條街的小套房。

和秀枝學姐一樣，她也是先當實習老師。

我新裝了一支電話，在我房內，方便讓荃打電話來。

日子久了，柏森和子堯兄好像知道，有個女孩偶爾會打電話給我。

他們也知道，那不是明菁。

煮咖啡的地點，又從助理室移回家裡。

我和柏森幾乎每天都會喝咖啡，子堯兄偶爾也會要一杯，

秀枝學姐則不喝。

喝咖啡時，柏森似乎總想跟我說些什麼，但最後會以嘆口氣收場。

新的工作我很快便適應，雖然忙了點，但還算輕鬆。

過日子的方式，沒什麼大改變。唯一改變的是，我開始抽菸。

但我始終記不得從什麼時候開始抽第一根菸。

如果你問我為什麼抽菸，我和很多抽菸的人一樣，可以給你很多理由。

日子煩悶啦，加班時大家都抽啦，在工地很少不抽的啦，等等。

但我心裡知道，那些都是藉口。

我只知道，當右肩因為明菁而疼痛時，我會抽菸。

當心跳因為荃而加速時，我也會抽菸。

我記得明菁第一次看到我抽菸時，驚訝的眼神。

「過兒！」

『姑姑，我知道。』

「知道還抽！」

『過陣子，會戒的。』

「戒菸是沒有緩衝期的。」明菁蹙起眉頭，嘆口氣：

「不要抽，好嗎？」

『好。』我勉強擠出微笑。

「是不是在煩惱些什麼呢？」明菁走近我，輕聲問。

明菁，我可以告訴妳，我不忍心看到妳的眼神嗎？

荃第一次看到我抽菸時，除了驚訝，還有慌張。

「可不可以，別抽菸呢？」

『嗯。』

「抽菸，很不好呢。」

『嗯。』

「我沒別的意思，只是擔心你的身體。」

『我知道。』

「你抽菸時的背影，看起來，很寂寞呢。」

荃，妳在身旁，我不寂寞的，我只是自責。

我心中的天平，雖然早已失去平衡，但仍舊存在著。

落下的一端，直接壓向我左邊的心臟。

而揚起的一端，卻刺痛我右邊的肩膀。

1999 年初，我和柏森要到香港出差五天，考察香港捷運的排水系統。

臨行前，明菁在我行李箱內塞進一堆藥品。

『那是什麼？』

「出門帶一點藥，比較好。」

『這已經不是"一點"，而是"很多"了。』

「唉呀，帶著就是了。」

『可是……』我本想再繼續說，可是我看到了明菁的眼神。

還有她手指不斷輕輕劃過的，糾緊的眉。

我想，我最需要的藥，是右肩的止痛藥。

從香港回來後，接到荃的電話。

「你終於回來了。」

『妳又用"終於"了喔。我才出去五天而已。』

「嗯。」

『香港有個地方叫"荃灣"喔，跟妳沒關係吧？』

「沒。」

『怎麼了？妳好像沒什麼精神。』

「因為我……我一直很擔心。」

『擔心什麼？』

「你走後，我覺得台灣這座島好像變輕了。我怕台灣會在海上漂呀漂的，
你就回不來了。」

荃，台灣不會變輕的。因為我的心，一直都在。

沒多久，明菁結束實習老師生涯，

並通過了台南市一所女子高中的教師任用資格，當上正式老師。

『為什麼不回基隆任教？』

「留在台南陪你，不好嗎？」明菁笑了起來。

我不知道這樣是好？還是不好？

因為我喜歡明菁留在台南，卻又害怕明菁留在台南。

如果我說「喜歡」，我覺得對不起荃。
如果我竟然「害怕」，又對不起明菁。

也許是內心的掙扎與矛盾，得不到排遣，我開始到子堯兄的房間看書。
我通常會看八字或紫微斗數之類的命理學書籍。
因為我想知道，為什麼我會有這種猶豫不決的個性？

「你怎麼老看這類書呢？」子堯兄指著我手中一本關於命理學的書。
『只是想看而已。』
「命理學算是古人寫的一種模式，用來描述生命的過程和軌跡。」
子堯兄闔上他正閱讀的書本，放在桌上，走近我：
「這跟你用數學模式描述物理現象，沒什麼太大差別。」
『嗯。』
「它僅是提供參考而已，不必太在意。有時意志力尚遠勝於它。」
『嗯。』
「我對命理學還算有點研究，」子堯兄看看我：
「說吧，碰到什麼問題呢？感情嗎？」

『子堯兄，我可以問你嗎？』
「當然可以。不過如果是感情的事，就不用問我了。」
『為什麼？』
「你愛不愛她，這要問你；她愛不愛你，這要問她。你們到底相不相愛，
　這要問你們，怎麼會問我這種江湖術士呢？如果你命中註定林明菁適合
　你，可是你愛的卻是別人，你該如何？只能自己下決心而已。」
『子堯兄，謝謝你。』原來他是在點化我。
「痴兒啊痴兒。」子堯兄拍拍我的頭。

子堯兄說得沒錯，我應該下決心。
天平既已失去平衡，是將它拿掉的時候了。

在一個星期六中午，我下班回家，打開客廳的落地窗。
「過兒，你回來了。」
『姑姑，這是……』我看到客廳內還坐著七個高中女生，有點驚訝。
「她們是學校的校刊社成員，我帶她們來這裡討論事情，不介意吧？」
『當然不介意。』我笑了笑。
「姑姑、過兒。」有一位綁馬尾的女孩子高喊：「楊過與小龍女！」
「好美哦。」「真浪漫。」「感人呀。」「太酷了。」「纏綿唷。」
其餘六個女孩子開始讚嘆著。

「老師當小龍女是綽綽有餘，可是這個楊過嘛，算是差強人意。」
有一個坐在明菁旁，頭髮剪得很短的女孩子，低聲向身旁的女孩說。
『咳咳……』我輕咳了兩聲，『我耳朵很好喔。』
「是呀。您的五官中，也只有耳朵最好看。」
短髮女孩說完後，七個女孩子笑成一團。
「不可以沒禮貌。」明菁笑說：「這位蔡大哥，人很好的。」
「老師心疼了唷。」「真是鶼鰈情深呀。」「還有夫唱婦隨哦。」
七個女孩子又開始起鬨。

短髮女孩站起身說：「我們每人給老師和蔡大哥祝福吧。我先說……」
「白頭誓言需牢記。」
「天上地下，人間海底，生死在一起。」
「若油調蜜，如膠似漆，永遠不分離。」

「天上要學鳥比翼，地下願做枝連理，禍福兩相依。」
「深深愛意有如明皇貴妃不忍去。」
「濃濃情誼恰似牛郎織女長相憶。」
「願效仲卿蘭芝東南飛，堅貞永不移！」
七個女孩，一人說一句。

「我們今天不是來討論神鵰俠侶的。」
明菁雖然笑得很開心，但還是保持著老師應有的風範。
「老師，你跟耳朵很好的蔡大哥是怎麼認識的？」綁馬尾的女孩說。
「說嘛說嘛。」其他女生也附和著。
明菁看看我，然後笑著說：
「我跟他呀，是聯誼的時候認識的。那時我們要上車前，要抽……」
明菁開始訴說我跟她第一次見面時候的事。
她說得很詳盡，有些細節我甚至已經忘記了。
明菁邊說邊笑，她那種快樂的神情與閃亮的眼神，我永遠忘不掉。

折騰了一下午，七個女生終於要走了。
「別學陳世美哦。」「要好好對老師哦。」「不可以花心哦。」
她們臨走前，還對我撂下這些狠話。
「過兒，對不起。我的學生很頑皮。」學生走後，明菁笑著道歉。
『沒關係。高中生本來就應該活潑。』我也笑了笑。
「過兒，謝謝你。你並沒有否認。」明菁低聲說。
『否認什麼？』
明菁看看我，紅了臉，然後低下頭。
我好像知道，我沒有否認的，是什麼東西了。

原來我雖然可以下定決心。
但我卻始終不忍心。

過了幾天，荃又到台南找她的寫稿夥伴。
在她回高雄前，我們相約吃晚飯，在第一次看見荃的餐館。
荃吃飯時，常常看著餐桌上花瓶中的花，那是一朵紅玫瑰。
離開餐館時，我跟服務生要了那朵紅玫瑰，送給荃。
荃接過花，怔怔地看了幾秒，然後流下淚來。

『怎麼了？』
「沒。」
『傷心嗎？』
「不。我很高興。」荃抬起頭，擦擦眼淚，破涕為笑：
「你第一次送我花呢。」
『可是這不是我買的。』
「沒差別的。只要是你送的，我就很高興了。」
『那為什麼哭呢？』
「我怕這朵紅玫瑰凋謝。只好用我的眼淚，來涵養它。」

我回頭看看這家餐館，這不僅是我第一次看見荃的地方，
也是我和明菁在一天之中，連續來兩次的地方。
人們總說紅玫瑰代表愛情，可是如果紅玫瑰真能代表愛情，
那用來涵養這朵紅玫瑰的，除了荃的淚水，恐怕還得加上我的。
甚至還有明菁的。

秋天到了，南台灣並沒有秋天一定得落葉的道理，只是天氣不再燠熱。

我在家趕個案子，好不容易弄得差不多，伸個懶腰，準備煮杯咖啡。
在流理台洗杯子時，電話響起，一陣慌張，湯匙掉入排水管。
回房間接電話，是荃打來的。

「你有沒有出事？」
『出事？沒有啊。為什麼這麼問？』
「我剛剛，打破了玉鐲子。」
『很貴重嗎？』
「不是貴不貴的問題，而是我戴著它好幾年了。」
『喔。打破就算了，沒關係的。』
「我不怎麼心疼的，只是擔心你。」
『擔心我什麼？』
「我以為……以為這是個不好的預兆，所以才問你有沒有出事。」
『我沒事，別擔心。』
「真的沒有？」荃似乎很不放心。

『應該沒有吧。不過我用來喝咖啡的湯匙，剛剛掉進排水管了。』
「那怎麼辦？」
『暫時用別的東西取代啊，反正只是小東西而已。』
「嗯。」
『別擔心，沒事的。』
「好。」
『吃飯要拿筷子，喝湯要用湯匙，知道嗎？』
「好。」
『睡覺要蓋棉被，洗澡要脫衣服，知道嗎？』
「好。」荃笑了。

隔天，天空下著大雨，荃突然來台南，在一家咖啡器材店門口等我。

『妳怎麼突然跑來台南呢？』

荃從手提袋裡拿出一根湯匙，跟我弄丟的那根，一模一樣。

「你的湯匙是不是長這樣？我只看過一次，不太確定的。」

『沒錯。』

「我找了十幾家店，好不容易找到呢。」

「我每到一家店，就請他們把所有的湯匙拿出來，然後一根一根找。」

「後來，我還用畫的呢。」

荃說完一連串的話後，笑了笑，掏出手帕，擦擦額頭的雨水。

『可是妳也不必急著在下雨天買啊。』

「我怕你沒了湯匙，喝咖啡會不習慣。」

我望著從荃濕透的頭髮滲出而在臉頰上滑行的水珠，說不出話。

「下雨時，不要只注意我臉上的水滴，要看到我不變的笑容。」

荃笑了起來，「只有臉上的笑容，是真實的呢。」

『妳全身都濕了。為什麼不帶傘呢？我會擔心妳的。』

「我只是忘了帶傘，不是故意的。」

『妳吃飯時會忘了拿筷子嗎？』

「那不一樣的。」荃將濕透的頭髮順到耳後：

「筷子是為了吃飯而存在，但雨傘卻不是為了見你一面而存在。」

『可是……』

「對我而言，認識你之前，前面就是方向，我只要向前走就行。」

『認識我之後呢？』

「你在的地方，就是方向。」

荃雖然淺淺地笑著，但我讀得出她笑容下的堅毅。

三天後，也就是 1999 年 9 月 21 日，在凌晨 1 點 47 分，
台灣發生了震驚世界的集集大地震。
當時我還沒入睡，下意識的動作，是扶著書架。
地震震醒了我、柏森、子堯兄和秀枝學姐。
我們醒來後第一個動作，就是打電話回家詢問狀況。
明菁和荃也分別打電話給我，除了受到驚嚇外，她們並沒損傷。
我、柏森和秀枝學姐的家中，也算平安。
只有子堯兄，家裡的電話一直沒人接聽。

那晚的氣氛很緊繃，我們四人都沒說話，子堯兄只是不斷在客廳踱步。
五點多又有一次大規模的餘震，餘震過後，子堯兄頹然坐下。
「子堯兄，我開車載你回家看看吧。」柏森開了口。
『我也去。』我接著說。
「我……」秀枝學姐還沒說完，子堯兄馬上向她搖頭：
「那地方太危險，妳別去了。」

一路上的車子很多，無論是在高速公路或是省道上。
透過後視鏡，我看到子堯兄不是低著頭，就是瞥向窗外，不發一語。
子堯兄的家在南投縣的名間鄉，離震央很近。
經過竹山鎮時，兩旁盡是斷垣殘壁，偶爾還傳來哭聲。
子堯兄開始喃喃自語，聽不清楚他說什麼。
當我們準備穿過橫跨濁水溪的名竹大橋，到對岸的名間鄉時，
在名竹大橋竹山端的橋頭，我們停下車子，被眼前的景象震懾住。

名竹大橋多處橋面落橋，橋墩也被壓毀或嚴重傾斜。

橋頭拱起約三公尺，附近的地面也裂開了。

子堯兄下車，遙望七百公尺外的名間鄉，突然雙膝跪下，抱頭痛哭。

後來我們繞行集集大橋，最後終於到了名間。

子堯兄的家垮了，母親和哥哥的屍體已找到，父親還埋在瓦礫堆中。

嫂嫂受了重傷，進醫院，五歲的小姪子奇蹟似地只有輕傷。

我們在子堯兄殘破的家旁邊，守了將近兩天。

日本救難隊來了，用生命探測儀探測，確定瓦礫堆中已無生命跡象。

他們表示，若用重機械開挖，可能會傷及遺體，請家屬定奪。

子堯兄點燃兩炷香，燒些紙錢，請父親原諒他不孝。

日本救難隊很快挖出子堯兄父親的遺體，然後圍成一圈，向死者致哀。

離去前，日本救難隊員還向子堯兄表達歉意。

子堯兄用日文說了謝謝。

子堯兄告訴我們，他爺爺在二次大戰時，被日本人拉去當軍伕。

回家後，瘸了一條腿，從此痛恨日本人。

影響所及，他父親也非常討厭日本人。

「沒想到，最後卻是日本人幫的忙。」

子堯兄苦笑著。

之後子堯兄常往返於南投與台南之間，也將五歲的姪子託我們照顧幾天。

那陣子，只要有餘震發生，子堯兄的姪子總會尖叫哭喊。

我永遠忘不了那種淒厲的啼哭聲。

沒多久，子堯兄的嫂嫂受不了打擊，在醫院上吊身亡。

當台灣的老百姓，還在為死者善後、為生者撫慰心靈時，

台灣的政治人物，卻還沒忘掉 2000 年的總統大選。

地震過後一個多月的深夜，我被樓下的聲響吵醒。
走到樓下，子堯兄的房間多了好幾個紙箱子。
「菜蟲，這些東西等我安定了，你再幫我寄過來。」
『子堯兄，你要搬走了？』
「嗯。我工作辭了，回南投。我得照顧我的小姪子。」
子堯兄一面回答，一面整理東西。
我叫醒柏森，一起幫子堯兄收拾。

「好了，都差不多了。剩下的書，都給你們吧。」子堯兄說。
我和柏森看著子堯兄，不知道該說什麼。
「來，一人一塊。」子堯兄分別給我和柏森一個混凝土塊。
「這是？」柏森問。
「我家的碎片。如果以後你們從政，請帶著這塊東西。」
『嗯？』我問。
「地震是最沒有族群意識的政治人物，因為在它之下死亡的人，是不分
　本省人、外省人、客家人和原住民的。它壓死的，全都是台灣人。」
我和柏森點點頭，收下混凝土塊。

子堯兄要去坐車前，秀枝學姐突然打開房門，走了出來。
「你就這樣走了，不留下一句話？」秀枝學姐說。
「妳考上研究所時，我送妳的東西，還在嗎？」
「當然在。我放在房間。」
「我要說的，都說在裡面了。」
子堯兄提起行李，跟秀枝學姐揮揮手，「再見了。」

我和柏森送走子堯兄後，回到客廳。

秀枝學姐坐在椅子上，看著子堯兄送給她的白色方形陶盆，發呆。

「到底說了些什麼呢？」秀枝學姐自言自語。

我和柏森也坐下來，仔細端詳一番。

『啊！』我突然叫了一聲，『我知道了。』

「是什麼？」柏森問我。

『我愛楊秀枝。』

「啊？」秀枝學姐很驚訝。

我指著「明鏡台內見真我」的「我」，和「紫竹林外山水秀」的「秀」，
還有「無緣大慈，同體大悲。乃大愛也」的「愛」。

「我愛秀？然後呢？」柏森問。

『觀世音菩薩手裡拿的，是什麼？』我又指著那塊神似觀世音的石頭。

「楊枝啊。」柏森回答。

『合起來，不就是"我愛楊秀枝"？』

秀枝學姐聽完後，愣在當地。過了許久，好像有淚水從眼角竄出。

她馬上站起身，衝回房間，關上房門。

幾分鐘後，她又出了房門，紅著眼，把陶盆搬回房間。

連續兩個星期，我沒聽到秀枝學姐說話。

從大一開始，跟我當了八年室友的子堯兄，終於走了。

他成了第二棵離開我的寄主植物。

子堯兄走後，我常想起他房間內凌亂的書堆。

「痴兒啊痴兒。」子堯兄總喜歡摸摸我的頭，然後說出這句話。
雖然他只大我五歲，我有時卻會覺得，他是我的長輩。
他曾提醒我要下定決心，我的決心卻總在明菁的眼神下瓦解。
子堯兄，我辜負你的教誨。

當秀枝學姐終於開口說話時，我又接到荃的電話。
這陣子因為子堯兄和地震的關係，荃很少打電話來。
聽到荃的聲音，又想到子堯兄和秀枝學姐的遺憾，
我突然很想看到荃。

「你最近好嗎？」
『可以見個面嗎？』
「你……」
『怎麼了？不可以嗎？』
「不不不……」荃的聲音有點緊張，很快接著說：
「只是你從沒主動先說要見我，我……我很驚訝。」
『只有驚訝嗎？』
「還有……還有我很高興。」荃的聲音很輕。
『還有沒有？』我笑著說。
「還有『可以見個面嗎？』是我的台詞，你搶詞了呢。」荃也笑了。

『那……可以嗎？』
「嗯。我明天會坐車到台南。」
『有事要忙嗎？』
「嗯。我儘快在五點結束，那時我在成大校門口等你，好嗎？」

『好的。』
「明天見。」
『嗯。』

枉費我當了那麼多年的成大學生，竟然還搞不清楚狀況。
扣掉安南校區，成大在台南市內，起碼還有六七個校區。
每個校區即使不算側門，也還有前門和後門。
那麼問題又來了，所謂的「成大校門口」是指哪裡？
我只好騎著機車，在每個可以被稱為「成大校門口」的地方，
尋找荃。
終於在第八個校門口，看到荃。

『對不起，讓妳久等。』我跑近荃，氣喘吁吁。
「會久嗎？」荃看了看手錶：「還沒超過五點十分呢。」
『是嗎？』我笑了笑，『我好像每次都讓妳等，真不好意思。』
「沒關係的。我已經習慣了等你的感覺，我會安靜的。」
『安靜？』
「嗯。我會靜靜地等，不會亂跑。你可以慢慢來，不用急。」

『如果我離開台南呢？』
「我等你回台南。」
『如果我離開台灣呢？』
「我等你回台灣。」
『如果我離開地球到火星探險呢？』
「我等你回地球。」

『如果我離開人間呢？』
「還有下輩子，不是嗎？」

荃，妳真的，會一直等待嗎？

10

我對你的思念

不知道從何時開始

可是，不假

並以任何一種方式，源遠流長

親愛的你

無論多麼艱難的現在，終是記憶和過去

我會一直等待

為你

第十根菸，也是菸盒裡最後一根菸。
再用右手食指往菸盒裡掏掏看，的確是最後一根菸了。

看了看錶，從踏上這班火車到現在，剛好過了四小時又四十四分鐘。
很有趣的數字。
我只敢說「有趣」，不敢說「不吉利」。因為我實在需要運氣。
剩下的車程，只有大約 20 分鐘而已。
快回到台南了。

我、柏森、子堯兄、秀枝學姐、孫櫻和明菁六個人，
都曾在台南求學或就業多年，後來也分別離開台南。
我是最晚離開台南的人，卻最早回來。
其他五人，也許會回台南，也許不會，人生是很難講的。

倒是荃，原本不屬於台南，但卻搬到台南。
子堯兄離開台南一個月後，荃決定搬到台南。
『為什麼要搬到台南呢？』我問荃。
「我只想離你比較近。」
『可是妳在高雄那麼久了。』
「住哪兒對我來說，都一樣的。」
『這樣好嗎？』
「沒關係的。以後如果你想見我，我就可以很快讓你看到呢。」
『高雄到台南，不過一小時車程。差不了多少啊。』
「我知道等待的感覺，所以我不願讓你多等，哪怕只是一個小時。」
荃的嘴角上揚，嘴型的弧線像極了上弦月。

『那妳還是一個人住？』

「嗯。」

『不會孤單嗎？』

「我一個人不孤單。想你時，才會孤單。」

『妳……』我很想說些什麼，但一時之間卻找不到適當的文字。

「如果你也不想讓我等待……」荃頓了頓，接著說：

「當你去火星探險時，請你用繩子將我們綁在一起。」

荃的茶褐色眼睛射出光亮，我下意識地觸摸我的心跳，無法說話。

荃搬到台南三天後，明菁任教的學校校慶，她邀我去玩。

「過兒，明天我們學校校慶，還有園遊會哦。來玩吧。」

『姑姑，我會怕妳的寶貝學生呢。』

「咦？你說話的語氣為什麼這麼怪？幹嘛用『呢』。」

『我……』接觸到明菁的視線，我下意識地抓住右肩。

「一個大男生怎麼會怕高中女生呢？」明菁似乎沒有發現我的動作。

『可是……』

「過兒，來玩嘛。別胡思亂想了。」

我看了看明菁的眼神，緩緩地點個頭。

我並非害怕明菁學生的頑皮，我怕的是，她們的純真。

她們純真的模樣，總會讓我聯想到，

我其實不是楊過，而是陳世美。

隔天上午，我晃到明菁的學校。

原本從不讓男生進入校園的女校，今天特別恩准男生參觀。

女校其實也沒什麼特殊的地方，只是很難找到男廁所而已。

不過女校的男廁所非常乾淨，偶爾還可以看見蜘蛛在牆角結網。
我遠遠看到明菁她們的攤位，人還未走近，就聽到有人大喊：
「小龍女老師，妳的不肖徒弟楊過來了！」
是那個頭髮剪得很短的女孩。

明菁似乎正在忙，抬起頭，視線左右搜尋，發現了我，笑著向我招手。
我走進明菁的攤位，幾個女學生招呼我坐著。
「楊先生，請坐。」有個看來很乖巧的女孩子微笑著對我說。
「他不姓楊啦，他會被叫成楊過只是個諷刺性的悲哀而已。」
短髮的女孩又開了口。
「諷刺性的悲哀？」乖巧的女孩很好奇。
「他叫楊過，難道不諷刺？悲哀的是，竟然是美麗的林老師叫的呀。」
這個短髮的女孩子，好像跟我有仇。

「不要胡說。」明菁笑著斥責。端了兩杯飲料坐在我身旁。
在明菁一群學生狐疑的眼光和議論的聲音中，我和明菁坐著聊天。
「A flower inserts in the bull shit.」（一朵鮮花插在牛糞上）
唉，我的耳朵真的很好，又聽到一句不該聽到的話。
順著聲音傳來的方向看過去，短髮的女孩跟我比個「V」手勢。
『姑姑，』我偷偷指著那個短髮女孩，『妳可以當掉她的國文嗎？』
「呵呵。別跟小孩子一般見識。你以前跟她一樣，嘴巴也是很壞。」

『我以前的嘴巴很壞嗎？』
「嗯。」明菁笑了笑。
『現在呢？』
「現在不會了。畢竟已經六年了。」

『六年？』

「過兒，過兒，你在哪？」明菁的雙手圈在嘴邊，壓低聲音：

「姑姑找你找得好苦。」

這是我和明菁第一次見面時，她拿著小龍女卡片，尋找楊過的情景。

我突然驚覺，六年前的今天，正是我第一次看見明菁的日子啊。

我記得那時明菁身穿橘黃色毛衣頭戴髮箍，帶著冬日的朝陽走向我。

已經六年了啊，怎麼卻好像昨天一樣？

明菁昨日還是青春活潑的大學生，今日卻已執起教鞭，當上老師。

歲月當真這麼無情？

「過兒，時間過得真快。對吧？」

『嗯。』

「你也長大了。」明菁突然很感慨。

『怎麼說這麼奇怪的話？好像我是小孩子一樣。』我笑著說。

「你本來就是小孩子呀。」明菁也笑了。

『現在不是了吧？』

「你一直是的。」明菁右邊的眉毛，又抽動了一下。

「過兒，走吧。我帶你到處看看。」明菁站起身。

「老師，你們牽個手吧，不然擁抱一下也行。讓我們開開眼界嘛！」

短髮的女孩又帶頭起鬨。

「妳的國文成績，」明菁指著她說：「恐怕會很危險了。」

我很高興，輪到我朝著短髮女孩，比個「Ｖ」手勢。

『不過姑姑啊，』我指著短髮女孩，『她講的，也不無道理。』

「過兒！」明菁敲了一下我的頭。

「老師⋯⋯」短髮女孩似乎很緊張她的國文成績。
「就只有妳會開玩笑嗎？」明菁笑了笑，「老師也會呀。」

明菁帶著我，在校園內逛了一圈。後來索性離開校園，到外面走走。
一路上，我不斷想起以前跟明菁夜遊、爬山時的情景。
第一次要開口約明菁看電影時，我們也是這樣走著。
我突然感覺，我不是走出學校，而是走進從前。

「過兒，為什麼你總是走在我左手邊呢？」明菁轉頭問我。
『因為妳走路時，常常很不專心。』
「那又怎麼樣呢？走路時本來就該輕鬆呀。」
『可是左邊靠近馬路，如果妳不小心走近車道，會有危險。』
明菁停下腳步，把我拉近她，笑著說：
「過兒，你知道嗎？你真的是個善良的人。」
『會嗎？還好吧。』
「雖然大部分的人都很善良，但你比他們更善良哦。」明菁微笑著。
而冬日溫暖的陽光，依舊從她的身後，穿過她的頭髮，射進我的眼睛。

我第一次聽到明菁形容我善良。
可是當我聽到「善良」，又接觸到明菁的眼神時，
我突然湧上一股罪惡感。

「我待會還得回學校，中午不能陪你，我們晚上再一起吃飯吧。」
『好。』
「今天是個重要的日子，要挑個值得紀念的地方哦。」
『嗯。』

「那你說說看，我們今晚去哪裡吃呢？」
我當然知道明菁想去那家我們一天之中吃了兩次的餐館。

晚上吃飯時，明菁穿了件長裙。
是那種她穿起來剛好，而孫櫻穿起來卻會接近地面的長度。
我仔細看了一下，沒錯，是我們第一次看電影時，她穿的那件。
往事愈溫馨，我的罪惡感卻愈重。
而明菁右手上的銀色手鍊，隨著她的手勢，依然像一道銀色閃電，
在我心裡，打著雷、下著雨。
這讓我那天晚上，失了眠。

千禧 2000 年來臨，柏森找了一個新房客，來頂替子堯兄房間的缺。
秀枝學姐知道後，碎碎唸了半天，連續好幾天不跟柏森說話。
我想，秀枝學姐似乎還抱著一線希望，等待子堯兄再搬回來。

我第一次看到新室友時，她正在子堯兄的房間內打掃。
我走進去打聲招呼，她放下拖把，撥了撥頭髮：
「我比你小三屆，可以叫你學長嗎？」
『當然可以囉。』
她的聲音非常尖細，髮型跟日劇《長假》裡的木村拓哉很像。
『學妹，我就住妳樓上。歡迎妳搬來。』
她似乎有些驚訝，不過馬上又笑了起來。

我帶她看看房子四周，再說明一下水電瓦斯費的分攤原則。
『學妹，明白了嗎？』
「嗯。」

『如果還有不清楚的，隨時可以找我。不用客氣的，學妹。』

「學長，我想問你一件事，聽說你近視很深？」

『是啊。』我笑了笑，『妳怎麼知道呢？』

「因為我是學弟，不是學妹。」

我張大嘴巴，久久不能闔上。

『對……對不起。』

「學長，別介意。常有人認錯的。」"他"笑了起來。

『真是不好意思。』我搔了搔頭。

「不過像學長這麼誇張的，我還是第一次碰到。」

『為了表示歉意，我晚上請你吃飯吧，學弟。』

「好啊。我恭敬不如從命了。」

這個學弟小我三歲，有兩個女朋友，綽號分別是「瓦斯」和「比薩」。

『為什麼會這麼叫呢？』我問他。

「當你打電話叫瓦斯或比薩時，是不是會在 20 分鐘內送來？」

『對啊。』

「我只要一打電話，她們就會馬上過來。所以這就是她們的綽號。」

他說完後，很得意地笑。

『學弟，你這樣會不會有點……』我不知道該用什麼文字形容這種錯誤。

「學長，你吃飯只吃菜不吃肉嗎？即使吃素，也不可能只吃一種菜啊。」

他又笑了起來，將兩手伸出：

「而且我們為什麼會有兩隻手呢？這是提醒我們應該左擁右抱啊。」

我不禁有些感慨。

我這個年紀，常被年長一點的人視為新新人類，愛情觀既速食又開放。

但我仍然堅持著愛情世界裡，一對一的根本規則，不敢逾越。

若瀕臨犯規邊緣，對我而言，有如犯罪。

可是對學弟來說，這種一對一的規則似乎不存在。

如果我晚一點出生，我會不會比較輕鬆而快樂呢？

我想，我應該還是屬於會遵守規則的那種人，不然我無法心安。

為了心安，我們需要有道德感。

可是往往有了道德感後，我們便無法心安。

我陷入這種弔詭之中。

我應該要喜歡明菁，因為我先遇見明菁、明菁幾乎是個完美的女孩、

明菁沒有做錯事、認識明菁已經超過六年、明菁對我莫名其妙地好。

所以，喜歡明菁才是「對」的。

然而，我喜歡的女孩子，卻是荃。

喜歡荃，好像是「錯」的。

也許，在別人的眼裡看來，我和學弟並無太大的區別。

差別的只是，學弟享受左擁右抱的樂趣；

而我卻不斷在「對」與「錯」的漩渦中，掙扎。

瓦斯與比薩，可以同時存在。可是對與錯，卻只能有一種選擇。

人生的選擇題，我一直不擅長寫答案。

不是不知道該選擇什麼，而是不知道該放棄什麼。

在選擇與放棄的矛盾中，我的工作量多了起來，週末也得工作整天。

荃雖然搬到台南，但我們見面的頻率，並沒有比以前多。

她似乎總覺得我處於一種極度忙碌的狀態，於是不敢開口說要見面。

事實上，每次她打電話來時，我通常也剛好很忙。

不過荃總是有辦法在我最累的時候，讓我擁有微笑的力氣。

「如果這一切都是在作夢，你希望醒來時是什麼時候？」

有一次在上班時，荃打電話給我，這麼問。

『嗯……我沒想過這個問題。妳呢？妳希望是什麼時候？』

「我先問你的。」

『妳還是可以先說啊，我不介意的。』

「不可以這麼狡猾的。」

『好吧。我希望醒來時是三年前的今天。』

「原來你……你還記得。」

『我當然記得。三年前的今天，我第一次看到妳。』

我笑了笑，『妳繞了這麼大圈，就是想問我記不記得這件事嗎？』

「嗯。」荃輕聲回答。

我怎麼可能會忘掉第一次看見荃時的情景呢？

雖然已經三年了，我還是無法消化掉當初那股震驚。

可是我有時會想，如果沒遇見荃，日子會不會過得快樂一點？

起碼我不必在面對荃時，愧對明菁。

也不必在面對明菁時，覺得對不起荃。

更不必在面對自己的良心時，感到罪惡。

不過我還是寧願選擇有荃時的折磨，而不願選擇沒有荃時的快樂。

「那……今晚可以見面嗎？」

『好啊。』

「如果你忙的話，不必勉強的。」

『我沒那麼忙，我們隨時可以見面的。』

「真的嗎？」

『嗯。』

「那我們去第一次見面時的餐館吃飯，好嗎？」

『好。』雖然我在心裡嘆一口氣，卻努力在語氣上傳達興奮的訊息。

『最近好嗎？』吃飯時，我問荃。

「我一直很好的，不會改變。」

『寫稿順利嗎？』

「很順利。寫不出來時，我會彈鋼琴。」

『彈鋼琴有用嗎？』

「琴聲是沒辦法騙人的，我可以藉著琴聲，抒發情感。」

『嗯。有機會的話，我想聽妳彈鋼琴。』

「那我待會彈給你聽。」荃說完後，看了我一眼，嘆了口氣。

『嗯……好。可是妳為什麼嘆氣呢？』

荃沒回答，右手食指水平攔放在雙唇間，注視著我。

荃在台南住的地方，是一棟電梯公寓的八樓。

巧的是，也有閣樓。房間的坪數比高雄的房間略小，但擺設差不多。

「請你想像你的耳朵長在眉間，」荃指著我眉間：

「然後放鬆心情，聆聽。」

『好。』

荃彈了一首旋律很緩慢的曲子，我不知道是什麼曲子，也沒有仔細聽，

因為我被荃的神情吸引，那是一種非常專注的神情。

『很好聽。』荃彈完後，我拍拍手。

「你會彈鋼琴嗎？」荃問。

『我已經 27 年沒碰鋼琴了。』

「為什麼你總是如此呢？從沒彈過鋼琴，就應該說沒彈過呀。」

『妳⋯⋯』荃的反應有些奇怪，我很訝異。

「為什麼你一定要壓抑自己呢？你可知道，你的顏色又愈來愈深了。」

『對不起。』荃似乎很激動，我只好道歉。

「請你過來。」荃招手示意我走近她身體左側。

然後荃用左手拇指按住我眉間，右手彈了幾個鍵，停止，搖搖頭。

「我沒辦法⋯⋯用一隻手彈的。怎麼辦？你眉間的顏色好深。」

荃說完後，鬆開左手，左手食指微曲，輕輕敲著額頭，敲了七下。

『妳在想什麼？』

「我在想，怎樣才能讓你的顏色變淡。」荃說話間，又敲了兩下額頭。

『別擔心，沒事的。』

「你為什麼叫我別擔心呢？每當清晨想到你時，心總會痛得特別厲害。
你卻依然固執，總喜歡壓抑。會壓抑自己，很了不起嗎？」

荃站起身面對我，雙手抓著裙襬。

『請問一下，妳是在生氣嗎？』

「嗯。」荃用力點頭。

『我沒有了不起，妳才了不起。生氣時，還能這麼可愛。』

「我才不可愛呢。」

『說真的，早知道妳生氣時這麼可愛，我就該常惹妳生氣。』

「不可以胡說八道。生氣總是不對的。」

『妳終於知道生氣是不對的了。』我笑了笑。

「我又不是故意要生氣的。」荃紅著臉，「我只是……很擔心你。」

『聽妳琴聲很舒服，眉間很容易放鬆。眉間一鬆，顏色就淡了。』
「真的嗎？」
『嗯。我現在覺得眉間好鬆，眉毛好像快掉下來了。』
「你又在開玩笑了。」荃坐了下來，「我繼續彈，你要仔細聽呢。」
我點點頭。荃接著專心地彈了六首曲子。
每彈完一首曲子，荃會轉身朝我笑一笑，然後再轉過身去繼續彈。
『這樣就夠了。再彈下去，妳會累的。』
「沒關係的。只要你喜歡聽，我會一直彈下去。我會努力的。」
『努力什麼？』
「你的微笑，我始終努力著。」

『我不是經常會笑嗎？』說完後，我刻意再認真地笑了一下。
「你雖然經常笑，但很多時候，並不是快樂地笑。」
『快樂地笑？』
「嗯。笑本來只是表達情緒的方式，但對很多人而言，只是一種動作，
  與快不快樂無關。只是動作的笑，和表達情緒的笑，笑聲並不一樣。
  就像……」
荃轉身在鋼琴上分別按了兩個琴鍵，發出兩個高低不同的音。
「同樣是『Do』的音，還是會有高低音的差別。」
『嗯。』

「是不是我讓你不快樂呢？」
『別胡說。妳怎麼會這樣想？』
「第一次看見你時，你的笑聲好像是從高山上帶著涼爽的空氣傳下來。

　　後來你的笑聲卻像是從很深很深的洞內傳出來，我彷彿可以聽到一種
　　陰暗濕冷的聲音。」
『為什麼妳可以分辨出來呢？』
「可能是因為……喜……喜歡吧。」
『妳是不是少說了一個"你"字？』
荃沒否認，只是低下頭，用手指撥弄裙襬。

『妳為什麼，會喜歡我？』
「你……」荃似乎被這個疑問句嚇到，突然站起身，背靠著鋼琴。
雙手手指不小心按到琴鍵，發出尖銳的高音。
『為什麼呢？』我又問了一次。
「我不知道。」荃回復平靜，紅了臉，搖搖頭：
「其實不知道，反而比較好。」
『嗯？』
「因為我不知道為什麼會喜歡你，所以我就沒有離開你的理由。」

『那妳會不會有天醒來，突然發現不喜歡我？』
「不會的。」
『為什麼？』
「就像我雖然不知道太陽為什麼會從東邊升起，但我相信，我醒過來的
　　每一天，太陽都不會從西邊出來。」
『太陽會從東邊升起，是因為地球是由西向東，逆時針方向自轉。』
「嗯。」
『現在妳已經知道太陽會從東邊升起的原因，那妳還喜歡我嗎？』
「即使地球不再轉動，我還是喜歡你。」

「那你呢？」荃很輕聲地問：「你⋯⋯為什麼喜歡我？」

『我也不知道。』

「才不呢。你那麼聰明，一定知道。」

『就是因為我聰明，所以我當然知道要避免回答這種困難的問題。』

「你⋯⋯」荃有點氣急敗壞，「不公平。我已經告訴你了。」

『妳別激動。』我笑了笑，『我真的也不知道為什麼會喜歡妳。』

「那你真的喜歡我？」

『宇宙超級霹靂無敵地真。』

「可是我很笨呢。」

『我喜歡妳。』

「可是我不太會說話，會惹你生氣。」

『我喜歡妳。』

「可是我很粗心的，不知道怎麼關心你。」

『我喜歡妳。』

「可是我走路常會跌倒呢。」

『我喜⋯⋯等等，走路會跌倒跟我該不該喜歡妳有關嗎？』

「我跌倒的樣子很難看，你會不喜歡的。」

『不會的。』我笑了笑，『即使妳走路跌倒，我還是喜歡妳。』

「嗯。」荃低下頭，再輕輕點個頭。

「請你，不要再讓我擔心。」

『嗯。其實我也很擔心妳。』

「如果我們都成為彼此掛心的對象，那麼我們各自照顧好自己，是不是
　就等於分擔了對方的憂慮呢？」

『嗯。我答應妳。妳呢？』

「我也答應你。」

『時間不早了，我該回去了。』

「你要留我一個人孤單地在這樓台上嗎？」

『我……』我不知道該怎麼回答，腦中正迅速搜尋合適的文字。

「呵呵。」荃笑了起來，「你以前扮演羅密歐時，一定沒演完。」

『妳怎麼知道？』

「因為你接不出下一句呢。你應該要說：讓我被他們捉住並處死吧。我恨不得一直待在這裡，永遠不必離開。死亡啊，來吧，我歡迎你。」

『原來不是"去死吧！茱麗葉"喔。』

「什麼？」荃沒聽懂。

『沒事。』我笑了笑，『我回去了。妳也別寫稿寫到太晚。』

我開始後悔當初被趕出話劇社了。

三個禮拜後，是柏森 27 歲的生日。

早上出門上班前，秀枝學姐吩咐我務必把柏森拉回來吃晚飯。

晚上下班回來，看到一桌子的菜，還有一個尚未拆封的蛋糕。

「生日快樂！」秀枝學姐和明菁同時對柏森祝賀。

「謝謝。」柏森擠了個笑容，有些落寞。

秀枝學姐和明菁並沒有發現柏森的異樣，依舊笑著在餐桌上擺放碗筷。

雖然少了子堯兄和孫櫻，但我們四個人一起吃飯，還是頗為熱鬧。

「過兒，今天的菜，還可以嗎？」明菁問我。

『很好吃。』我點點頭。

「可惜少了一樣菜。」柏森突然說。

「什麼菜？」秀枝學姐問。

「炒魷魚。」

「你想吃炒魷魚？」秀枝學姐又問。

「學姐，我跟菜蟲，今天……今天被解雇了。」柏森突然有些激動：
「可是……為什麼偏偏挑我生日這天呢？」

明菁嚇了一跳，手中的碗，滑落到桌子上。碗裡的湯，潑了出來。

『也不能說解雇啦，景氣不好，公司裁員，不小心就被裁到了。』

我說完後，很努力地試著吞嚥下口裡的食物，卻鯁在喉中。

「過兒……」明菁沒理會桌上的殘湯，只是看著我。

『沒事的。』我學柏森擠了個笑容。

秀枝學姐沒說話，默默到廚房拿塊抹布，擦拭桌面。

吃完飯，蛋糕還沒吃，柏森就躲進房間裡。

我不想躲進房間，怕會讓秀枝學姐和明菁擔心。只好在客廳看電視。

覺得有點累，想走到陽台透透氣，一站起身，明菁馬上跟著起身。

我看了明菁一眼，她似乎很緊張，我對她笑了一笑。

走到陽台，任視線到處遊走，忽然瞥到放在牆角的籃球。

我俯身想拿起籃球時，明菁突然蹲了下來，用身體抱住籃球。

『姑姑，妳在幹嘛？』

「現在已經很晚了，你別又跑到籃球場上發呆。」

原來明菁以為我會像技師考落榜那晚，一個人悶聲不響溜到籃球場去。

『我不會的。妳別緊張。』

「真的？」

『嗯。』我點點頭。明菁才慢慢站起身。

我沉默了很久，明菁也不說話，只是在旁邊陪著。

『唉呀！這悲慘的命運啊！不如⋯⋯』我舉起右腳，跨上陽台的欄杆。
「過兒！不要！」明菁大叫一聲，我嚇了一跳。
『姑姑，我是開玩笑的。』我笑個不停，『妳真以為我要跳樓嗎？』

我很快停止笑聲。
因為我看到明菁的眼淚，像水庫洩洪般，洪流滾滾。
『姑姑，怎麼了？』
明菁只是愣在當地，任淚水狂奔。
「過兒，你別這樣⋯⋯我很擔心你。」
『姑姑，對不起。』
「過兒，為什麼你可以這麼壞呢？這時候還跟我開這種玩笑⋯⋯」
明菁用靠近上臂處的衣袖擦拭眼淚，動作有點狼狽。

我走進客廳，拿了幾張面紙，遞給明菁。
「工作再找就有了嘛，又不是世界末日。」明菁抽抽噎噎地說完這句。
『姑姑，我知道。妳別擔心。』
「你剛剛嚇死我了，你知道嗎？」明菁用面紙，擦乾眼角。
『是我不對，我道歉。』
「你實在是很壞⋯⋯」明菁舉起手，作勢要敲我的頭，手卻僵在半空。
『怎麼了？』我等了很久，不見明菁的手敲落。
「過兒⋯⋯過兒⋯⋯」明菁拉著我衣服，低著頭，又哭了起來。

明菁的淚水流量很高，流速卻不快。
而荃的淚水，流速非常快，但流量並不大。
明菁的哭泣，是有聲音的。
而荃的哭泣，並沒有聲音。只是鼻頭泛紅。

『姑姑，別哭了。再哭下去，面紙會不夠用。』

「我高興哭呀，你管我……」明菁換了另一張面紙，擦拭眼淚。

『姑姑，妳放心。我會努力再找工作，不會自暴自棄。』

「嗯。你知道就好。」明菁用鼻子吸了幾口氣。

『我總是讓妳擔心，真是不好意思。』

「都擔心你六年多了，早就習慣了。」

『我真的……那麼容易令人擔心嗎？』

「嗯。」一直嗚咽的明菁，突然笑了一聲：「你有令人擔心的本質。」

『會嗎？』我抬頭看夜空，嘆了一口氣，『我真的是這樣嗎？』

「可能是我的緣故吧。即使你好好的，我也會擔心你。」

『為什麼？』

「這哪有為什麼，擔心就擔心，有什麼好問的。」

『我……值得嗎？』

「值得什麼？」明菁轉身看著我，眼角還掛著淚珠。

『值得妳為我擔心啊。』

「你說什麼？」明菁似乎生氣了。她緊握住手中的面紙團，提高音量：

「我喜歡擔心、我願意擔心、我習慣擔心、我偏要擔心，不可以嗎？」

明菁睜大了眼睛，語氣顯得激動。

『可是……為什麼呢？』

「為什麼為什麼為什麼……」明菁用右腳跺了一下地面，然後說：

「為什麼你老是喜歡問為什麼？」

『對不起。』第一次看到明菁這麼生氣，我有點無所適從。

「算了。」明菁放緩語氣，輕輕撥開遮住額頭的髮絲，勉強微笑：

「你今天的心情一定很難受，我不該生氣的。」

『姑姑⋯⋯』我欲言又止。

「其實你應該早就知道，又何必問呢？」

明菁嘆了一口氣，這口氣很長很長。

然後靠在欄杆，看著夜空。可惜今晚既無星星，也沒月亮。

「過兒，我想告訴你一件事。」

『說吧。』我也靠著欄杆，視線卻往屋內。

「我喜歡你。你知道嗎？」

『我知道。』

「那以後就別問我為什麼了。」

『嗯。』

「找工作的事，別心煩。慢慢來。」

『嗯。』

「我該走了。這顆籃球我帶走，明天再還你。」

『好。』

明菁說完後，進客廳拿起手提袋，跟我說了聲晚安，就回去了。

我一直待在陽台上，直到天亮。

但即使已經天亮，我仍然無法從明菁所說的話語中，清醒。

接下來的一個月內，我和柏森又開始找新工作。

只可惜我和柏森的履歷表，不是太輕，就是太重。

輕的履歷表有如雲煙，散在空中；重的履歷表則石沉大海。

柏森的話變少了，常常一個人關在房間裡。

他還回台北的家兩趟，似乎在計畫一些事。

為了避免斷炊的窘境，我找了三個家教，反正整天待在家也不是辦法。

明菁在這段期間，經常來找我。
她很想知道我是否已經找到工作，卻又不敢問。
而我因為一直沒找到新的工作，也不敢主動提起。
我們的對話常常是「天氣愈來愈熱」、「樓下的樹愈長愈漂亮」、
「隔壁五樓的夫婦愈吵愈凶」、「她的學生愈來愈皮」之類的。
日子久了，明菁的笑容愈來愈淡，笑聲愈來愈少。

我不想讓荃知道我失業，只好先下手為強，告訴她我調到工地。
而工地是沒有電話的。
只是，我總是瞞不了荃。

「你好像很憂鬱呢。」
『會嗎？』
「嗯。你煩心時，右邊的眉毛比較容易糾結。」
『那左邊的眉毛呢？』
「我不知道。因為你左邊的眉毛，很少單獨活動。」
『單獨活動？』我笑了起來。荃的形容，經常很特別。
「嗯。可不可以多想點快樂的事情呢？」
『我不知道什麼樣的事情想起來會比較快樂。』
「那麼……」荃低下頭輕聲說：「想我時會快樂嗎？」
『嗯。可是你現在就在我身邊，我不用想妳啊。』我笑著說。
「你知道嗎？即使你在我身邊，我還是會想著你呢。」

『為什麼我在你身旁時，妳還會想我？』

「我不知道。」荃搖搖頭，「我經常想你，想到發呆呢。」

『對不起。』我笑了笑。

「請你記得，不論我在哪裡，都只離你一個轉身的距離。」

荃笑了笑，「你只要一轉身，就可以看到我了呢。」

『這麼近嗎？』

「嗯。我一直在離你很近的地方。」

『那是哪裡呢？』

「我在你心裡。正如你在我心裡一樣。」

荃笑得很燦爛，很少看見她這麼笑。

我和柏森被解雇後一個半月，秀枝學姐決定回新竹的中學任教。

「我家在新竹，也該回家工作了。而且……」

秀枝學姐看了一眼子堯兄以前的房間，緩緩地說：

「已經過了半年了，他還沒回來。我等了他半年，也該夠了。」

雖然捨不得，我還是安靜地幫秀枝學姐打包行李。

「菜蟲，休息一下吧。我切點水果給你吃。」

『謝謝。』我喘口氣，擦了擦汗。

秀枝學姐切了一盤水果，一半是白色的梨，另一半是淺黃色的蘋果。

我拿起叉子，插起一片梨，送入口中。

「菜蟲，你知道嗎？這蘋果一斤 100 元，梨子一斤才 60 元。」

『喔。』我又插起了第二片梨。

「我再說一次。蘋果一斤 100 元，梨子一斤才 60 元。蘋果比較貴。」

『嗯，我知道。可是我比較喜歡吃梨子啊。』

「菜蟲……」秀枝學姐看了看我，呼出一口氣，「我可以放心了。」

『放心？』第三片梨子剛放進口中，我停止咀嚼，很疑惑。

「本來我是沒立場說話的，因為我是明菁的學姐。但若站在我是你多年
　室友的角度，我也該出點聲音。」

『學姐……』秀枝學姐竟然知道我的情況，我很困窘，耳根發熱。

「不用不好意思。我留意你很久，早就知道了。」

『學姐，對不起。我……』

「先別自責，感情的事本來就不該勉強。原先我擔心你是因為無法知道
　你喜歡的人是誰，所以才會猶豫。如今我放心了，我想你一定知道，
　你喜歡誰。」

秀枝學姐走到子堯兄送的陶盆面前，小心翼翼地拂去灰塵。

「菜蟲，那你知道，誰是蘋果？誰又是梨子了嗎？」

『我知道。』

「蘋果再貴，你還是比較喜歡吃梨子的。對嗎？」

『嗯。』

「個人口味的好惡，並沒有對與錯。明白嗎？」

『嗯。』

「學姐沒別的問題了。你繼續吃梨子吧。」

『那蘋果怎麼辦？』

「喜歡吃蘋果的，大有人在。你別吃著梨子，又霸著蘋果不放。」

『嗯。』我點點頭。

「我明天才走，今晚我們和李柏森與明菁，好好吃頓飯吧。」

秀枝學姐仔細地包裝好陶盆，對我笑了一笑。

荃是梨子，明菁是蘋果。

明菁再怎麼好，我還是比較喜歡荃。

槲寄生

秀枝學姐說得沒錯，喜歡什麼水果，只是個人口味的問題，
並沒有「對」與「錯」。
可是，為什麼我會喜歡梨子？而不是蘋果呢？
畢竟蘋果比較貴啊。

我對荃，是有「感覺」的。
而明菁對我，則讓我「感動」。
只可惜決定一段感情的發生，是「感覺」，而不是「感動」。
是這樣的原因吧？

子堯兄走後，秀枝學姐不再咆哮，我一直很不習慣這種安靜。
如今秀枝學姐也要走了，她勢必將帶走這裡所有的聲音。
我摸了摸客廳的落地窗，第一次看見秀枝學姐時，她曾將它卸了下來。
想到那時害怕秀枝學姐的情景，不禁笑了出來。
「你別吃著梨子，又霸著蘋果不放。」我會記住秀枝學姐的叮嚀。
於是秀枝學姐成了第三棵離開我的寄主植物。
我的寄主植物，只剩柏森和明菁了。

送走秀枝學姐後，柏森更安靜了。
有天晚上，柏森突然心血來潮，買了幾瓶啤酒，
叫我陪他到以前住的宿舍走走。
我們敲了 1013 室的門，表明了來意，裡面的學弟一臉驚訝。
摸摸以前睡過的床緣和唸書時的書桌後，我們便上了頂樓。
爬到宿舍最高的水塔旁，躺了下來，像以前練習土風舞時的情景。
「可惜今晚沒有星星。」柏森說。
『你喝了酒之後，就會有很多星星了。』我笑著說。

「菜蟲，我決定到美國唸博士了。」柏森看著夜空，突然開口說。

『嗯……』我想了一下，『我祝福你。』

「謝謝。」柏森笑了笑，翻了身，朝向我：

「菜蟲，你還記不記得拿到橄欖球冠軍的那晚，我問你，我是不是天生
 的英雄人物這件事。」

『我當然記得。事實上你問過好多次了。』

「那時你回答：你是不是英雄我不知道，但你以後絕對是一號人物。」

柏森嘆了一口氣，「菜蟲，真的謝謝你。」

『都那麼久以前的事了，還謝我幹嘛。』

「受到父親的影響，我一直很想要出人頭地。」柏森又轉頭向夜空：

「從小到大，無論我做什麼事，我會要求自己一定要比別人強些。」

柏森加強了語氣：「我一定，一定得出人頭地。」

我沒答話，只是陪著柏森望著夜空，仔細聆聽。

柏森想與眾不同，我卻想和大家一樣，我們有著不同的情結。

因為認識明菁，所以我比較幸運，可以擺脫情結。

而柏森就沒這麼幸運了，只能無止境地，不斷往上爬。

突然從空中墜落，柏森的心裡，一定很難受。

『柏森，出去飛吧。你一定會比別人飛得更高。』我嘆口氣說。

「呼……」過了很久，柏森呼出一口長氣，笑了笑，「心情好多了。」

『那就好。』我也放心了。

「菜蟲，可以告訴我，你喜歡的人是誰嗎？」

『方荃。』

「為什麼不是林明菁？」

欄寄生

『我也不知道。可能我失去理性，瘋了吧。』
「你為什麼說自己瘋了？」
『因為我無法證明自己為什麼會喜歡方荃啊。』

「菜蟲啊，唸工學院這麼多年，我們證明過的東西，難道還不夠多嗎？
　你竟連愛情也想證明？你難道忘了以前的辯論比賽？」
『嗯？』
「我們以前不是辯論過，『談戀愛會不會使一個人喪失理性』？」
『對啊。』
「你答辯時，不是說過：『如果白與黑之間，大家都選白，只有一個人
　選黑。只能說他不正常，不能說不理性。正不正常是多與少的區別，
　沒有對與錯，更與理不理性無關』？」

沒錯啊，我為什麼一直想證明我喜歡荃，而不是明菁呢？
我心裡知道，我喜歡荃，就夠了啊。
很多東西需要證明的理由，不是因為被相信，而是因為被懷疑。
對於喜歡荃這件事而言，我始終不懷疑，又何必非得證明它是對的呢？
就像我內心相信太陽是從東邊出來，卻不必每天清晨五點起床去證明。
我終於恍然大悟。

我決定不再猶豫。
只是對我而言，告訴一個愛自己的人不愛她，
會比跟一個不愛自己的人說愛她，還要困難得多。
所以我還需要最後的一點勇氣。

柏森要離開台灣那天，我陪他到機場，辦好登機手續後，他突然問我：

「菜蟲，請你告訴我。你技師考落榜那晚，我們一起吃火鍋時，你說：
　台灣的政治人物，應該要學習火鍋的肉片。那到底是什麼意思？」
　柏森的表情很認真，似乎這是困擾他多年的疑惑。
『火鍋的湯裡什麼東西都有，象徵著財富權勢和地位的染缸。政治人物
　應該像火鍋的肉片一樣，絕對不能在鍋裡待太久，要懂得急流勇退、
　過猶不及的道理。』

「菜蟲。你真的是高手。那次的作文成績，委屈了你。」
柏森恍然大悟，笑了一笑。
『柏森。你也是高手。』
我也笑了一笑，畢竟是很久以前的事了。
如果沒有意外，那次的作文，是我最後一次為了比賽或成績寫文章。
「同被天涯炒魷魚，相逢何必互相誇。」
柏森突然哈哈大笑。
荃說得沒錯，聲音是會騙人的。
即使柏森的聲音是快樂的，我還是能看出柏森的鬱悶與悲傷。

『柏森，你還有沒有東西忘了帶？』
「有。我把一樣最重要的東西留在台灣。」
『啊？什麼東西？』我非常緊張。
柏森放下右手提著的旅行袋，凝視著我，並沒有回答。
然後緩緩地伸出右手，哽咽地說：
「我把我這輩子最好的朋友留在台灣了。」

像剛離開槍膛的子彈，我的右手迅速地緊握住柏森的手。
我們互握住的右手，因為太用力而顫抖著。

認識柏森這麼久，我只和他握過兩次手，第一次見面和現在的別離。
都是同樣溫暖豐厚的手掌。

大學生活的飛揚跋扈、研究生時代的焚膏繼晷、工作後的鬱悶挫折，
這九年來，我和柏森都是互相扶持一起成長。
以後的日子，我們大概很難再見面了。
而在彼此生命中最重要的人，可能會由朋友轉換成妻子和孩子。
想到這裡，我突然感到一陣莫名的悲哀，於是激動地抱住柏森。
該死的眼淚就這樣流啊流的，像從地底下湧出的泉水，源源不絕。
我 27 歲了，又是個男人，不能這樣軟弱的。
可是我總覺得在很多地方我還是像個小孩子，需要柏森不斷地呵護。
柏森啊，我只是一株槲寄生，離開了你，我該如何生存？

「菜蟲，我寫句話給你。」
柏森用右手衣袖猛擦拭了幾下眼睛，蹲下身，從旅行袋裡拿出紙筆。
「來，背部借我。」
我轉過身，柏森把紙放在我背上，窸窸窣窣地寫著。
「好了。」柏森將紙條對折兩次，塞進我襯衫的口袋。
「我走了，你多保重。」
我一直紅著眼眶，一句話也說不出來。

柏森走後，我把紙條打開來看，上面寫著：

「愛情是一朵生長在懸崖絕壁邊緣上的花，
　想摘取就必須要有勇氣。」

莎士比亞

第四棵離開我的寄主植物，柏森，給了我最後的一點養分—勇氣。
流行歌手梁靜茹唱得沒錯，「我們都需要勇氣，去相信會在一起。」
我以前公司的主管也沒錯，「我們都需要勇氣，去面對高粱紹興。」
原來有些話我必須要鼓起勇氣說。
我知道了。

送走柏森後，我從桃園坐車，單獨回台南。
那個髮型像木村拓哉的學弟在或不在，對我都沒意義。
我只覺得空虛。
我好像漂浮在這間屋子裡，無法著地。
當我試著固定住身子，不想繼續在空氣中游泳時，
門鈴聲突然響起，明菁來了。

「吃過飯了沒？」明菁問我。
『還沒。』我搖搖頭。
「你先坐著看電視，我下碗麵給你吃。」
『姑姑，我……』
「先別說話，吃飽後再說，好嗎？」明菁笑了笑。

明菁很快在廚房扭開水龍頭，洗鍋子，裝了六分滿的水。
打開電磁爐開關，燒水，水開了，下麵條。
拿出碗筷，洗碗，碗內碗外都洗。
洗筷子，用雙手來回搓動兩根筷子，發出清脆的聲音。
將手上的水甩一甩，拿出乾布，先擦乾碗筷，再擦乾雙手。
麵熟了，明菁撈起一根麵條試吃，好像燙了手，輕輕叫了一聲。

將右手食指放在嘴邊吹氣，再用右手食指與拇指抓住右耳垂。
接觸到我的視線，明菁笑了笑，吐了吐舌頭。

明菁從電視機下面拿出一張報紙，對折了三次，墊在桌子上。
跑回廚房，從鍋裡撈起麵，放入碗中。
用勺子從鍋裡舀出湯，一匙、二匙、三匙、四匙，均勻地淋在碗裡。
將筷子平放在碗上，拿出抹布遮住碗圓滾滾的肚子，雙手端起碗。
「小心，很燙哦。」
明菁將這碗麵小心翼翼地放在報紙上。
「啊，忘了拿湯匙。」
再跑回廚房，選了根湯匙，洗乾淨，弄乾。

明菁將湯匙放入碗裡，笑了笑，「快趁熱吃吧。」
『妳呢？』
「我不餓，待會再吃。」
明菁捲起袖子，拿面紙擦擦額頭的汗。
「我很笨拙吧。」明菁很不好意思地笑了。
明菁，妳不笨拙的，認識妳六年半以來，現在最美。

明菁坐在我身旁，看著我吃麵。
我永遠記得那碗麵的味道，可是我卻找不到任何的文字來形容味道。
我在吃麵時，心裡想著，我以後要多看點書，多用點心思，
如果有機會，我一定要將那碗麵的味道，用文字表達。
「好吃嗎？」明菁問我。
『很好吃。』我點點頭。
明菁又笑了。

「過兒，你剛剛想說什麼？」我吃完麵，明菁問我。

『我……』早知道，我就吃慢一點。

「李柏森走了，你一定很寂寞。」明菁嘆了一口氣。

『姑姑……』

「過兒，你放心。姑姑不會走的，姑姑會一直陪著你。」

『姑姑，我只剩下妳這棵寄主植物了。』

「傻瓜。」明菁微笑說：「別老把自己說成是櫥寄生。」

明菁環顧一下四周，突然很感慨：

「當初我們六個人在一起時，是多麼熱鬧。如今，只剩我們兩個了。」

『妳怎麼……』

「沒什麼。只是覺得時間過得好快，轉眼間已經待在台南九年了。」

『嗯。』

「我們人生中最閃亮燦爛的日子，都在這裡了。」

『嗯。』

明菁轉頭看著我，低聲吟出：

「卅六平分左右同，金烏玉兔各西東。

　芳草奈何早凋盡，情人無心怎相逢。」

我轉頭看著坐在我左手邊的明菁，我這輩子最溫暖的太陽。

當初和明菁坐車到清境農場時，明菁也是坐在我左手邊。

我好像又有正在坐車的感覺，只是這次的目的地，是從前。

「我父親過世得早，家裡只有我媽和一個妹妹。中學時代唸的是女校，

　上大學後，才開始接觸男孩子。」明菁笑了笑：

「所以我對男孩子，總是有些不安和陌生。」

明菁拿出面紙遞給我，讓我擦拭嘴角。

「我很喜歡文學，所以選擇唸中文系。高中時，我寫下了這首詩，那時
　心想，如果以後有人猜出來，很可能會是我命中註定的另一半。」

明菁又吐了吐舌頭：「這應該是我武俠小說看太多的後遺症。」

『妳這樣想很危險，因為這首詩並不難猜。』

「嗯。幸好你是第一個猜中的人。」

『幸好……嗎？』

「過兒，緣分是一種很奇妙的東西。認識你後，我就覺得我該照顧你，
　該關心你，久了以後，便成了再自然不過的事了。」

明菁撥了撥頭髮，露出了右邊蹙緊的眉，我閉上眼睛，不忍心看。

「孫櫻和秀枝學姐經常說，你心地很好，只可惜個性軟了點，絲毫不像
　敢愛敢恨的楊過。可是，那又有什麼關係呢？我也是不像清麗脫俗的
　小龍女呀。」

『姑姑，妳很美的。』

「謝謝。也許楊過和小龍女到了 20 世紀末，就該像我們這樣。」

明菁笑了起來，很漂亮的眼神。我的右肩，完全失去知覺。

「我收拾一下吧。」明菁端起碗，走了兩步，回頭問：

「過兒，你呢？你對我是什麼感覺？」

『姑姑，妳一直是我內心深處最豐厚的土壤，因為妳的養分，我才能夠
　不斷開花結果。我從不敢想像在我成長的過程中，沒有出現妳的話，
　會是什麼樣的情況。』

「然後呢？」

『每當我碰到挫折時，妳總是給了我，再度面對的勇氣和力量。』

「嗯。所以呢？」

『所以我習慣妳的存在，喜歡妳的存在。』

「過兒，那你喜歡我嗎？」

我又想起第一次要開口約明菁看電影時的掙扎。

當時覺得那種難度，像是要從五樓跳下。

現在的難度，可能像從飛機上跳下，而且還不帶降落傘。

「你要下決心。」子堯兄說。

「你別吃著梨子，又霸著蘋果不放。」秀枝學姐說。

「愛情是一朵生長在懸崖絕壁邊緣上的花，想摘取就必須要有勇氣。」

柏森也藉著莎士比亞的文字，這樣說。

明菁仍然端著要洗的碗筷，站在當地，微笑地注視著我。

我閉上眼睛，咬咬牙：

『姑姑。過兒，喜歡。但是，不愛。』

我從飛機上跳下。

可是我並沒有聽到呼嘯而過的風聲，我聽到的，是瓷碗清脆的破裂聲。

我緩緩睜開眼睛。

明菁拿起掃把，清理地面，將碎片盛在畚箕，倒入垃圾桶。

再重複這些動作一次。

找了條抹布，弄濕，跪蹲在地上，前後左右來回擦拭五次。

所有的動作停止，開口說：

「過兒，請你完整而明確地說出，這句話的意思。好嗎？」

『姑姑，我一直很喜歡妳。那種喜歡，我無法形容。』

我緊抓住開始抽痛的右肩，喘口氣，接著說：

『可是如果要說愛的話，我愛的是，另一個女孩子。』

我說完後，明菁放下抹布，左手扶著地，慢慢站起身。

明菁轉過身，看著我，淚流滿面，卻沒有任何哭聲。

這是我第一次看到明菁沒有聲音的哭泣，也是最後一次。

「金烏玉兔各西東……過兒，你曾說過你是月亮，而我是太陽。太陽和
　月亮似乎永遠不會碰在一起。」

「情人無心怎相逢……情人如果無心，又怎能相逢呢？」

「芳草奈何早凋盡……過兒，你真的好像是一株槲寄生。如果我也是
　你的寄主植物的話，現在的我，已經……已經完全乾枯了。」

明菁的右手緊緊抓著胸前的衣服，低下頭：

「我怎麼會……寫下這種詩呢？」

『姑姑……』我很想說點什麼，可是右肩的劇痛讓我無法說出口。

「可憐的過兒……」明菁走到我身旁，摸摸我的右肩：

「你一直是個寂寞的人。」

「你心地很善良，總是不想傷害人，到最後卻苦了自己。」

「雖然我知道你常胡思亂想，但你心裡想什麼，我卻摸不出，猜不透。
　我只能像拼圖一樣，試著拼出你的想法。可是，卻總是少了一塊。」

「你總是害怕被視為奇怪的人，可是你並不奇怪，只是心思敏感了點。
　過兒，你以後要記住，老天會把你生成這樣，一定有祂的理由。你要
　做你自己，不要隱藏自己，也不要逃避自己，更不要害怕自己。」

「你還要記住，你是一個聰明的人。但聰明是兩面刃，它雖然可以讓你
　處理事情容易些，但卻會為你招來很多不必要的禍端。」

「最後，也是最重要的，你千萬要記住，以後一定要……一定要……」

明菁終於忍不住，哭出聲音：

「一定要快樂一點。」

為了壓低哭聲，明菁抽噎的動作，非常激烈。

「再見了，過兒。」

關上門前，明菁好像說了這句話，又好像沒說，我已經不確定了。

明菁走了。

我生命中最後一棵，也是最重要的一棵寄主植物，終於離開了我。

明菁曾告訴我，北歐神話中，和平之神伯德，

就是被一枝槲寄生所製成的箭射死。

明菁說我很像槲寄生的時候，她的右手還緊抓著胸前的衣服。

我想，我大概就是那枝射入伯德胸膛的槲寄生箭吧。

兩天後，我收到明菁寄來的東西，是她那篇三萬字的小說，《思念》。

看了一半，我就知道那是明菁因我而寫，也因我而完成的小說。

「謹以此文，獻給我的過兒。」明菁在小說結尾，是這麼寫的。

我沒什麼特別的感覺，畢竟已經被砍十八刀的人，

是不會在乎再多挨一個巴掌的。

連續好幾天，我只要一想到明菁的哭泣，

就會像按掉電源開關一樣，腦中失去了所有光亮。

我好像看到自己的顏色了，那是黑色。

想起跟荃認識的第一天，她說過的話：

「你會變成很深很深的紫色，看起來像是黑色，但本質還是紫色。」

槲寄生

「到那時……那時你便不再需要壓抑。因為你已經崩潰了。」
現在的我，終於不再需要壓抑了。

不知道在明菁走後第幾天，突然想到以前明菁在頂樓陽台上說過的話：
「當寄主植物枯萎時，槲寄生也會跟著枯萎。」
「槲寄生的果實能散發香味，吸引鳥類啄食，而槲寄生具黏性的種子，
　便黏在鳥喙上。隨著鳥的遷徙，當鳥在別的樹上把這些種子擦落時，
　槲寄生就會找到新的寄主植物。」

命運的鳥啊，請盡情地啄食我吧。
我已離開所有的寄主植物，不久也即將乾枯，所以你不必客氣。
可是，你究竟要將我帶到哪兒去呢？

命運的鳥兒拍動翅膀，由南向北飛。
我閉上眼睛，只聽到耳畔的風聲，呼呼作響。
突然間，一陣波動，我離開了鳥喙。
低頭一看，台北到了。

如果愛情真的像是沿著河流撿石頭，現在的我，腰已折，
失去彎腰撿石頭的能力了。
柏森曾說過我不是自私的人，但愛情卻是需要絕對自私的東西。
我想，在台北這座擁擠而疏離的城市，我應該可以學到自私吧。

我在台北隨便租了一個房間，算是安頓。
除了衣服和書之外，我沒多少東西。
這房間很簡單，一張床，一張書桌，一張椅子。

我把明菁送我的槲寄生收到抽屜裡，不再掛在檯燈上。
因為對我而言，它已經不是帶來幸運與愛情的金黃色枯枝。
而是射入明菁胸膛的，血淋淋的，紅色的箭。

到台北的第一印象，就是安全帽是值錢的東西。
以前在台南，安全帽總是隨手往機車上一放。
在台北時，這種習慣讓我丟掉了兩頂安全帽。
不愧是台灣最大的城市啊，人們懂得珍惜別人的東西。
我其實是高興的，因為我會離自私愈來愈近。

我在台北沒有朋友，也無處可去，常常半夜一個人騎機車出去亂晃。
偶爾沒戴安全帽，碰到警察時，就得賠錢了事。
以前我和柏森及子堯兄曾騎機車三貼經過台南火車站，被警察攔下來。
那個警察說我們實在很了不起，可是他職責所在，得處罰我們。
於是我們三人在火車站前，各做了 50 下伏地挺身。
在台北，這種情況大概很難發生吧。

我又開始寄履歷表，台北適合的工作比較多，應該很容易找到工作吧。
不過我還是找了快一個月，還沒找到工作。
「為什麼你會辭掉上個工作？」我常在應徵時，碰到這種問題。
『因為我被解雇了啊。』我總是這麼回答。
荃聽到應該會很高興吧，因為我講話不再壓抑，回答既直接又明瞭。
可是如果明菁知道的話，一定又會擔心我。

大約在應徵完第九個工作後，出了那家公司大門，天空下起大雨。
躲著躲著，就躲進一家新開的餐館。

隨便點個餐，竟又吃到一個不知是魚還是雞的肉塊。
想起以前在台南六個人一起吃飯的情景，又想到明菁煮的東西，
眼淚就這樣一顆顆地掉下來，掉進碗裡。
那次是我在台北，第一次感到右肩的疼痛。
於是我換左手拿筷子，卻又想起明菁餵我吃飯的情景。
原來我雖然可以逃離台南，卻逃不掉所有厚重的記憶。

「先生，這道菜真的很難吃嗎？」年輕的餐館女老闆，走過來問我：
「不然，你為什麼哭呢？」
『姑姑，因為我被這道菜感動了。』
「啊？什麼？」女老闆睜大了眼睛。
我匆忙結了帳，離開這家餐館，離去前，還依依不捨地看了餐館一眼。
「先生，以後可以常來呀，別這麼捨不得。」女老闆笑著說。
傻瓜，我為什麼要依依不捨呢？那是因為我以後一定不會再來了啊。

找工作期間，我常想起荃和明菁。
想起明菁時，我會有自責虧欠愧疚罪惡悲哀等等的感覺。
想起荃時，我會心痛。
這種心痛的感覺是抽象的，跟荃的心痛不一樣，荃的心痛是具體的。
幸好我房間的窗戶是朝北方，我不必往南方看。
而我也一直避免將視線，朝向南方。

應徵第十三個工作時，我碰到以前教我們打橄欖球的學長。
「啊？學弟，你什麼時候來台北的？」
『來了一個多月了。』
「還打橄欖球嗎？」

『新生盃後，就沒打了。』

「真可惜。」學長突然大笑：「你這小子賊溜溜的，很難被拓克路。」

『學長，我今天是來應徵的。』

「還應什麼徵！今天就是你上班的第一天。」

『學長……』我有點激動，說不出話來。

「學弟，」學長拍拍我肩膀：「我帶你參觀一下公司吧。」

經過學長的辦公桌時，學長從桌子底下拿出一顆橄欖球。

「學弟，你記不記得我說過弧形的橄欖球跟人生一樣？」

『嗯。』我點點頭。

學長將橄欖球拿在手上，然後鬆手，觀察橄欖球的跳動方向。

重複了幾次，每次橄欖球的跳動方向都不一樣。

「橄欖球的跳動方向並不規則，人生不也如此？」

學長搭著我的肩：

「當我們接到橄欖球時，要用力抱緊，向前衝刺。人生也是這樣。」

『學長……』

「所以要好好練球。」學長笑了笑：「學弟，加油吧。」

我開始進入規律的生活。

每天早上先搭公車到捷運站，再轉搭捷運至公司。

台北市的公車身上，常寫著一種標語：「搭公車是值得驕傲的。」

所以每次下了公車，我就會抬頭挺胸，神情不可一世。不過沒人理我。

我常自願留在公司加班，沒加班費也甘願。

因為我很怕回去後，腦子一空，荃和明菁會住進來。

我不喝咖啡了，因為煮咖啡的器材沒帶上台北。

其實很多東西，我都留給那個木村拓哉學弟。
我也不抽菸了，因為抽菸的理由都已不見。
所以嚴格說起來，我不是「戒菸」，而是「不再需要菸」。
但是荃買給我的那隻湯匙，我一直帶在身邊。

每天早上一進到公司，我會倒滿白開水在茶杯，並放入那隻湯匙。
直到有一天，同事告訴我：
「小蔡，你倒的是白開水，還用湯匙攪拌幹嘛？」
他們都叫我小蔡，菜蟲這綽號沒人知道，叫我過兒的人也離開我了。
我後來仔細觀察我的動作，我才發現，我每天早上所做的動作是：

拿湯匙…放進茶杯…順時針…攪五圈…停止…看漩渦抹平…拿出湯匙…
放在茶杯左側…食指中指擱在杯口…其餘三指握住杯身…凝視著湯匙…
端起杯子…放下…再順時針…兩圈…端起杯子…放到嘴邊…碰觸杯口…
然後我猶豫。
因為我不知道，該不該喝水？

現在的我，已經失去用文字和聲音表達情感的能力。
所以我每天重複做的是，荃所謂的，
「思念」和「悲傷」的動作。

於是有好幾次，我想跑回台南找荃。
但我又會同時想起明菁離去時的哭泣，然後……
然後就沒有然後了。

不管我思念荃的心情有多麼熾熱，

明菁的淚水總會將思念迅速地降溫。

然後我甚至會覺得，思念荃是一種卑劣的行為。

畢竟一個關在監獄裡的殺人犯，是該抱著對被害人家屬的愧疚，

在牢裡受到罪惡感的煎熬，才是對的。

到台北四個月後，我收到柏森寄來的 E-mail。

信上是這樣寫的：

Dear 菜蟲，

現在是西雅圖時間凌晨三點，該死的雨仍然下得跟死人頭一樣。

你正在做什麼呢？

我終於在西雅圖找到我的最愛，所以我結婚了，在這裡。

她是義大利裔，名字寫出來的話，會讓你自卑你的英文程度。

你呢？一切好嗎？

我很忙，為了學位和綠卡。

你大概也忙，有空的話捎個信來吧。

ps. 你摘到那朵懸崖絕壁邊緣上的花了嗎？

收到信後，我馬上回信給柏森，祝福他。

柏森真是個乾脆的人，喜歡了，就去愛。愛上了，就趕快。

即使知道孫櫻喜歡他，也能處理得很好。

不勉強自己，也沒傷害任何人。

不像我，因為不想傷害任何人，所以傷害到所有人。

2000 年的耶誕夜，街上好熱鬧。

所有人幾乎都出去狂歡跳舞吃大餐，

槲寄生

沒人知道要守在槲寄生下面，祈求幸福。
我突然想起，我是槲寄生啊，我應該要帶給人們愛情與幸運。
這是我生存的目的，也是我贖罪的理由。

於是我跑到忠孝東路的天橋上，倚在白色欄杆前，
仰起頭，高舉雙手，學著槲寄生特殊的叉狀分枝。
保佑所有經過我身子下面的，車子裡的人，能永遠平安喜樂。

『願你最愛的人，也最愛你。』
『願你確定愛著的人，也確定愛著你。』
『願你珍惜愛你的人，也願他們的愛，值得你珍惜。』
『願每個人生命中最愛的人，會最早出現。』
『願每個人生命中最早出現的人，會是最愛的人。』
『願你的愛情，只有喜悅與幸福，沒有悲傷與愧疚。』
我在心裡，不斷重複地吶喊著。

那晚還下著小雨，所有經過我身旁的人，都以為我瘋了。
我站了一晚，直到天亮。
回家後，病了兩天，照常上班。
我心裡還想著，明年該到哪條路的天橋上面呢？

2001 年終於到了，報紙上說 21 世紀的第一天，太陽仍然從東邊出來。
「太陽從東邊出來」果然是不容挑戰的真理。
有些事情是不會變的，就像我對明菁的虧欠。
以及我對荃的思念。

今年的農曆春節來得特別早，1月23日就是除夕。
我沒回家過年，還自願在春節期間到公司值班。
「小蔡，你真是奇怪的人。」有同事這麼說。
看來，我又回復被視為奇怪的人的日子。
無所謂，只要荃和明菁不認為我奇怪，就夠了。

然後就在今天，也就是大年初二，我看到了荃寫在菸上的字。
我才知道，我是多麼地思念著荃。
於是我做了一件，我覺得是瘋狂的事。
我從明菁的淚水所建造的牢籠中，逃獄了。
我原以為，我必須在這座監獄裡，待上一輩子。
可是我只坐了半年多的牢。

明菁，我知道我對不起妳。
即使將自己放逐在台北，再刻意讓自己處於受懲罰的狀態，
我還是對不起妳。
可是，明菁，請妳原諒我。
我愛荃。

因為喜歡可以有很多種，喜歡的程度也可以有高低。
你可以喜歡一個人，喜歡到像喜馬拉雅山那樣地高。
也可以喜歡到宇宙超級霹靂無敵地高。
但愛只有一個，也沒有高低。
我愛荃。

荃是在什麼樣的心情下，在菸上寫字呢？

這應該是一種激烈的思念動作，可是為什麼字跡卻如此清晰呢？
明菁的字，雖然漂亮，但對女孩子而言，略顯陽剛。
如果讓明菁在菸上寫字，菸應該會散掉吧？
而荃的字，筆畫中之點、挑、捺、撇、鉤，總是尖銳，毫不圓滑。
像是雕刻。
也只有荃和緩的動作，才能在菸上，刻下這麼多清晰的字句吧。

荃又是在什麼時候，刻下這些字呢？

大概是在明菁走後沒幾天吧。
那時荃來找我，我只記得她握住手提袋的雙手，突然鬆開。
手提袋掉在地上，沒有發出聲音。
荃的眼淚不斷從眼角流出，然後她用右手食指，蘸著眼淚，
在我眉間搓揉著。
她應該是試著弄淡我的顏色吧。
可惜我的顏色不像水彩，加了水後就會稀釋變淡。
「我的心……好痛……好痛啊！」荃第二次用了驚嘆號的語氣。
荃，我的心也好痛，妳知道嗎？

我抬起頭，打開車門，車外的景色好熟悉。
車內響起廣播聲，台南快到了。
我又看了一眼，第十根菸上的字。
「無論多麼艱難的現在，終是記憶和過去」，這句話說得沒錯。
不管以前我做對或做錯什麼，都已經過去了。
現在的我，快回到台南了。
我想看到荃。

荃，妳現在，在台南？高雄？還是回台中的家呢？

我從口袋裡，掏出之前已讀過的九根菸，連同第十根菸，
小心地捧在手中，一根根地，收入菸盒。
反轉菸盒，在菸盒背面印著「行政院衛生署警告：吸菸有害健康」旁，
荃竟然又寫了幾行字：

該說的，都說完了
說不完的，還是思念
如果要你戒菸，就像要我戒掉對你的思念
那麼，你抽吧

親愛的荃啊，我早就不抽菸了。
雖然妳在第一根菸上寫著：「當這些字都成灰燼，我便在你胸口了。」
可是這些字永遠都不會變成灰燼，而妳，也會永遠在我胸口。
因為妳不是刻在菸上，而是直接刻在我心中啊。

我想念荃的喘息。
我想念荃的細微動作。
我想念荃的茶褐色雙眼。
我想念荃說話語氣的旋律。
我想念荃紅著鼻子的哭泣。
我想念荃嘴角揚起時的上弦月。
我想念荃在西子灣夕陽下的等待。
我只是不斷地放肆地毫無理由地用力地想念著荃。

『荃，我快到了。可以再多等我一會嗎？』

_ The End _

寫在《槲寄生》之後

《槲寄生》在 2001 年 9 月初版，已經是六年多前的事了。

這六年多來，我雖陸續寫了《夜玫瑰》、《亦恕與珂雪》、《孔雀森林》、

《暖暖》等四本書，但我心裡明白，不管經過多少年，

我再也寫不出像《槲寄生》這麼深的作品了。

當然，所謂的「深」，是只跟我自己的作品比較。

2004 年，誠品書店、聯經出版、聯合報和公共電視，

共同主辦「最愛 100 小說大選」，讓讀者票選古今中外最愛的一本小說。

投票結果出爐，《槲寄生》是第三名，《第一次的親密接觸》第五。

我說這些的重點不在於炫耀《槲寄生》有多厲害，

而是《槲寄生》的名次竟然比《第一次的親密接觸》高。

我原以為《槲寄生》是一部會令人討厭甚至是痛恨的小說。

2001 年 7 月開始在 BBS 連載《槲寄生》，大約貼到第九根菸時，

信箱裡的信突然爆增，內容大多是：

「可不可以請你別再寫了？」

「很抱歉，我早已寫完了。」我回信說，「而且死都會貼完。」

我一定要留下《槲寄生》這部作品，無論如何。

連載結束後，幾乎所有的信都會問：

「為什麼菜蟲要選荃而不選明菁？」
「為什麼是這樣？你有毛病嗎？」
「為什麼對明菁這麼殘忍？」
「為什麼？」
我通常保持沉默。

漸漸地，開始有人寫長長的信給我，通常都是敘述他們自己的故事。
說謝謝的人變多了，是打從心底說謝謝的那種。
有人甚至說：「你一定要長命百歲呀！」
或許我可以。
但我的小說生涯已經結束了。
當時我確實是這麼想的。

我寫過八部小說作品，題材內容都有差異，寫法也不盡相同，
但人們總喜歡把它們都歸類為愛情小說。
對於被歸類為愛情小說，我沒有特別的想法，因為那是別人的自由。
不過在我自己的定義裡，《檞寄生》才是我所寫過的小說中，
不折不扣的愛情小說。

人們常問我：你除了寫愛情小說外，會不會嘗試別的題材？
對於這種問題，我喜歡裝死。
如果裝死還是沒用，我就會回答：我想寫推理小說。
如果你又問：那你寫過推理小說嗎？
我會告訴你：《檞寄生》就是一部推理小說。

傳統的推理小說在閱讀的過程中，尋找真凶。

《檞寄生》中的主角，匆匆搭上南下的火車到底找的是誰？
直到第十根菸才露出端倪，小說快結束時才有解答。
這不正是推理小說的精神？
所以我寫過推理小說。

我曾在《檞寄生》初版的序中提到這部小說的源頭。
那是 2000 年 3 月大學同學會，我們去爬山時所發生的事。
因為偶然看到檞寄生，有個同學的波蘭老婆便興奮地說起檞寄生的種種。
她說起檞寄生成為耶誕樹裝飾品的原因，也說起在檞寄生下親吻的傳統。
最後她說在她的家鄉每逢耶誕夜，人們都把檞寄生掛在屋頂，
當耶誕夜鐘聲響起，家人們互相擁抱親吻，祈求永遠平安喜樂。

多麼溫馨而美好的傳統啊。
當時我心裡突然有個念頭：我想寫篇關於檞寄生的小說。
如果故事只到這，也許《檞寄生》會寫成像童話故事般浪漫而美麗。
只可惜後來我又看到一棵倒地枯死的台灣赤楊上，生機蓬勃的檞寄生。

我決定了，以檞寄生為意象，寫一篇小說。
檞寄生的意象在我腦海中越來越鮮明，我幾乎想立刻動筆。
但我必須克制衝動，因為 2000 年上半年是我念博士班的最後一個學期。
如果不能完成畢業論文，我就無法拿到學位。
所以我只能忍住想動筆的欲望。

接下來將近四個月的時間當中，我幾乎以研究室為家。
清醒時寫論文，意識開始模糊時就趴著睡一下，或是躺在躺椅上。
在那陣子，連續三天沒回家睡覺是很平常的事。

但即使如此，那種想動筆寫檞寄生的欲望卻一直存在。

交論文初稿前一天，我養的狗——皮皮，出車禍死了。
那天我抱著皮皮的屍體躲在廁所裡，拼命掉眼淚，但不敢哭出聲音。
一直到寫完論文最後一頁，我頻頻進出廁所。
我聽過一種說法，在你身邊讓你珍愛的動物，可能是你前世的親人、
朋友或是愛人，在這輩子陪你度過最艱難的歲月後，便會離開。

經過兩次論文口試、兩次修改論文，我終於拿到畢業證書。
回首過去一路走來的痕跡，並決定將來的路。
然後再養了一隻叫小皮的狗。
等一切都上軌道後，已是 2000 年年底。

終於可以挪出時間寫《檞寄生》，是 2001 年年初的事。
經過將近一年的壓抑，當我打下《檞寄生》的開頭：『台北火車站』時，
我覺得全身都充滿寫作的能量。
然後在寫作的過程中，不知道為什麼，我不斷想起過去。

很多人老喜歡問我：你寫了這麼多故事，都是親身經歷嗎？
面對這種問題，我總想裝死。
但如果你只問《檞寄生》這部小說，
我倒可以回答你：《檞寄生》裡面描述了最多「親身經歷」的事。

星座學上說，天蠍座是極端重視個人隱私的星座。
真是不巧，我剛好是天蠍座。

既要展示說自己真實故事的誠意，又不能洩漏太多屬於個人的東西。
所以有些過程只能以虛無縹緲的文字混過去。
請你見諒。

舉例來說，菜蟲跟柏森參加的土風舞比賽是真實的，但跳脫衣舞的是我。
那天我確實穿紅色內褲，因為是星期一。
大一下學期的物理期末考，鬧鐘沒響，等我醒來無暇多想衝到教室時，
考試時間只剩不到 20 分鐘。
但真實的世界比較殘忍，老師按時收卷，因此我那學期的物理被當，
成了我求學生涯中，唯一的紅字。

而菜蟲的作文成績一向很差，也是真的，並不是為了求小說效果。
身為一個出了八本書的作者，要承認這點是件尷尬的事。
我高中時作文成績之差，讓國文老師印象深刻，
以致當我有次作文成績還不錯時，國文老師把我叫到跟前，問：
「你坦白說，你這次作文是不是用抄的？」

我人生最後一次因考試而寫作文，確實也是參加技師考時的事。
我的作文成績比所有考生的平均，低了快 20 分。
兩年後，我在 BBS 上連載《第一次的親密接觸》，
剛開始收到說我文筆好、為什麼這麼會寫文章的信時，
我的回信是：「別裝了，你是哪個學弟假扮路人甲來捉弄我？」
後來信件太多，我才發覺這不可能是有人在捉弄我，然後我開始困惑。

這些年偶爾有人批評我的文筆很差、像國中生作文，
彷彿是狗有便秘的毛病（狗屁不通）。

槲寄生

這些批評已經不是我介不介意的問題，我反而會覺得親切。
因為我就是聽這些批評長大的。

但我還是有碰到鼓勵我的老師。
所以當我今天也具有老師的身份時，面對年輕的孩子、正在成長的靈魂，
我總是鼓勵學生要做自己，不要隱藏自己，也不要逃避自己，
更不要害怕自己。

扯遠了，讓我們回到《槲寄生》。
《槲寄生》的基調，一直是壓抑而沉重的，不管文字或內容是否有趣。
從一開始便有一塊大石頭壓在身上，一直到結束。
在寫《槲寄生》的過程中，我的心情始終配合這基調，不曾偏離。
或許文字平淡如水，但情感是濃烈的。

寫到柏森離開的那一刻，眼角突然湧出淚水。
停筆了好幾天，還是無法繼續。
這些年來，每當我讀到《槲寄生》這一段描述，總是會掉眼淚。
如果你也是如此，那麼你跟我的心跳頻率可能很相近。
我會擔心你，因為你的人生旅途也許會不夠快樂。

我曾收到一封信，大意是這樣的：
他在精神療養院工作，主要照顧躁鬱症患者。躁鬱症患者是世界上最快樂
同時也是最痛苦的人。快樂時可以連續唱三天三夜的歌，痛苦時連續三天
三夜陷入悲傷的地獄，無法自拔。原本他是個情感豐富的人，總是被病患
的情緒牽動。後來他努力讓自己變得無情，把病患只當成工作，最後終於
成功，不再感染病患的喜悲。但卻發現快樂與悲傷也從他生命中消失了。

直到他看到《槲寄生》。

信尾他加了附註：
荃說她可以看到人的顏色，那是一種幻覺現象，是精神分裂的初期症狀。
如果需要他幫忙，他會用催眠療法加以治療。

我回信告訴他：
正因為荃有幻覺，所以在她眼裡，我是帥的且美好的。
如果你治癒了她，我怎麼辦？
然後我也加了附註：
我是一個平凡且不怎麼樣的人，但在小說中卻塑造兩個美麗的女孩
喜歡上我，這算不算是一種病？

他回信說：
「您的病情很嚴重，遠超出我的能力範圍之外。請節哀。」

這個精神醫師很幽默，是個高手。
具幽默感的人，應該已經回復原有的喜怒哀樂能力。
所以我回信恭喜他，他也回信祝福我。

讓我們離開我是否精神有毛病的話題，再回到《槲寄生》。
可能是寫《槲寄生》的過程中，我不僅全神貫注且情緒一直揪緊，
所以那陣子，我常做惡夢。
夢裡的我，總是莫名其妙地死亡。
終於寫完《槲寄生》時，我覺得人已淘空、氣力已放盡。
我沒有能量再寫小說了。

槲寄生

因為我把自己化成一株槲寄生，釋放從寄主植物上吸取的所有養分，
祝福所有看過這部小說的人，能找到愛情，而且平安與幸福。

《槲寄生》究竟描述哪一種愛情？
在《槲寄生》初版的序中，最後我寫了這些文字：
「就像一個疲憊的人，下了班，淋到雨，打開家門時，
　心愛的人剛煮完一碗熱騰騰的麵，然後幫他擦去額頭的雨珠。
　我可以很仔細地描述那個人、那場雨、那碗麵、那條擦去雨水的手帕。
　但我就是無法形容那碗麵的味道。」

經過了六年多，我還是無法形容那碗麵的味道。
我只能祝福你早日品嚐那碗麵的味道，並珍惜那個為你煮麵的人。

蔡智恆

2007 年 11 月 於台南

新版後記

2001 年《槲寄生》初版，距今已超過 20 年。

這本書的英文名字：mistletoe，這 OK，毫無異議。

但「槲寄生」這名字，一直存在「槲」與「槲」的爭議。

其實也不算「爭議」，應該說「槲寄生」是錯的，「槲寄生」才對。

也因為這樣，我多多少少被酸幾句或嘲笑一下，甚至挨罵。

請容我稍作解釋，抱歉，也謝謝。

2000 年 3 月大學同學會，我們一群同學去爬山時，看見 mistletoe。

某個同學的波蘭老婆，用英文興奮地說明 mistletoe 的種種。

那時我問她這東西的英文怎麼拼？還有中文名字叫什麼？

她說一時之間不太確定，等她回家後查查英漢字典再告訴我。

幾天後，她 e-mail 給我，信上寫：「mistletoe（槲寄生）」

我用從高中時期就一直使用的英漢字典查 mistletoe 這個字，

結果和她一樣，也是槲寄生。

所以我就定了「槲寄生」這小說篇名。

槲寄生這種寄生植物在成為替別人帶來幸運與愛情的象徵前，

槲寄生

得先吸取寄主植物的養分。
所以槲寄生的意象：在愛我的人身上，找到可以愛人的養分。
我以這意象為主，完成這部 12 萬字小說。

之後書出版了，陸續有人指出：這東西應該叫「槲」寄生才對。
這 20 幾年來有人堅持叫「槲寄生」，有人堅持叫「槲」寄生，
也有人完全不知道該叫什麼寄生？
總之造成困擾我真的很抱歉。
玫瑰花即使換了一個名字，還是一樣芬芳。
希望原本應該叫槲寄生的槲寄生，依然芬芳。

32 歲那年寫這本書時，腦海裡常浮現 20 歲的我。
那個念大二的我，在大年初二擠進一班南下莒光號火車，
然後一路掛在車廂間，從台北到台南。
於是《槲寄生》的時空背景，就在大年初二的南下莒光號火車。

不過寫作時並不記得為什麼得在那種日子，像逃難似的跳上火車，
只記得在那班火車上我想了很多很多，漫無邊際的想。
如今已進入知天命之年，還是依稀可以看到掛在車廂間 20 歲的我，
但仍然不懂為什麼我要跳上火車？

自從跳上那班莒光號火車後，從此只要搭上火車，不管坐著或站著，

我就會放縱想像，無邊無際。

那些曾經在火車上的胡思亂想，後來有些成了我小說的內容或片段。

偶而坐在電腦前寫作時，也會莫名其妙有種身在火車上的錯覺。

而原本坐在窗邊看著窗外發呆的二十幾歲年輕男孩，

經過一段旅途後，竟然變成五十來歲的歐吉桑。

當我感嘆時間的易逝時，才驚覺坐在窗邊看著窗外發呆的人是我。

我 29 歲之前的人生，沒有寫作的習慣，更從未想像將來可能會寫作。

即使 29 歲那年寫了《第一次的親密接觸》，我還是會懷疑：

我會寫嗎？我可以寫嗎？我有能力寫嗎？

直到 32 歲這年寫了《檞寄生》，我便不再懷疑。

不知道寫作這件事對別人的意義是什麼，

但對我而言，那是一種很想說話的欲望。

為了這種欲望，我會在腦海中追逐文字，坐在電腦前自言自語。

寫《檞寄生》的過程讓我深刻體會到這種欲望的力量。

它讓我迫不及待想動筆，而且一旦動筆，若不完成，誓不罷休。

因此只要很想說話的欲望還在，寫作毋庸置疑。

然而時代快速演變令人措手不及，連情感本質也似乎起了變化。

以前戀人們在山上看見流星，會異口同聲：「快許願！」

然後閉眼低頭，虔誠許下天長地久、不離不棄等願望。

睜開眼後兩人相視一笑，感覺有些浪漫，有些溫馨，也有些小確幸。

槲寄生

現在戀人們在山上看見流星，卻會異口同聲：「拿手機！」
然後匆忙掏出手機，小心翼翼錄段影片，發到各自的臉書和 IG。
兩人收穫滿滿的按讚數和評論數，不禁得意洋洋、心滿意足。

在快速演變的時代洪流中，有什麼不會改變？有什麼會消逝？
又有什麼力量可以抵抗洪流而依然存在呢？

每當遇到《槲寄生》再版或改版，我便得「複習」它。
複習的過程像是乘坐一列沒有特定目的地，只是漫遊於過去的火車。
窗外掠過的景致常是過往經歷，有的經歷以為早已忘了；
有的經歷則幾乎從不想起。
這些過往的經歷都很深刻，即使一閃而過，也依然歷歷在目。
列車終於停下後，我站起身，伴隨著淡淡的惆悵。
然後我很想說話，很想很想。

原來我很想說話的欲望還在，
這才是一個五十來歲的歐吉桑能夠繼續寫下去的力量。

蔡智恆
2022 年 8 月 於台南

國家圖書館出版品預行編目資料

檞寄生/蔡智恆著. – 二版. -- 臺北市：麥田出版：英屬蓋曼群島
商家庭傳媒股份有限公司城邦分公司發行, 2022.10
面： 公分. -- (痞子蔡作品；4)

ISBN 978-626-310-292-7（平裝）

863.57　　　　　　　　　　　　　　111012416

痞子蔡作品集 4

檞寄生（新版）

作　　者	蔡智恆	
責任編輯	林秀梅　陳淑怡	

版　　權	吳玲緯
行　　銷	闕志勳　吳宇軒　陳欣岑
業　　務	李再星　陳紫晴　陳美燕　葉晉源
副總編輯	林秀梅
編輯總監	劉麗真
總 經 理	陳逸瑛
發 行 人	涂玉雲
出　　版	麥田出版
	104台北市民生東路二段141號5樓
	電話：(886)2-2500-7696　傳真：(886)2-2500-1967
發　　行	英屬蓋曼群島商家庭傳媒股份有限公司城邦分公司
	104台北市民生東路二段141號11樓
	書虫客服服務專線：(886)2-2500-7718、2500-7719
	24小時傳真服務：(886)2-2500-1990、2500-1991
	服務時間：週一至週五09:30-12:00・13:30-17:00
	郵撥帳號：19863813　戶名：書虫股份有限公司
	讀者服務信箱E-mail：service@readingclub.com.tw
	麥田部落格：http://ryefield.pixnet.net/blog
	麥田出版Facebook：https://www.facebook.com/RyeField.Cite/
香港發行所	城邦（香港）出版集團有限公司
	香港灣仔駱克道193號東超商業中心1樓
	電話：(852) 2508-6231　傳真：(852) 2578-9337
馬新發行所	城邦（馬新）出版集團【Cite(M) Sdn. Bhd.】
	41, Jalan Radin Anum, Bandar Baru Sri Petaling,
	57000 Kuala Lumpur, Malaysia.
	電話：(603)9056-3833
	傳真：(603)9057-6622
	E-mail：cite@cite.com.my

封面設計	謝佳穎
排　　版	宸遠彩藝有限公司
印　　刷	沐春行銷有限公司

初版一刷　2007 年 12 月　　　　　Printed in Taiwan
二版一刷　2022 年 10 月　　　　　本書如有缺頁、破損、裝訂錯誤，請寄回更換
定價／320元　　　　　　　　　　著作權所有・翻印必究
ISBN 9786263102927（平裝）
　　　 9786263103320（EPUB）

城邦讀書花園
www.cite.com.tw

讀者回函卡

cite城邦媒體

姓名：＿＿＿＿＿＿＿＿＿＿＿＿　聯絡電話：＿＿＿＿＿＿＿＿＿

聯絡地址：☐☐☐ ＿＿＿＿＿＿＿＿＿＿＿＿＿＿＿＿＿

電子信箱：＿＿＿＿＿＿＿＿＿＿＿＿＿＿＿＿＿＿＿＿

身分證字號：＿＿＿＿＿＿＿＿＿＿＿＿＿＿＿＿（此即您的讀者編號）

生日：＿＿年＿＿月＿＿日　性別：☐男　☐女　☐其他＿＿＿＿＿

職業：☐軍警　☐公教　☐學生　☐傳播業　☐製造業　☐金融業　☐資訊業　☐銷售業
　　　☐其他 ＿＿＿＿＿＿＿＿＿＿＿＿＿＿＿＿＿

教育程度：☐碩士及以上　☐大學　☐專科　☐高中　☐國中及以下

購買方式：☐書店　☐郵購　☐其他 ＿＿＿＿＿＿＿＿＿＿＿

喜歡閱讀的種類：（可複選）

☐文學　☐商業　☐軍事　☐歷史　☐旅遊　☐藝術　☐科學　☐推理　☐傳記　☐生活、勵志
☐教育、心理　☐其他 ＿＿＿＿＿＿＿＿＿＿＿＿＿＿

您從何處得知本書的消息？（可複選）

☐書店　☐報章雜誌　☐網路　☐廣播　☐電視　☐書訊　☐親友　☐其他＿＿＿＿＿

本書優點：（可複選）

☐內容符合期待　☐文筆流暢　☐具實用性　☐版面、圖片、字體安排適當
☐其他 ＿＿＿＿＿＿＿＿＿＿＿＿＿＿＿＿＿＿＿

本書缺點：（可複選）

☐內容不符合期待　☐文筆欠佳　☐內容保守　☐版面、圖片、字體安排不易閱讀　☐價格偏高
☐其他 ＿＿＿＿＿＿＿＿＿＿＿＿＿＿＿＿＿＿＿

您對我們的建議：＿＿＿＿＿＿＿＿＿＿＿＿＿＿＿＿＿＿＿
＿＿＿＿＿＿＿＿＿＿＿＿＿＿＿＿＿＿＿＿＿＿＿＿＿

cite 城邦媒體 麥田出版
Rye Field Publications
A division of Cité Publishing Ltd.

廣　告　回　函
北區郵政管理局登記證
台北廣字第000791號
免　貼　郵　票

英屬蓋曼群島商
家庭傳媒股份有限公司城邦分公司
104　台北市民生東路二段141號5樓

▼

請沿虛線折下裝訂，謝謝！

文學・歷史・人文・軍事・生活

Rye Field Publications

書號：RB5004X　　　書名：櫥寄生（新版）